孙犁

芸斋小说

孙犁/著
刘运峰/编选

芸斋文丛

人民文学出版社

图书在版编目（CIP）数据

芸斋小说 / 孙犁著；刘运峰编选 . —北京：人民文学出版社，2023
（芸斋文丛）
ISBN 978-7-02-017929-9

Ⅰ. ①芸… Ⅱ. ①孙…②刘… Ⅲ. ①散文集—中国—当代 Ⅳ. ① I267

中国国家版本馆 CIP 数据核字（2023）第 055247 号

| 责任编辑 | 杜　丽　陈　悦 |
| 装帧设计 | 李思安 |
| 责任印制 | 任　祎 |

出版发行　人民文学出版社
社　　址　北京市朝内大街 166 号
邮政编码　100705

印　　刷　三河市宏盛印务有限公司
经　　销　全国新华书店等

字　　数　221 千字
开　　本　880 毫米 ×1230 毫米　1/32
印　　张　10.875　插页 3
印　　数　1—4000
版　　次　2023 年 10 月北京第 1 版
印　　次　2023 年 10 月第 1 次印刷

书　　号　978-7-02-017929-9
定　　价　69.00 元

如有印装质量问题，请与本社图书销售中心调换。电话：010-65233595

# 目 录

**芸斋小说**

鸡　缸____003

女相士____006

高跷能手____011

言　戒____015

三　马____019

葛　覃____024

春天的风____031

一九七六年____037

小　D____042

王　婉____047

幻　觉____052

地　震____059

还　乡____065

小混儿____072

修　房____076

一个朋友____082

杨　墨____087

杨墨续篇____091

冯　前____095

无花果____100

颐和园____104

宴　会____108

鱼苇之事____113

蚕桑之事____117

罗汉松____121

续　弦____125

石　榴____129

我留下了声音____134

心脏病____138

忆梅读《易》____143

无　题____148

**清明随笔**

清明随笔 —— 忆邵子南同志____153

远的怀念____160

伙伴的回忆____164

　　忆侯金镜____164

　　忆郭小川____167

　　　　附：删去的文字____172

回忆何其芳同志____177

回忆沙可夫同志____182

悼画家马达____188

谈赵树理____195

夜　思____202

悼念李季同志____207

大星陨落 —— 悼念茅盾同志____213

亡人逸事____216

母亲的记忆____221

父亲的记忆____223

悼念田间____226

关于丁玲____230

黄　叶____234

悼曾秀苍____237

悼曼晴____239

记邹明____242

悼万国儒____251

觅哲生____255

记老邵____257

记陈肇____263

悼康濯____267

思念文会____270

**乡里旧闻**

度春荒____275

凤池叔____278

干　巴____282

木匠的女儿____285

老　刁____290

菜　虎____293

光　棍____297

外祖母家____301

瞎　周____304

楞起叔____308

根雨叔____311

乡里旧闻____314

　吊　挂___314

　锣　鼓___315

　小　戏___315

大　戏____316

玉华婶____318

疤增叔____322

秋喜叔____325

大嘴哥____328

大　根____331

刁　叔____335

老焕叔____339

# 芸斋小说

## 鸡　缸

我们住宅后面就是南市，解放初期，那里的街道两旁，有很多小摊。每到晚上没事，我好到那里逛逛，有时也买几件旧货，价钱都是很便宜的。

有一次，我买了两个瓷缸，瓷很厚很白，上面是五彩人物、花卉，最下面还有几只雄鸡，釉色非常鲜艳。可能是用来装茶叶或糖果的，个儿很不小，我从南市抱回家中，还累得出了一身汗。抱回来，也没有多少用途，我就在里面放小米、绿豆。

"文化大革命"期间，此物和别的一些瓷器被抄走，传说我家有廿多件古董，这自然是其中之一。关于书，我心里是有底的，说有这么多古董，我却没有精神准备。这些瓷器，都是小贩们当作破烂买来的，我掏一元钱买一件，他们还算是遇到了大头。现在适逢其会，居然上升为古董，我心里有些奇怪。

这当然也是有人揭发的。我们住的是个大杂院，门口有个传达室。其中值班的，有个姓钱的老头，长年穿黑布衣服，叼着铜烟袋，不好说话，对人很是谦恭。既然是传达，当然也出入我的住室，见到了我的用具和陈设。此人造反以后，态度大变，常常对着我们住的台阶，大吐其痰。不过当时这是司空见惯的现象，是时代的自然点缀，我也不以为意，我个人是同他没有恩怨的。

冬季，我到了干校，属于牛鬼蛇神。这个姓钱的，作为"革命群众"，不久也到干校去了。有一天，他指挥着我们几个人，在院里弄煤，态度非常专横霸道。忽然，有一个同伴对他说：

"钱某某，你是什么人？你原是劝业场二楼的一个古董商，专门坑害人，隐瞒身份，混入机关。你和我们一样是牛鬼蛇神，不要在那里指手画脚的了，快脱了大衣，和我们一起干活！"

当时，我真为这位棚友捏一把汗。谁知这个姓钱的，听了以后，脸色惨白，立刻一转身，灰溜溜地钻进屋子里去了，以后再也不来领导我们。他虽然并没有从此就划入我们这个阶层，同我们去住一个棚子，但这件事，颇使我们扬眉吐气于一时，很觉得开心。

后来我想，一个古董商人，解放以后，变成了传达，内心对共产党当然是仇恨的，也就无怪对进城干部是这样的态度了。他向上级谎报我家有多少古董，也就是自然可信的了。

过了几年，书籍和瓷器都发还了。书籍丢失了一些，并有几部被人评为"珍贵"，劝我"捐献国家"。瓷器却一件没丢，也没人劝我捐献，可见都是不入流品，也不惹人喜爱的。

我把这些瓶瓶罐罐，堆放在屋子的一个角落里。一年夏天，忽然在一个破花瓶里，发现了一只死耗子，颇使人恶心。我把耗子倒出来，把花瓶送给了帮我做饭的妇女。

这两个瓷缸，我用它腌上了鸡蛋，放在厨房里。烟熏火燎，满是尘土油垢，面目皆非了。

时间过得真快，又过了几年，国家实行开放政策，与外国通商来往，旧瓷器旧文物，都大涨其价，尤其是日本人敢掏大价钱。那位妇女，消息灵通，把那只花瓶送到委托店论价，竟给十五元。还说，如果不是把人头磨损了一些，可以卖到二十元。她喜出望外，更有惜售之心，又抱回家去了，并好意地来通知我说：

"大叔，你那两个缸子，不要用它腌鸡蛋了，多么可惜呀，这可能是古董。我给你刷刷，拿到委托店去卖了吧。"

我未置可否。但也觉得，值此旧瓷器短缺之时，派以如此用场，也未免太委屈它们了。今日无事，把鸡蛋倒到别的罐子里，用温水把它们洗了洗，陈于几案。瓷缸容光焕发，花鸟像活了一样。使我不由得有一种感慨，就像从风尘里，识拔了稀世奇材，顿然把它们安置在庙堂之上了。看了看缸底，还有朱红双行款：大清光绪年制。

还查了一本有关瓷器的书，这种形制的东西，好像叫作鸡缸。

这不是古董是什么！对着它们欣赏之余，因有韵文之作，其辞曰：

绘者覃精，制者兢兢。锻炼成器，希延年用。瓦全玉碎，天道难凭。未委泥沙，已成古董。茫茫一生，与瓷器同。

一九八一年十一月二十四日

# 女 相 士

六六年秋冬之交，我被集中到机关五楼平台上一间屋子里"学习"。那时"四人帮"白色恐怖，空袭而来，我像突然掉在深渊里，心里大惑不解，所以对一块学习的是些什么人，也很少注意。被集中来的人，逐日增加，新来的总要先在班上做一些检讨，造反头头，也要对他作例行的审问。

有一天，又在审问一个新来的人：

"你自己说，你是什么阶级？"

"我是自由职业者。"答话的听来是个女人。我是没有心情去观望人家的，只是低着头。

大概过了一段时间，"反动"阶级成分都要自动提高一级。头头又追问这个女人，她忽然说：

"我是反动文人。和孙芸夫一样！"

我不由自主地抬起头来，看看到底是谁这么慷慨地把我引为同类。这是一位五十多岁的女人，身材修整，脸面秀气，年轻时一定是很漂亮的。她戴着银丝边眼镜，她的眼睛，也在注视着我，很有些异样，使我感到：她这种看人的方法，和眼睛里流露的光亮，有一点巫气或妖气。

后来，我渐渐知道，这个女人叫杨秀玉，湖南长沙市人，是机关托儿所的会计。解放前是个有名的相士，曾以相面所得，在长沙市自盖洋楼两座。这样的职业和这样的财产，当然也就很有资格来进这个学习班了。

冬季，我们被送到干校去，先是打草帘，后是修缮一间车棚，作为宿舍。然后是为市里一个屠宰场，代养二百头牛，牛就养在我们住室前的场地里。我们每天戴着星星起来，给牲口添草料，扫除粪尿，夜晚星星出来了，再回到屋里去。中间，我曾调到铡草棚工作，等到食堂买了大批白菜，我又被派到菜窖去了。

派我在菜窖工作，显然是有人动了怜悯之心，对我的照顾。因为在这里面，可避风雪，工作量也轻省得多。我们每天一垛垛地倒放着白菜，抱出去使它通风，有时就拣选烂菜叶子。一同工作的是两位女同志，其中就有杨秀玉。

说实在的，在那种日子里，我是惶惶不可终日的，一点点生的情趣也没有，只想到一个死字，但又一直下不得手。例如在铡草棚子里，我每天要用一把锋利的镰刀，割断不少根捆草的粗绳。我时常掂量着这把镰刀想：如果不是割断草绳，而是割断我的脖颈，岂不是一切烦恼痛苦，就可以迎刃而解了吗？但我终于没有能这样去做。

在菜窖里工作，也比较安全。所谓安全，就是可以避免革命群众和当地农场的工人、儿童对我们的侮辱、恫吓，或投掷砖头。

因为我们每个人的"罪名""身份",过去的级别、薪金数目,造反者已经早给公布于众了。

在菜窖里,算是找到了一个避风港,可以暂时喘喘气了。

我和杨秀玉,渐渐熟识起来。我认为此人也不坏,她的职业,说起来是骗人的,但来找的人,究系自愿。较之那些傍虎吃食,在别人的身家性命之上,谋图一点私利的人,还算高尚一些吧!有时就跟她说个话儿,另一位女同志,是过去的同事,但因为她现在是菜窖负责人,对她说话就要小心一些。因此,总是在这位同志出窖以后,我们才能畅谈。我那时已经无聊到虚无幻灭的地步,但又有时想排遣一下绝望的念头,我请这位女相士,谈谈她的生活和经历。

她说,这是她家祖传,父亲早死,她年幼未得传授,母亲给她请了一位师父,年老昏庸。不久就抗战了,她随母亲、舅舅逃到了衡阳。那时她才十三岁,母亲急于挣钱,叫她到街上去吆喝着找生意,她不愿意去。她恳求母亲,给她一元钱,在一家旅馆里,租了一间房,门口贴了一张条子。整整一个上午,没有一个顾客,她忍着饥饿,焦急地躺在旅馆的床上。到了下午,忽然进来了一个人,相了一面,给了她三元大洋。从此就出了名。

然后到贵州,到桂林,到成都,每到一处,在报上登个广告,第二天就门庭若市,一面五元。那时兵荒马乱,多数人离乡背井,都想借占卜,问问个人平安,家人消息。她乘国难之机,大发其财。她十八岁的时候,已经积累很多金条了。

她说:"在衡阳,我亏了没到街上去喝卖,那样会大减身价,起步不好,一辈子也成不了名。你们作家,不也是这样吗?"

我只好苦笑了起来。

我们的谈笑,被那位女同志听到了,竟引起她的不满。夜晚回到宿舍,她问杨秀玉:

"你和孙某,在菜窖里谈什么?"

"谈些闲话。"杨秀玉答。

"谈闲话?为什么我一进去,你们就不谈了!有什么背人的事?我看你和他,关系不正常!"

两个人吵了起来,并传了出去,使得革命群众又察觉到了一件"反动"阶级的新动向,好在那时主要是注意政治动向,因此也就没有深究,也许是不大相信,会有那种事情吧。像我们这些人,平白无故遭到这种奇异事变,不死去已经算是忍辱苟活,精神和生活的摧残,女的必然断了经,男的也一定失去了性。虽有妙龄少女,横陈于前,尚不能勃然兴起,况与半百老妇,效桑间陌上之乐、谈情说爱于阴暗潮湿之菜窖中乎。不可能也。

有一天,又剩了我们两个人。我实在烦闷极了,说:

"杨秀玉,你给我相个面好吗?"

"好。"她过去把菜窖的草帘子揭开说,"你站到这里来!"

在从外面透进来的一线阳光里,她认真地端详着我的面孔,好像从来没有见过我似的。

"你的眉和眼距离太近,这主忧伤!"她说。

"是,"我说,"我有幽忧之疾。"

"你的声音好。"杨秀玉说,"有流水之音,这主女孩子多,而且聪明。"

"对，我有一男三女。"我回答，"女孩子功课比男孩子好。"

"你眼上的白圈，实在不好。"她叹了一口气，"我和你第一次见面，就注意到了。这叫破相。长了这个，如果你当时没死，一定有亲人亡故了。"

"是这样。我母亲就在那一年去世了，我也得了一场大病。"我说，"不过这都是过去的事，无关紧要了。大相士，你相相我目前的生死存亡大关吧。我们的情况，会有好转吗？"

"四月份。"她满有信心地说，"四月份会有好消息。"

正在这时，听到了那一位女同志的脚步声，她赶紧向我示意，我们就又都站到白菜垛跟前工作去了。

真的，到了夏季，我们的境遇就逐渐好起来，虽然前途仍在未卜之数，八月份我也算是得到了"解放"，回到家里来了。

芸斋主人曰：杨氏之术，何其神也！其日常亦有所调查研究乎？于时事现状，亦有所推测判断乎？盖善于积累见闻，理论联系实际者矣！"四人帮"灭绝人性，使忠诚善良者，陷入水深火热之中，对生活前途，丧失信念；使宵小不逞之徒，天良绝灭，邪念丛生。十年动乱，较之八年抗战，人心之浮动不安，彷徨无主，为更甚矣。惜未允许其张榜坐堂，以售其技。不然所得相金，何止盖两座洋楼哉！

一九八一年十一月二十六日晚

## 高跷能手

干校的组织系统，我不太详细知道。具体到我们这个棚子，则上有"群众专政室"，由一个造反组织的小头头负责。有棚长，也属于牛鬼蛇神，但是被造反组织谅解和信任的人。一任此职，离"解放"也就不远了。日常是率领全棚人劳动，有的分菜时掌勺，视亲近疏远，上下其手。

棚是由一个柴草棚和车棚改造的，里面放了三排铺板，共住三十多个人。每人的铺位一尺有余，翻身是困难的。好在是冬天，大家挤着暖和一些。

我睡在一个角落里，一边是机关的民校教师，据说出身是"大海盗"；另一边是一个老头，是刻字工人。因为字模刻得好，后来自己开了一个小作坊，因此现在成了"资本家"。

他姓李名槐，会刻字模，却不大会写字。有一次签字画押，竟把槐字的木旁丢掉，因此，人们又叫他李鬼。

他既是工人出身，造反的工人们，对他还是有个情面的。但因为他又是由工人变成的"资本家"，为了教育工人阶级，对他进行的批判，次数也最多。

每次批判，他总是重复那几句话：

"开了一年作坊，雇了一个徒弟，赚了三百元钱，就解放了。这就是罪，这就是罪……"

大家也都听烦了。但不久，又有人揭发他到过日本，见过天皇。

这问题就严重了，里通外国。

他有多年的心脏病，不久就病倒了，不能起床。最初，棚长还强制他起来，后来也就任他一个人躺着去了。

夜晚，牛棚里有两个一百度的无罩大灯泡，通宵不灭；两只大洋铁桶，放在门口处，大家你来我往，撒尿声也是通宵不断。本来可以叫人们到棚外小便去，并不是怕你感冒，而是担心你逃走。每夜，总有几个"牛鬼蛇神"，坐在被窝口上看小说，不睡觉，那也是奉命值夜的。这些人都和造反者接近，也可以说是"改造"得比较好的。

李槐有病，夜里总是翻身、坐起，哼咳叹气，我劳动一天，疲劳得很，不得安睡，只好掉头到里面，顶着墙睡去。而墙上正好又有一个洞，对着我的头顶，不断地往里吹风。我只好团了一个空烟盒，把它塞住。

李槐总是安静不下来。他坐起来，乱摸他身下铺的稻草，这很使我恐怖。我听老人说过，人之将死，总是要摸炕席和衣边的。

"你觉得怎样，心里难过吗？"我爬起来，小声问他。

他不说话，忽然举起一根草棍，在我眼前一晃，说：

"你说这是什么草?"

他这种举动,真正吓得我出了一身冷汗。

第二天,我也病了,发高烧。经医生验实,棚长允许我休息一天,还交代给我一个任务:照顾李槐。

这一天,天气很好,没有风。阳光从南窗照进来,落到靠南墙的那一排铺上。虽然照射不到我们这一排,看一看也是很舒服的。我给李槐倒了一杯水,放在他的头前。我说:

"人们都去劳动了,屋里就是我们两个。你给我说说,你是哪一年到日本去的?"

"就是日本人占着天津那些年。"李槐慢慢坐了起来,"这并不是什么秘密,过去我常和人们念叨。我从小好踩高跷,学徒的时候,天津春节有花会,我那时年轻,好耍把,很出了点名。日本天皇过生日,要调花会去献艺,就把我找去了。"

"你看见天皇了吗?"

"看见了。不过离得很远,天皇穿的是黑衣服,天皇还赏给我们每人一身新衣服。"

他说着兴奋起来,眼睛也睁开了。

"我们扮的是水漫金山,我演老渔翁。是和扮青蛇的那个小媳妇耍,我一个跟斗……"

他说着就往铺下面爬。我忙说:

"你干什么?你的病好了吗?"

"没关系。"他说着下到地上,两排铺板之间,有一尺多宽,只容一个人走路,他站在那里拿好了一个姿势。他说:

"我在青蛇面前,一个跟斗过去,踩着三尺高跷呀,再翻过来,随手抱起一条大鲤鱼,干净利索,面不改色,日本人一片喝彩声!"

他在那里直直站着,圆睁着两只眼睛,望着前面。眼睛里放射出一种奇异多彩的光芒,光芒里饱含青春、热情、得意和自负,充满荣誉之感。

我怕他真的要翻跟斗,赶紧把他扶到铺上去。过了不多两天,他就死去了。

芸斋主人曰:当时所谓罪名,多夸张不实之词,兹不论。文化交流,当在和平共处两国平等互惠之时。国破家亡,远洋奔赴,献艺敌酋,乃可耻之行也。然此事在彼幼年之期,自亦可谅之。而李槐至死不悟,仍引以为光荣,盖老年胡涂人也。可为崇洋媚外者戒。及其重病垂危之时,偶一念及艺事,竟如此奋发蹈厉,至不顾身命,岂其好艺之心至死未衰耶。

一九八一年十一月二十八日上午

# 言　戒

　　我的为人，朋友们都说是谨小慎微，不苟言笑的。现在还有人这样评价，其实是对我不太了解之故。我说话很不慎重，常常因为语言缘故得罪于人，有一次，并从中招来大祸，几乎断送性命。如果不趁我尚能写作之时，把它写出来，以为后世之戒，并借此改变别人对我的一知半解的印象，那将是后悔莫及的了。

　　我在四十年代之末，进入这个码头城市。我是在山野农村长大的，对此很不习惯，不久就病了。在家养病，很少出门，也很少接触人。除去文字之过，言过本来可以很少。人之为物，你在哪一方面犯错误少，就越容易在哪一方面犯大错误。

　　有一天，时值严冬，我忽然想洗个澡，我穿上一件从来不大穿的皮大衣，戴了一顶皮帽，到街上去。因为有病，我不愿到营业的澡堂去洗，就走到我服务的机关大楼里去了。正是晚上，有一个中年人在传达室值班。他穿一身灰布旧棉衣，这种棉衣，原是我们进城时发的，我也有一套，但因为近年我有些稿费，薪金也多了，不能免俗，就改制了现在的服装。

他对着传达室的小窗户，悠然地抽着旱烟，打量着我。他好像认识我，我却实在不认识他。

"同志，今天有热水吗？"我问。

"没有。"他回答得很冷淡，但眼睛里却有一种带有嘲笑的热意。

我刚要转身走去，他却大声说：

"听说你们写了稿子，在报上登了有钱，出了书还有钱？"

"是的。"我说。

"改成戏有钱，改成电影还有钱？"

"是的。"我又回答。我不明白他是什么意思，我简单地以为他是爱好羡慕这一行。这样的人在当时是常遇到的。我冲口就说了一句："你也写吧。"

这四个字，使得同我对话者，突然色变，一句话也不说了。我自己也感到失言，赶快从那里走出来。在路上，我想，他会以为我是挖苦他吧，他可能不会写文章吧。但又一想，现在不是有人提倡工农兵写作吗？不是有人一个字不认识，也可以每天写多少首诗，还能写长篇小说吗？他要这样想就好了，我就不会得罪他了。

一转眼，就到了一九六六年。最初，我常看到这个人到我们院里来，宣传"革命"。不久，我被揪到机关学习，一进大门，就看到他正在张贴一幅从房顶一直拖到地下的，斗大墨笔字大标语，上面写着：

"老爷太太们，少爷少奶奶们，把你们手里的金银财宝，首饰金条,都献出来吧!"

那时我还不知道造反头头一说,但就在这天晚上,要开批斗大会。他是这个会的组织者和领导者。

先把我们关在三楼一间会议室里,这叫"候审"。我们垂头丧气地坐在那里,等候不可知的命运。我因为应付今天晚上的灾难,穿着一身破烂不堪的棉衣。

他推门进来了。我抬头一望,简直认不出来了。他头戴水獭皮帽,身穿呢面貂皮大衣,都是崭新的;他像舞台上出将一样地站在门口,一手握着门把,威风凛凛地盯了我一眼,露出了一丝微笑。我自觉现在是不能和这些新贵对视的,赶紧低下头。他仍在望着我,我想他是在打量我这一身狼狈不堪的服装吧。

"出来!"他对着我喊,"你站排头!"

我们鱼贯地走出来,在楼道里排队,我是排头,这是内定了的。别的"牛鬼蛇神",还在你推我让,表示谦虚,不争名次,结果又被大喝一声,才站好了。

然后是一个"牛鬼蛇神",配备上两个红卫兵,把胳膊挟持住,就像舞台上行刑一样,推搡着跑步进入了会场。然后是百般凌辱。

我认为这是奇耻大辱。当天夜里,触电自杀,未遂。

就在这么一位造反头头的势力范围里,我在机关劳动了半年。后来把我送到干校,我以为可以离开这个人了,结果他也跟去了,是那里的革委会主任。在干校一年多,我的灾难,可想而知,不再赘述了。

干校结束，我也就临近"解放"了。回到机关，参加了接收新党员的大会。会场就在批斗我们的那个礼堂。这个人也是这次突击入党的，他站在台上，表情好像有点忸怩。听说，他是一个农民。原在农村入过党，后来犯了什么错误，被开除了，才跟着哥哥进城来，找了个职业。现在因为造反有功，重新入党。这天，他没有穿那件崭新的皮大衣，听说那是经济主义的产物，不好再穿了。

芸斋主人曰：金人三缄之戒，余幼年即读而识之矣。况"你也写"云云，乃风马牛无影响之言，即有所怀恨，如不遇"四人帮"之煽动，可望消除于无形，不必遭此荼毒也。其不平之气，不在语言，而在生活之差异矣！故彼得志报复之时，必先华衮而斧钺也。古时，西哲有乌托邦之理想，中圣有井田之制定，惜皆不能实行，或不能久行。因不均固引起不断之纷争，而绝对平均，则必使天下大乱也。此理屡屡为历史证明，惜后世英豪，明知而仍履其覆辙也。小民倒霉矣！

一九八一年十二月二十九日晨起改讫

## 三　马

　　一九六六年冬天，情形越来越不好，每天我很晚"开会"回来，老伴一个人坐在灯下等我，先安排着我吃了饭，看到我那茶饭无心，非常颓丧的样子，总是想安慰安慰我，但又害怕说错了话，惹我生气。就吞吞吐吐地说：

　　"你得想开一点呀，这不也是运动吗，你经过的运动还少吗？总会过去的。你没见土改吗？当时也闹得很凶，我不是也过来了吗？"

　　我一向称赞她是个乐天派。闹日本的时候，一天敌人进了村，全村的人都逃出去了。她正在坐月子，走动不了。一个日本兵进了她的屋，她横下一条心，死死盯着他。可是日本兵转身又走了。事后她笑着对我说："日本人很讲卫生吧，他大概是闻不了我那屋里的气味吧！"我家是富农，她经历了老区的土改，当时拆房、牵牛，她走出走进都不在乎，还对正在拆房的人说："你慢点扔砖呀，等我过去，可别砸着我。"到搬她的嫁妆时才哭了。我说：

"那时，虽然做得也有些过分，但确是一场革命。我在外面工作，虽然也受一点影响，究竟还是革命干部呀。"

"现在，你就不是革命干部了吗？"她问。

"我看很悬了，我不知道他们要干什么。这回好像是要算总账，目标就是老干部和有文化的人。他们把我们看成是最危险的敌人了。走到哪里，都有人在跟踪我，监视我。你们在家里说话，也要小心，我怕有人也在监视你们。地下室可能有人在偷听。"

"你不要疑神疑鬼吧，哪能有那种事呢？"老伴完全不相信，而且有些怪我多疑了。

"你快去睡觉吧，"我有些不愿再和她谈了，"你看着吧，他们要把老干部全部逼疯、逼死！这个地方的人，不是咱老家的农民，这地方是个码头，什么样的人都有的，什么事也干得出来。"

老伴半懂不懂地叹了口气，到里间睡觉去了。

随着不断地抄家，随着周围的人对她的歧视，随着她出门买粮、买菜受到的打击，随着我的处境越来越坏，随着不断听说有人自杀，她也觉得有些不对头了。她是一个病人，患糖尿病已经近十年，遇上这种事，我知道，她也活不长了。

那些所谓"造反"者，还在不断逼迫，一步紧似一步。一天下午，我正在大楼扫地，来了一个人，通知我几天以内搬家。我回到家来，才知道是勒令马上搬家。家里已经乱作一团，晚饭也没吃。除一名造反者监临外，还派来几名"牛鬼蛇神""帮忙"。

本来就够逼命的了，老伴又出了一件岔子，她因为怕又来抄家，把一些日用的钱，藏在了破烂堆里，小女儿不知道，把这堆破烂倒出去了，好容易才找回来。胡乱搬了一些家具、衣物，装满一卡车，到了新住处，已经有十一点了。

那是一小间南房，我们进去，有人正在把和西邻的隔山墙，打开一个大洞。并且，还没有等我们把东西安置一下，就把屋顶上的惟一的小灯泡摘走了，我们来时慌慌张张，并没有带灯泡来。

老伴这才伤心了，她在我耳边问：

"人家为什么要在墙上凿个洞呢？"

"那是要监视我，不然，你还不相信呢。"我说。

把原来三间房子的东西，堆在一小间里，当然放不开。院里也就堆放了一些，任人偷窃践踏。

这里住户虽说不少，没人愿意理我们，也不敢理。惟独东邻一个十六七岁的男孩，主动地对老伴说：

"大娘，你刚刚搬来，缺什么短什么，就和我说吧！"

使得老伴感激落泪。

后来，我知道，这个孩子的父亲，原来也是我们机关的职工，因为在日本人办的报馆做过事，被定为日本人的特务。这次运动又提起来了，已经不许回家。他有三个儿子，大的叫大马，二的叫二马，都因为父亲的问题，到了年龄，找不到对象，进了精神病院。这个老三，叫作三马，看起来，聪明伶俐，一个人在家里过日子，屋里院里弄得井井有条。我的老伴有病，我又每天早出晚归，他确实帮过不少忙。

在很长一个时期，我甚至认为他是惟一对我家没有敌意并怀有同情之心的人了。

后来，我也被管制在大院后楼，不许回家，和他父亲住在一处。这个人因为是老问题，造反者的里面，又有不少人，是他过去的同事，对他并不注意，而且很宽容，并派他监视我们。他的床铺放在临门的地方，每逢我出去，他总是慢慢跟在后面，从容不迫，意在笔先，驾轻就熟，若无其事。比起那些初学乍练的来，显得高明老练得多了。他也从不用言辞和行动伤害于我，只是于无形无声中，表示是受人之命，不得不如此而已。因此，我对他也没有反感。

当我临近"解放"，我的老伴就在附近医院去世了。我请了两位老朋友，帮着草草办了丧事，没有掉一滴眼泪。虽然她跟着我，过了整整四十年，可以说是恩爱夫妻，并一同经历了千辛万苦。

不久，我搬回了原来住的地方，告别了那间小屋。有一天，忽然听人说，三马因为两个哥哥回来了，不愿和两个疯人住在一起，自己偷偷住进了我留下的那一小间空房。被管房的知道了，带一群人硬逼他出来，他恳求了半天，还是不行，又挨了打，就从口袋里掏出一瓶敌敌畏，当场喝下去死掉了。听到这个消息，我的干枯已久的眼眶，突然充满了泪水。

芸斋主人曰：鲁迅先生有言，真正的勇士，能面对惨淡的人生，正视淋漓的鲜血。余可谓过来人矣，然绝非勇士，乃懦夫之苟且偷生耳。然终于得见国家拨乱反正,"四人帮"之受审于万民。痛定思痛,乃悼亡者。终以彼等死于暗无天日,未得共享政治清明之福为恨事,此所以于昏眊之年,仍有芸斋小说之作也。

一九八二年一月二日晨起改讫

# 葛　覃

## 一

他名叫葛覃。我记得这两个字出自诗经。但年老了，恐怕记得不准，找出书来查查，所记不误。题作"葛覃"的这几段诗，是古代民歌，也很好读。在这几章诗的后面，有古人的一段议论，说：

　　此诗后妃所自作，故无赞美之词。然于此可以见其已贵而能勤，已富而能俭，已长而敬不弛于师傅，已嫁而孝不衰于父母，是皆德之厚而人所难也。

这一段议论，虽然莫名其妙，不知为什么，在我的心里，和葛覃这个人，连结起来了。

## 二

我们认识的时候，还都是青年，他比我还要小些，不过十七八岁。人虽然矮小一些，却长得结实精神，一双大眼，异常深沉。他的家乡是哪里，我没有详细问过，只知道他是南方人，是江浙一带的中学生。为了参加抗日，先到延安，一九三九年春天，又从延安爬山涉水来到晋察冀边区。我们见面时，他是华北联合大学文艺学院文学系的学生，我在那里讲一点课，算是教员。一九四一年，边区文艺工作者协会成立，我们一同参加了成立大会，他已经写了不少抗日的诗歌，他的作品富于青春热情和抗争精神，很多人能够背诵。一九四二年开始整风，文艺工作者纷纷下乡，各奔东西，我们就分别了。

后来听说葛覃到了冀中区，后来又听说他到了白洋淀。那个时候，冀中区斗争特别激烈残酷，敌人的公路如网，碉堡如林，我们的大部队，已经撤离，地方武装也转入地下，原来在那里的文艺工作者，也转移到山里来了，而葛覃却奔赴那里去了。

我心里想，这位青年诗人，浪漫主义气质很明显，一定是向往那里的火热斗争，或者也向往那里的水乡景色，因为他来自江南。或者吃厌了山沟里的糠糠菜菜，向往那里的鲜鱼大米吧。

山川阻隔，敌人封锁，从此就得不到他的消息，也不知道他的生死，我就渐渐把他忘记了。

## 三

日本投降以后，我回到了冀中，也曾经到过白洋淀，但没有听到他的消息，也没有想到探寻他的下落。我的生活也一直动荡不安。经过三年解放战争，我到了天津，才从文艺学院另一位同学那里，知道葛覃还在白洋淀。那位同学说：

"他一直在那里下乡，也可以说在那里落户了。他的下乡，可以说是全心全意的了吧！"

进城以后，我的生活进入了新的不安定阶段，听到了这个消息，并没有感到惊异，也没有想到去看望他。这时，人与人之间的关系，已经不像在山地那样，随时关心，随时注意了，这就叫作"相忘于江湖"！大家关心、注意的是那些显赫的人物和事件，报纸刊出的或电台广播的消息：谁当了部长，谁当了主任，谁写了名著，谁得到了外国人的赞扬……作家们还是下乡，有时上边轰着下去一阵，乡下炕席未暖，又浮上来了。葛覃下乡虽然彻底，一下十几年，一竿子扎到底，但他并没有因此出名，也没有人表扬他，因为他没有作品，一首诗也没有发表过。他到底在干什么呀，这倒引起了我的好奇心！

"文化大革命"来了，大动乱开始了，文艺界的很多知名人士，接连不断地被打倒，被游街示众，被大会批判，被迫自杀身亡，几年的时间，已经弄得哀鸿遍野，冤魂塞路……我算是活下来了，但生活下去还是很艰难，惶惶终日，自顾不暇，把所有的亲人、朋友、同志，都忘记了，当然更不会想到葛覃。

## 四

但就是在这个时候，我见到了葛覃。我所在的城市，有一个文教女书记，因为和江青有些瓜葛，权势很大，人称太上皇。她想弄出一个样板戏，讨江青的欢喜。市京剧团，原来弄了一个脚本，是写白洋淀抗日斗争的，但一直不像个样板。正赶上我已经被"解放"，有人向女书记介绍了我，说我写过白洋淀，可以参加样板戏的创作。因此，我就跟着剧团到白洋淀去体验生活，住在淀边一个村庄。行前，文艺学院那位同学告诉我，葛覃就是在这个村庄教小学。

到那里的第二天早晨，我就去找葛覃，小学在村庄的南头，面对水淀。校舍很宽敞，现在正是麦收季节，校门前的大操场，已经变成了打麦场。到学校一问，现在放假，葛老师到区上开会去了。

这个村庄街道很窄，每天早晨，我到操场去散步。有一次，看到一个农民穿戴的中年人，从学校出来，手里提了一个木水桶，上到淀边的船上，用一根竹竿，慢慢把船划到水深处，悠然自得，旁若无人。然后打了一桶水，又划回来，望了我一眼，没有任何表情，提着水桶到学校去了。我看这个人的身影，有些像葛覃，就赶快跟了进去。他正在厨房门口往饭锅里添水，我喊了一声：

"葛覃！"

他冷漠地看了看我，说：

"听说你们来了。"

我随他走进屋里，这是他的厨房兼备课室，饭桌上零散地放着一些书籍报纸，书架上也放着一些碗筷、瓶罐。

我看着他做熟了饭——一碗青菜汤；又看着他吃完了饭——把一个玉米面饼子，泡在热汤里，他差不多一句话也没有说。没有问我现在的工作，这些年的经历，"文化大革命"的遭遇；也没有谈他在这里的生活和经历。比如说土改、"四清"，他有没有问题，和老家有没有联系。

在这种气氛下，我也没有多谈，只是翻看他桌上的书报，临走向他借了一本范文澜的《中国通史简编》，拿回住处去看。

过了几天，村干部们在小学里请一位来参观的军官吃饭，把我拉去陪客。我去应付了一下，就托辞出来，去看葛覃。这次他把我让进了卧室。那是由一间教室的走廊，改造而成。临院子的一面，用牛皮纸糊得严严的，阳光也射不进来。一副木床板上，放着他的铺盖卷，此外，什么也没有。室内昏暗，空气也不佳，我又把他叫出来，在院里站着谈话。

他好像有了一点兴致。

他说：

"张春桥现在做什么官儿？"

"政治局常委，国务院副总理。"我说，"看来还不满足，还想往上爬哩！"

"你记得吗？"葛覃脸上忽然闪过一丝笑意，"我们在华北联大开会时，他只能当当司仪，带头鼓掌喊口号，此外就什么也不会干了。"

在庭院里，我觉得不应该议论这种人物，尤其是眼下，不远的地方正在有宴会进行，我没有把话接下去。这时剧团里的两位女演员跑来叫我去开会，我就走了，他也没有送我出来。

在村里，我问过村干部，葛覃在这里结过婚没有。他们说，前些年，曾给他介绍过一个女的，结婚以后，那女的脾气不好，有点虐待葛老师，就又离散了。他们说葛老师初来时，敌人正在疯狂烧杀，水淀的水都叫血染红了，他坚持下来了。人很老实，人缘也好，历次运动，我们都没有难为过他。在村里教书整整三十年，教出的学生，也没有数了。

## 五

去年，有一位白洋淀的业余作者到天津来，我又问起葛覃的生活。他说：

"又结了婚，这个女的，待他很好，看来能够白头偕老了。不过，究竟为什么，一个人甘心老死异乡？除去到区县开会，连保定这个城市也不愿去一趟。认识的老同志又很多，飞黄腾达的也不少，为什么也从不去联络呢？过去好写诗，为什么现在一首也不写呢？这就使人不明白了。"

我说：

"因为你是一个作家，所以才想得这样多。我在那个村庄的时候，农民就没有这些想法。他们早把葛老师看成是本乡本土的人了。他不愿再写诗，可能是觉得写诗没有什么用，是茶余酒后的玩意儿。他一字一句地教学生读书，琅琅的书声，就像春天的雨水，滴落在地下，能生菽粟，于人生有实际好处。他不是我们这个时代的隐士，他是一名名副其实的战士。他的行为，是符合他参加革命时的初衷的。白洋淀的那个小村庄，不会忘记他，即使他日后长眠在那里，白洋淀的烟水，也会永远笼罩他的坟墓。人之一生，能够被一个村庄，哪怕是异乡的水土所记忆、所怀念，也就算不错了。当然，葛覃的内心，也可能埋藏着什么痛苦，他的灵魂，也可能受到过什么创伤，他对人生，也可能有自己特殊的感受和看法，这也是人之常情，不足为怪，也不必深究了。"

芸斋主人曰：人生于必然王国之中，身不由己，乃托之于命运，成为千古难解之题目。圣人豪杰或能掌握他人之命运，有时却不能掌握自己之命运。至于凡俗，更无论矣。随波逐流，兢兢以求其不沉落没灭。古有隐逸一途，盖更不足信矣。樵则依附山林，牧则依附水草，渔则依附江湖，禅则依附寺庙。人不能脱离自然，亦即不能脱离必然。个人之命运，必与国家、民族相关联，以国家之荣为荣，以社会之安为安。创造不息，克尽职责，求得命运之善始善终。葛覃所行，近斯旨矣。

一九八四年二月二十三日

# 春天的风

现在已经进入"九九",春天确实来了。外面刮着很大的风,庭院尘土迷漫,呼呼作响。我在屋里没事干,想起一些往事,心里很郁闷。我是不愿意在郁闷中消磨精神、消磨时光的。我想写点什么,一方面是排遣,一方面也是做一点工作。

我刚刚写得流畅一些,漂亮的文词不断涌现,心情也愉快起来。这时有人敲门。我最怕写东西的时候来客人,重大的敲门声,常常引起我的反感,不得不强自克制,以免得罪客人。这次敲门声音很轻微,我放下笔去开门,来客是一位女郎。

她身长玉立,穿一件浅花棉袄,围一条驼色大宽围巾。从面容和眼神上,我看出她是神经方面不健康的人。近几年来,常常有这样的青年来找我。我年纪大了,又是一个人生活,同院的人,很为这种事情担心,有时就跟了进来,以防不测。我对邻居们解释:不会出什么事,他们不会在我屋里大闹的。因为来找我的人,第一,都是书生,文学爱好者;第二,他们既然找我,就是对我尊重,甚至还有些崇拜。当然我也要注意,不要惹翻他们,要用好言语，把他们打发走，也就是，把他们哄走。

女孩子很礼貌，我让给她一把藤椅，她说：

"你老年纪大了，理应坐椅子，我坐凳子。"

她自己拉了一只小凳，坐了下来。

我心里安定下来，并对她发生了好感。

女孩子接着说：

"我想拜访一位作家，我就想到了你老。"

"你找我要谈些什么呀？"我和气地说，照例把眼睛眯了起来，这样可以使对方畅所欲言，我自己也可以节约精神。

女孩子用低沉的声音说：

"我想问问你，我还需要不需要写作？"

"你带了稿子来吗？"我问。

"没有。我不想写东西了。因为我看到周围的人，他们的生活、思想、感情，都不是那么高尚，他们都很自私。我想，不值得我去写。"

我说：

"这可能是因为你身体不好，精神不好。你可以先休息休息，等精神好的时候，再写。那时候，你就会觉得，有些人还是很好的，很可爱的。"

"我从九岁的时候，就得了这种病，我很固执，我想不通。"女孩子说："我走到你这里来，很困难，我口袋里装着很多药。"

"是中药还是西药？"我问。

"什么药也有。"她说着掏出一包药丸叫我看。有一个小纸条掉在地下，我提醒她捡了起来。她说："一张电影票，没有意思，我不想去看了。"

我在心里计算着一个数字：九岁……我问：

"你今年多大了？你的父母做什么工作？"

"二十七岁。"女孩子说，"我一个人留在这里，我的父亲和母亲都在保定，他们都在大学教书。"

"你应该到保定去住，那里空气好一些，对你的身体有利。"我对她说。那个数字也计算出来了，她是一九六六年得的病。"你对生活要乐观。你的家庭，你的父母，现在不是很好了吗？"

"保定的空气就是好，"女孩子说，"在那里，我的围巾，一个月还是很干净。在这里，几天就黑了。可是，我对生活，是没有信心的。我每天应付很多生活上的琐事，我有些应付不了。生活，并不像文学作品描写得那样可爱。"

"那还是因为你有病。"我用非常同情的口吻说，"生活就是生活，它不像你想的那样好，可是也不像你想的那样不好。你记着我说的这句话。这不是我的创造，这是我十四岁时，刚上初中，从一本书上，得到的启示。我一生信奉它，对我有很大好处，我现在把它奉送给你。你现在，要离开这个城市，这里对你的病很不利，这里的空气污染，噪音刺激，都很严重。你应该到农村去，呼吸新鲜空气，吹新鲜的风。"

"你叫我去当农民吗？我还没有找到朋友哩！"女孩子忽然有些不安静了。

"不是。"我赶紧解释，"你可以请假去，碍不着你的城市户口,也不耽误你找对象。我坦白地告诉你,我也得过你这种病症,我们可以说是同病相怜。这种病死不了人,但要换环境。不换环境,很难治好。这个城市,人太多,太拥挤,竞争,也可以说是争夺,必然很厉害。只能促使你的病加剧,不能减轻。你的病需要大量的新鲜氧气。我在一九五六年,得了神经衰弱症,很是严重,我可以说是被迫离开了这个城市。我先到了小汤山疗养院,在那里洗了温泉,吹了由温泉形成的湖泊的风。每天在湖边转,学习屈子的泽畔行吟,我想屈子那时也是有病。然后我到了青岛,我吹海风,洗海水澡。不分冬夏,不分昼夜,我在海边,呼吸海水发出的新鲜氧气。然后,我又到了太湖,坐在太湖边的大岩石上,像一个入定的和尚,吹着从浩渺的水面,从芦塘、稻田吹过来的风。我一个人坐船到蠡园,到梅园,到鼋头渚……"

"我没有你那个条件。"女孩子忽然插了一句。

"是的。你没有我的条件。治疗这种病当然最好是吹海风,其次是湖泊的风,再其次是河流的风。你农村有亲戚吧?吹吹农村的风,对你也有利。从幼年,我就生活在农村。那里的女孩子们,身体都很好,脸都很红润。整天说说笑笑,生活得快乐无比,她们不会得病,我每天都思念农村,在那里,人与人的间隔大,关系会好得多。"

"那你为什么不回到农村去呢?"女孩子又插了一句。

这个问题,确实不好回答,难住了我。我为什么不回到农村去呢?我可以说,我出来革命,时间太久了,那里没有亲人,无家可归了。或者说，我老了，走不动了。好像都不成道理。我的热心肠，并没有冷下来，我试探着说：

"我可以给你介绍一个女作家，你和她可以谈得很好。"

"你给我介绍谁？"女孩子问。

"你想找谁？"

"我喜欢××的小说。"

"我不认识她。另外，她在北京。我给你介绍一个别人吧，也很有名，又住在本市。"

我拿过信纸来，写道：

"兹介绍×××到你那里，请你和她谈谈文学方面的问题和人生方面的问题。请你多鼓励她，帮助她。"

为了郑重，我又写好一个信封，把信纸装好，交给她。

女孩子一直站在我的身旁，看着我做这些事，并给我改正了一次笔误。她把信收起来，脸上有些笑意，说：

"希望你老人家保重。你说我还应该写作吗？"

"应该，你很聪明懂事，我想你一定写得很好。"我说，"我们生活在现实中间，应该为它做一些有益的工作。"

她又很礼貌地向我告别。

春天的风，还在刮着。

芸斋主人曰：今日虽稍误作业，然能安慰一有病女郎，较之文事，其意义为大矣。余自中年，患神经衰弱，所经医师，率皆初离课堂，查阅讲义，心广体胖，从未失眠，满腹老婆孩子，油盐酱醋。无怪其对病人痛苦，漠然无体验也。三折肱，可以成为名医，从今而后，余或可成为业余脑系科大夫欤！

一九八四年三月四日

# 一九七六年

老赵，我们姑且叫他老赵吧。其实，那时只有极少数的人，才这样称呼他，表示对他的好感和尊重。多数人在心里还是把他看作走资派、反革命，不理他，暗地唾骂他。老赵不明白，为什么一个人，会一下子从老革命，变成反革命；从最被尊敬的、最被羡慕的，变成最被轻视的人，甚至弄到家破人亡？为什么过去最巴结他的人，现在却反过来欺侮他，对他进行迫害？

一九七六年，对老赵来说，是不平凡的十年中，最不平凡的一年了。在这一年中，除去"大革命"的势力，继续对他进行迫害，使他感到，虽然说是"解放"了，只要不知从哪里吹来一股风，他还可以随时遭到不幸，甚至更意想不到的不幸。在这一年，一位在他"解放"以后，原想他会有出头之日，便从远远的省份，赶来这里和他结合的女同志，又感到他没有出息，使自己失望，远走高飞了。在这一年的七月，又发生了地震，房倒屋塌，他孤身一人，又抢不了地盘，搭不起帐篷，没地方做饭，同院的人都在看他的笑话。

其实，这一切，例如女人离婚，从屋里走出去；老天爷地震，把屋顶塌下来这些事，对于现在的赵某人来说，都是无所谓的，平平常常的，在他的心里，没有引起多大的波动。人生，意外的事情很多，历史上还有比"文化大革命"使人感到意外的吗？较之"文化大革命"，不只走一个女人，就是七八级地震，又算什么！

这一两年来，老赵很少想到自杀了。"文化大革命"开始，他曾自杀一次，没有死掉，以后又多次企图自尽，都没有成功。现在他不想自杀了。一切对他来说，都已经习惯了。一切对他来说，都是现实，他不再追问是为什么了。因此，虽然是这样大的地震，他可以说是泰山崩于前，面不改色，从从容容，最后一个从屋里走了出来。

他自己在院里小山坡上，搭了一个像看禾场的窝棚，那么小的塑料薄膜帐篷，算是安营扎寨。这所宅院，原来很阔气，有园林之美，房舍都是木结构，一律菲律宾式。现在天灾之后，就展开了木料砖瓦争夺战。原来楼顶周围的大方木，在清晨黄昏之时，被当地的房管站，派汽车运走了。人们看到那样好而大的方木，都眼红舌咋地说：一根就能打两个大衣柜！拆下的小椽子，走廊的圆柱、方檩，是院中某些人的争夺对象。有一家的两个儿子，竟动用了消防的大板斧，去砍那尚未震倒的走廊。他们心中有一种先天的优越感，以为遇事都可以无法无天地去干，不用说这些砖木小节，就是杀了人，也会罪减一等的。

老赵呆呆地坐在小帐篷口的一堆山石上，望着院里的大动乱中的小动乱场景。他没有任何感想，也没有丝毫感慨。他是从青年时就参加革命的，他的家庭，虽说不上万贯家财，也可以说是一个小康之家，有不少房产，他都置之不顾，抛妻撇子，奔赴前线。虽说经过长期战乱，老家已经荒芜，他却一向是以四海为家的。可是眼下又变成了这般光景。

现在正是秋雨连绵的季节，白天，他看着同院的人，在那里抢砖头，偷木料，去盖小屋，做衣柜，斧凿之声不断。夜里他听着风声雨声，说梦话做噩梦，大喊大叫……

只有在梦里，他才好像清醒着，在白天，他是麻木不仁的。

不久又传来噩耗，领袖逝世了。政工组来通知他，到灵堂去行礼。他一路踩着瓦砾，到机关大院，在政工组的监视下，对着领袖的遗像行礼如仪，又被留下看电视节目，他都是麻木地、呆呆地站在那里，欲哭无泪。

回到家来，他感到很空虚，很无聊。非常无聊。他每天早晨起来，也跟着同院的人，去捡些砖头，搭一个盛煤球的池子。整砖、好砖，都叫别人拿走了，他就捡些半头砖，甚至够不上半头，还比较整齐的砖，放在自己门口。他没有雄心壮志，不能搭房盖屋，这也就可以了。

渐渐，他也去捡些木料，院里的木料是很多的。这里的住宅，正在进行排险改建，院里堆积着：木料、竹竿、篱笆、油毡、洋灰、沙子，堆者自堆，用者自用，无人管理，无人负责。白天放在院里，夜晚就入了户，成了私人的财产。能者多劳多得，不能者少得少用。老赵最初只是捡些小木块，甚至可以说是陶侃所捡的竹头木屑,都是别人家的锯余之物。他看着方正,不管有多么小,多么无用项,他都捡起来,放到自己的窗台上,准备夏天垫花盆,冬天升炉火。

渐渐,他也偷拿一些较大的木材,当然不是很大的木料,放到屋里去。这些木材也都是比较方正的,光滑的,做一只小板凳,绰绰有余的。他不想拿大木料,也不想做大家具,这不只因为他从小是一个洁身自好的人,也因为他现在的处境,那会罪上加罪。

他觉得这也是一种生活乐趣,就像童年时捕鸟钓鱼一样。他每天起得很早,在院里转悠着,在瓦砾堆里巡视,探测着,以求有所收获。一天没有收获,他就怏怏然若有所失。

他的灵魂,在逐渐地,不知不觉地沉落着。他不再去追悔,也不再去希望,他不再读书,当然更不再写作。还写什么呀!这比他自杀,更可怕些,也更可悲哀些。

这个灵魂沉落的过程,直到"四人帮"覆灭,才得停止,才得到挽救。

"四人帮"覆灭,这一消息的传来,对于造反起家的人们,仿佛又是一次地震。这些人,已经有过一次意外,那就是林彪的叛逃。在那一次消息传来时,首先是机关的军管组长,对老赵表示了从来没有的客气,使当时惶惶然的老赵,受宠若惊。这一次消息传到院里,正赶上有一个造反派头头,在院里监督排险,老赵正在台上垒鸡窝,那头头有些懊丧地对身边几个革命群众说:"死了不到一个月,就这样干,这不是给领袖脸上抹黑是什么!当然,有人也会高兴,比如,"他指着蹲在烂砖堆里的老赵说,"他听了就一定高兴。"

老赵悠然地站立起来,他觉得他那失去的灵魂,忽然从地里升起来,传到他的脚跟;又从腿上,传到他的头部。就像保生家做气功一样。他突然觉得头脑清醒,精神大振,他不慌不忙,用充满自信和勇气的口吻,对造反派头头说:"对。你说得对,我听了很高兴!"

造反派面面相觑,无可奈何。他们大概也感到自己的好日子快要过完了。

但是,对于老赵来说,他的灵魂的真正复苏,有所作为,还是在三中全会以后。

芸斋主人曰:语云,温不增华,寒不改叶。此非常人所能也。使"四人帮"暴政得再延续,如老赵者,不遭横死,亦必沉沦枯萎矣。语又云,利动春露,害重冬霜。故歌颂当今施政,而诅咒十年动乱也。

一九八四年四月六日

# 小 D

小 D 是解放这个城市时的留用人员。他年岁不大，却经历了敌伪、国民党和我们这三个时期的政权。他是一名清洁工，在澡堂和厕所工作，后来也在传达室值班。

他个子矮小，营养不良，脸色干黄，老公嘴。有人说他是天阉，可是听说他已经结婚，还有两个儿子。

这个城市，在旧社会，惯出流氓无赖，号称青皮。小 D 从小在南市一带长大，自然带有这种习气。解放以后，他看见许多赫赫有名的流氓头子，都被抓去枪毙了，他就有意识地掩饰这一点，工作还是很负责的。

他，其貌不扬，出身虽然算是工人阶级，在这个有三四百人的大机关里，还是一个底层的人物，不大被人重视。他为这一点，内心有很多不平。他想：既然工人阶级是领导阶级，为什么还叫我做这个工作？他并没有向领导提出这个意见。因为他也明白，工作只有分工的不同，却没有什么高下之分。近来，他是学到了一些理论的。

"文化大革命"开始后,他不过也是观望。后来看到传达室一个同事当了造反的头头,权势很大,他就有些跃跃欲试了。经那个头头的介绍,军管组派他去监督中层干部的劳动和学习,他就走马上任了。

所谓中层干部,就是这个机关的处长、科长一类,有二十来个人。小 D 每天在五楼顶上的一间房子里,先领导他们站在领袖像前,念几段语录,然后就分配他们去擦地板,清理厕所和浴室。

最初,他还是和这些"中层"一起劳动。给他们做个样子,叫他们学习。他做这些工作,确是熟练,使那些"中层"深为叹服。后来随着政策的越来越"左",对干部的迫害,越来越重,小 D 也就不再劳动,只是发号施令,甚至打人骂人了。

在接连"武斗"几个干部之后,小 D 的心毒手狠,已经在机关内外传开,名声大噪。一些人不再用轻佻的口吻叫他小 D,而是改称他 D 司令。至于那些被审查的"中层",已经有亲身的体验,对他更是恭敬和惧怕了。

小 D 的装束,随着他的声势在改变。他不知从哪里弄来一顶鸭舌帽,手里提一个书包,像一个真正的干部模样,每天大摇大摆地走进机关大院。

在进入五楼那间房子的时候,他就更威风了。

这是一九六七年的夏天,小 D 摘去了鸭舌帽,上身赤膊,穿一件红色的小背心,腰里扎一条南市卖艺人系的那种宽皮带。在他身后,跟着两个"中层",也就是两个科长级干部,都是大学毕业。左边一个，给小 D 捧着茶杯和眼镜盒（过去谁也没见过小 D 戴眼镜，现在因为经常要看文件和检查材料，他又不知从哪里弄来一副眼镜）。右边一个，给小 D 捧着语录本和笔记本。

这是在门外的情景。在室内，则有一位白发苍苍的总务处长，是进城干部，原来是小 D 的最高上级，正在给小 D 摆座椅，擦桌面。这间房子里，既然是牛鬼蛇神的出入场所，当然不会有什么好家具，都是一些破桌子，破椅子。然而小 D 有一个专用的座椅，他人不能擅用。每天，当小 D 进来之前，这位老干部，总要亲自检查一下，嘴里还不断抱怨：

"看，你们又把 D 同志的椅子乱拉乱放，快拿过来，快拿过来！"

这样，小 D 一进屋，人们就唰的一声站立起来，而且都是心惊胆战的。

他感觉到人们在怕他，人们在巴结他，他很得意，越得意越威风。他是在报复，是对这些人，对这些过去比他地位高、比他富有，他曾经为他们服务过的人，进行报复。不只对这些人，也是对这些人的家属、子女。

他觉得自己的地位，突然升高了，可以说是一夜之间，升到了天际。他有了一种天生的优越感。他想到了上海的王洪文，一个普通的工人，一下子……帝王将相，宁有种乎！他觉得自己的权力很大，威力无边，可以制服一切人，特别是这些知识分子、大学生、高级干部。

他想尽一切办法捉弄他们，虐待他们，往死的边缘推挤他们。

从此，他除去打骂他们，也渐渐用一些从日本人、国民党那里学来的特务手段对付他们。他开始抄一些人的家，翻箱倒柜，为所欲为，派人跟梢，派人密探，制造一些冤案。以走资派治走资派，他感到得意非常。

半年以后，中层干部被送往干校，他押带前往。在那里，他自己有一间办公室，门口挂一个小木牌：群众专政室。他物色了当地农场一个随娘改嫁三次的、惯于偷盗的青年，当他的助手。每天抱着一根大木棍，跟随护卫着他。

中层干部都睡在牛棚里，从天不亮劳动到天黑。他只是监督着、斥骂着，各处走动着，巡视工作，或是坐在办公室听听密探们的汇报。这一时期，他在训话时，嘴边上总是挂着这样一句话：你们这些人，过去也当过领导，今天我来领导你们……

又过了半年，他门口的小木牌，忽然不见了。紧接着，他带着几个年轻力壮的牛鬼蛇神，拉着小车和别的工具，到几十里地以外去晒大粪。

过了半月，他被调离机关，到一个工厂去当工人。刚到工厂，他还作了一次"讲用报告"。

又过了不久，听说他吞安眠药自杀了。原因不明。有人说，他新交的朋友，另一个地方的造反派头头，常到他家去，霸占了他的老婆。可是，也没有人去追究。

芸斋主人曰：小人得志，不可一世。证之小 D，信不诬矣。余曾询之有识之士，当时何以起用此人？彼云：以最卑劣之人物，管制中层以上之干部,乃是对走资派最大之蔑视。余又询:如此无赖,"四人帮"尚在台上,何以遽尔轻生? 彼亦摇首不知云。

一九八四年四月二十九日下午

# 王　婉

　　我和王婉在延安鲁艺时就认识了，我们住相邻的窑洞。她的丈夫是一位诗人，在敌后我们一同工作过，现在都在文学界。王婉是美术系的学生，但我没有见过她画画。他们那时有一个孩子，过着延安那种清苦的生活。我孤身一人，生活没有人照料。有一年，我看见王婉的丈夫戴着一顶新缝制的八角军帽，听说是王婉做的，我就从一条长裤上剪下两块布，请她去做。她高兴地答应，并很快地做成了，亲自给我送来，还笑着说：

　　"你戴戴，看合适吗？你这布有点儿糟了，先凑合戴吧，破了我再给你缝一顶。"

　　她的口音，带有湖南味儿，后来听说她是主席的什么亲戚，也丝毫看不出对她有什么特殊的照顾，那时都是平等的。

　　进入这个城市以后，她的丈夫和我在作协工作，她在美协和文联工作。我虽然没有见过她的作品，但她待人接物是讨人喜欢的，表现得有点天真。我有一次到她家去，看见她还很能操持家务，房间收拾得井井有条，摆在几案上的一个玻璃鱼缸，里面的贝壳、石子、水藻，清洗得很干净。他们已经有两个孩子，大女儿和我的孩子在一个小学读书。

一九五三年，文艺界出了一个案件，她的丈夫被定为"分子"。最初，我还以为不过是学术思想上的问题，在开会中间，还为她的丈夫说了不少好话，什么很有才能呀，老同志呀。过了两天，我才知道问题的严重。在我们正开会时，公安局来人，把她的丈夫逮捕了，还有人给诗人抱着铺盖和热水瓶，就是说要去坐牢。我第一次见到这种阵势，可能脸色都吓白了，好在主持会的是冀中来的一个熟人，他说：

"你身体不好，先回去吧。"

我回到家里，满腹牢骚，不断对我的老婆唠叨：

"这算什么呀！一个文艺工作者，犯了什么罪呀！"

我坐立不安，走出转进。我的老婆斥责我：

"你总是好拉横车！"

后来我知道，这一案件，近似封建社会的"钦定"大案，如果主持会的不是熟人，我因在会上说了那些不合时宜的话，也会被牵连进去。

我受了很大刺激，不久，就得了神经衰弱症。

每年过春节，文联总是要慰问病号的。还在担任秘书长的王婉，带着一包苹果，到我家来，每次都是相对默然，没有多少话说。听说主席到这个城市，曾经问过王婉是不是"分子"。那时她已经离婚。

"文化大革命"开始，王婉受到冲击。她去卧过一次铁轨。

后来就听不到她的消息。我的遭遇很坏，不只全家被赶了出去，还被从家里叫出来，带着铺盖和热水瓶关到一个地方。我想到了王婉的丈夫被捕下楼时说的一句话："这也是生活！"我怀疑：这是生活吗？生活还要向更深的地狱坠落。

"文化大革命"，按照它的歇斯底里个性，疯狂地转动着，我什么消息也不知道。林彪叛逃以后，情形有些变化。这时我听说，王婉是这个城市的大红人，江青不断接见她，她掌握着这个城市的大权。听到这个消息，我没有任何反应。我不想去向任何人求救，我情愿在地狱中了此一生。但不久听说，有人向王婉汇报，说我在干校，一顿能吃两个窝窝头时，王婉曾经大笑起来。又有一位经常往王婉家里跑的老熟人告诉我：王婉曾想到我的住处看我，这位熟人告诉她，我还在被群众专政，恐怕影响不好，她就把这个主意打消了。我无动于衷，我不希望在我的心里，或是在这些新贵的心里，还有什么旧日的情谊萌动。

但随着整个形势的变化，我也算是"解放"了。有一次，王婉召见我，在市委办公大楼。那是个庄严的地方，过去我也很少去。在那里，我见到了王婉的权威。一位高级军官，全市文化口的领导，在她面前，唯唯诺诺，她说一句，他就赶紧在本子上记一句。另一位文官，是宣传口的负责人，在她身边转来转去，斟茶倒水，如同厮役。

我呆呆地坐在一边。

她问了我几句话。我也问了她一句话：

"王婉同志，你今年多大岁数了？"

她可能以为我问的是一句傻话，或者是在女人面前不大礼貌的话，她没有答声。

她叫我当了京剧团的顾问。

这一消息，在那些惯于趋炎附势，无孔不入的小人中间传开，顿时使一些人，对我的看法，有了很大的改变。

"好家伙，王婉接见了他！"

"听说在延安就是朋友呢！"

"一定要当文联主席了！"

因为被折磨得厉害，我的老伴，前不久去世了。有一位在"文化大革命"中处境艰难，正在惶惶然不可终日的老同志，竟来向我献策：

"到王婉那里去试试如何？她不是还在寡居吗？"

他是想，如果我一旦能攀龙附凤，他也就可以跳出火坑，并有希望弄到一官半职。

这真是奇异的非非之想，我没有当皇亲国戚的资格，一笑置之。我知道，这位同志，足智多谋，是最善于出坏主意的。

主席逝世，"四人帮"倒台之后，王婉被说成是江青在这个城市的代理人，送到干校，还没有怎么样，她就用撕成条条的床单，自缢身亡了。

芸斋主人曰：使王婉当年卧轨而死，彼时虽可被骂为：自绝于人民。然后日可得平反，定为受迫害者。时事推移，伊竟一步登天，红极一时，冰山既倒，床下葬命。名与恶帮相连，身与邪火俱灭。十年动乱,人生命运虽无奇不有,今日思之,实亦当时倒行逆施政治之牺牲品也。

一九八四年五月九日晨

# 幻　觉

如果有的读者记忆好，当记得我在芸斋小说之五，写到了我的老伴的悲惨的逝世。

她死了不到一年，也就是公元一千九百七十二年，我的处境有了些好的转化。在原来的戍所，给我增添了一间住房，光线也好了一些，并且发还了书籍器物，夜晚，我也可以安然地看看书，睡睡觉了。

人乍从一种非常的逆境险途走过来，他会有一种莫名其妙的兴奋状态，或者说是一种毫没来由的劲头。我忽然觉得人生充满了希望，世界大放光明。于是我吟诗作赋，日成数首，吟哦不已，就是说新病并未痊愈，旧病又复发了。

恢复了原来工资，饭食也好了，吃得也多了。身上的肉，渐渐也复原状了。于是又有了生人的欲望，感到单身一人的苦闷。夜晚失眠，胡思乱想，迷迷糊糊，忽然有一位女同志推门进来，对我深情含笑地说：

"你感到孤独吗？"

"是的。"我回答。

"你应该到群众中去呀!"

"我刚从群众中回来,这些年,我一直在群众中间,不能也不敢稍离。"

"他们可能不了解你,不知道你的价值。我是知道你的价值的。"

"我价值几何?"我有些开玩笑地问。

"你有多少稿费?"

"还有七八千元。"我说。

"不对,你应该有三万。"

她说出的这个数字,是如此准确无误,使我大吃一惊,认为她是一个仙人,有未卜先知之术。我说:

"正如你所说,我原来有三万元稿费,但在'文化大革命'中,革命群众说我是资本家,说五个工人才能养活我一个作家,我为了保全身命,把其中的大部分,上交了国库。其实也没有得到群众的谅解,反而证实了我的罪名。这些事已经过去,可是使我疑惑不解的是,阁下为什么知道得这般清楚,你在银行工作吗?"

她笑了一笑说:

"这很简单,根据国家稿费标准,再根据你的作品的字数和印数,是很好推算出来的。上交国库,这也是无可非议的,不过,你选择的时机不好,不然是可以得到表扬的。现有多少无关,我想和你在一起生活。"

我望之若仙人,敬之如神人,受宠若惊,浑身战栗,不知所措。

"不要激动,我知道你的性格。"她抚摩着我的头顶说。

"不过,我风尘下士,只有这么一间小房子,又堆着这些书籍杂物,你能在这里容身吗? 不太屈尊吗?"我抱歉地说。

"没关系,不久你可以搬回你原来住的大房子。"

这样,我们就生活在一起了。这位女同志,不只相貌出众,花钱也出众,我一个月的工资,到她手中,几天就花完了。我有些担忧了,言语之间,也就不太协调了。一天,她忽然问我:

"你能毁家纾难吗?"

我说:

"不能。"

"你能杀富济贫吗?"

"不能。那只有在农民起义当中才可以做,平日是犯法的。"

"你曾经舍身救人吗?"

"没有。不过,在别人遇到困难时,我也没有害过人。"

她叹了一口气,说:

"你使我失望。"

我内疚得很,感到:我目前所遇到的,不仅是个仙人,而且是个侠女! 小子何才何德,竟一举而兼得之!

后来冷静一想,这些事她也不一定做得到吧? 如果她曾经舍身救过人,她早已经是个烈士,被追认为党员了。但我只能心非之,不敢明言,以触其怒。因为我发现,美人在欢笑时,其形象固然动人,能勾魂摄魄,但一变脸,也能使人魂飞魄散,怪可怕的。

但我毕竟在她的豪言壮语下屈服了。我有很多小说，她有很多朋友，她的朋友们都喜欢看小说，于是我屋里的小说，都不见了。我有很多字帖，她的朋友好书法，于是，我的字帖又不见了。一天，她竟指着我的四木箱三希堂帖说：

"老楚好写字，把这个送给他！"

"咳呀！"我有些为难地说，"听说这东西，现在很值钱呢，日本人用一台彩色电视机，还换不去呢！真可以说是价值连城呢！"

"你呢呢吗？吝啬！"她大声斥责。

渐渐，我的屋子里，东西越来越少了，钱包也越来越空了。心想，我可能是有些小气，随着年龄的增长，对生活的态度，越来越烦琐起来，特别注意一些鸡毛蒜皮的小事。举例说罢，一件衣服，穿得掉色了，也不愿换件新的。一双鞋子，穿了将近五年，还左右缝补。吃饭时，掉一个米粒，要捡起来放在嘴里，才觉心安。朋友来的书信，有多余的白纸，要裁下来留用。墨水瓶剩一点点墨水，还侧过来侧过去地用笔抽吸。此非大丈夫之所为，几近于穷措大之行动。又回想，所读近代史资料，一个北洋小军阀的军需官，当着客人的面，接连不断把只吸几口的三炮台香烟，掷于地下。而我在吸低劣纸烟时，尚留恋不到三分长的烟头，为陈大悲的小说所耻笑。如此等等，恭聆仙人的玉责，不亦宜乎！

但又一转念：军需官之大方，并非他从老家带来，乃是克扣战士的军饷。仙人刚到此地时，夜晚同我散步，掉了五分硬币，也在马路上寻觅半天，并未见大方之态。今之慷慨，乃慷敝人之慨也。一想到这里，我心中又有些牢骚了，但仍慑于仙威，隐忍于怀。

真不愧是仙人，能察秋毫之末，我心怀不满，竟被她觉察到了。

"受罪的脑袋！"她白了我一眼说，"经历了一场浩劫，还执迷不悟。你知道为什么在运动期间，造反派对你那么不客气吗？就是因为你吝啬！如果你事先能疏财仗义，广交天下英雄豪杰，你的处境会好得多。及至大难临头，你却把钱上交国库，上交国库谁领你的情？为什么不分赠周围的革命群众，特别是造反的头头？"

"那怎么行？那就是收买无产阶级，罪过要加一等的呀！"我急忙分辩说。

"我做给你看看。"她拉开门出去了。

原来，我在这个住所，经常受到欺侮，侵占，扰乱，破坏。"解放"以后，情况虽有些好转，还是时常遇到不愉快。同院的人，没人愿意跟我说话，白眼相加，就是小孩子们，也处处寻隙发坏。前天，有朋友送了我一棵小香椿树，我栽在窗台下，一夜就给拔走了。发还了收音机，我开开试听了一下，从墙外飞来一块砖头，几乎把窗玻璃砸碎。我有一只大鱼缸，因为屋里没地方，放在自己搭盖的小厨房里，被撬开门偷走了。报告了机关军管组，也不顶事，还被批评继续养花种草，花鸟虫鱼等等。

不多会儿，她从街上回来了，抱着两个大纸包，一进大院门，她就招呼那些孩子们，一人一个苹果，一大把糖。有的孩子不要，她笑着给他们装在口袋里。

"谢谢钱阿姨！"一个孩子喊，其他的孩子跟着喊。

"你明天再去弄一棵香椿树，"她得意地对我说，"看还有人给你拔走不？你身为作家，不通达人情世态，可怪也。你总说对人没有恩怨。没有恩，便是有怨。而怨可以用恩冲洗之。唐朝有诗人，名唤韦庄，就是写《秦妇吟》的那一位，做了官还折薪而爨，数米而食，这样吝啬，我看和你差不多，或者说，你有过之无不及。清朝有文人，名叫汪中，有一部集子《述学》，他为人孤傲，而患神经衰弱，最怕鸡声，与邻里关系不好，邻人大养其雄者，昼夜齐鸣，以犯其病。我看你和他也差不多。汪中没有赶上'文化大革命'，不然下场可知！"

我对她的引经据典，振聋发聩，真是佩服得五体投地了。心想，自己买了这么多书，临事不能活学活用，成为书呆子一盆面酱，面对眼前的才女佳人，实在无地自容，心里的一些不满，也很快消失了。

"你吃亏就吃在过去没有一个贤内助，"她惋惜地说，"死去的大姐，农村妇女，又是文盲，也是视钱如命的人。"

她的责难死者，又引起我的不满。心想，一棵香椿树苗，所值几何？你的一大包水果，就可以买回几十棵。这种想法，当然又不妥当，只好低下头来，唯唯称是。

正当我得到"贤内助"之时，政治形势也有好转，邓小平同志主持中央工作，对老干部的政策落实也加快了。不久，我们搬回了原来住的大房子。我又不得不再一次佩服仙人的未卜先知。

她手脚大方，交游很广，从此，我们家里，人来人往，五行八作，三教九流，热闹非常。

过了一年多，我正庆幸家庭的中兴有望，政治形势又大变，周总理逝世，邓小平同志被免除职务，对老干部的迫害又加紧了。政工组的人来得勤了，客人稀少了，同院的人态度又变了。仙人的神态，也有些异样，她到学习班去了。每次回来，不是说阶级关系发生了新变化，就是说，党内有一个资产阶级。最后一次回家，她说：

"消息不好，你准备一下吧，恐怕还要抄老干部的家！这是政治，我无能为力，爱莫能助，你善自为之吧！"

确实，这些日子，户口警到我家察看的次数也多了。

从此，她竟杳如黄鹤。我也从梦中醒来了。

芸斋主人曰：古之英雄而具神仙之质者，莫若留侯。及其晚年，犹学辟谷，道引轻身之术，以示无能为力。今仙人一女身耳，值不测之机，而求自全之路，余不得责怪之也。

一九八二年十一月二十六日灯下

# 地　震

一九七六年七月，天气奇热，政治空气也压得人透不过气来。我每天脱光了上身，搬一把木椅，坐在后面屋里的北窗之下，喘息着吹吹凉风。院里是不轻易去的，"无产阶级"造反的劲头又足了。一会儿喊叫打倒孔老二，一会儿喊叫反击右倾翻案风。我能活着回到院里来，住原来的房子，他们就认为是翻案，我只能在屋里躲着。可是，机关的政工组，又不断来屋里察看，催我去学习反右倾的文件，参加讨论。

这几年，我一听见"学习"，就有些害怕，讨论就更不用谈起了。一会儿批林批孔，一会儿评法批儒，一会儿在晁盖、宋江身上做文章，一会儿又在晴雯、柳五儿身上做文章。中国的旧书、旧小说这样多，谁知道会把你拉到哪个人身上去？活人一旦附上死人的体，那就倒霉到底了。

我说有病推托着不去。可是市里又发生了一件匿名信要案，一直查不出结果。先是叫全市几百万人，每人签名去化验手迹，结果还是查不出。不但查不出，听说匿名信又投了几次。后来不知是哪一位高明，想出一个办法：缩小包围圈。断定：一、这信一定是有文化的人写的；二、这信一定是不上班有时间的人写的；三、这信一定是住宽绰房间的人写的。这三点论断，政治目的很明确，是针对知识分子和老干部。于是户口警接连不断到我家来了。

在报纸上，每天看到的是党内出了资产阶级，要拆土围子等等。

这都是没有办法的事，听天由命吧！

家里冷冷清清，忽然在二十八日晚上，来了客人，还带着一个小孩。客人一进门，就对孩子说："这是你孙大伯，快叫！"

我才认出来的人是老崔。老崔和我是同县，他住城西，我住城东。一九四七年，我在饶阳一带工作，住在一个机关里。他是那里的炊事员，常照顾我吃饭。他原是在那一带赶集上庙做吃食小生意，机关转移到那里，领导老王看中了他的手艺，叫他参加了工作。

一九四九年进城，他在路上还给我们做饭。进城以后，不知为什么，把他分配到了裁纸房，叫大铁板砸伤了腿。一九六二年，机关又把他动员回乡了。

他走时，我不在家。听我老伴说，他拉家带口——老婆很精明能干，四个小孩。城里没有吃的，觉得不如回家好。临走时把借我的三十元钱还了，还送了我老伴一书包红山药。说真的，这一包山药，在那时，也值十块钱。我埋怨老伴不应该收他借的钱。我说，你忘了人家，在你刚来时，帮你买火炉安家吗？

老崔是个十分老实的人。我没有客人，更少留客人吃饭，今天我要招待老崔一顿。

吃饭中间，老崔说：

"就一个人过吗？"

"你嫂子去世了。"我说。

"这我听说了。"老崔放下筷子，抹了一把眼泪，"不是又续了一个吗？"

"是续了一个。"我说，"这几年我一直境遇不好，人家也不愿意来了。"

"不是结合了老干部？"老崔问。

"人家不结合我，我也不希望和他们结合。"我说，"结合的，都是造反派信得过的。比如在运动期间，揭发材料写得多的，每天打小报告的，给造反派当过侦探的，盯过老干部的梢的，给头头们当过保镖侍从的。当然也有是为落实政策不得不结合的，这些人也不过闹个副职，没有发言权。不过，这也就算不错了，总算保住了乌纱帽。你这次来，有事吗？"

"有点事，"老崔有点不好意思地说，"家里过日子难啊，我的伤腿又常犯。孩子们也大了，能都叫他们在家里种地吗？听说现在有顶替一说。"

"有是有的。你这情况，恐怕很难吧？再说现在掌权的人，你也不认识。"我坦率地告诉他。

"是啊，老王的消息，我也早听说了。"老崔说着又流下泪来。

"想得到吗？"我叹了一口气说，"这样一个人，这样的经历，落了个自杀。他后来虽然当了市委文教书记，还是一个书生。你知道他是个好面子的人，从小娇生惯养，是深泽城里的大少爷。运动开始时，这里本来想先把我抛出去。在揪斗我的那天晚上，把他也叫到会场，一边凌辱我，一边质问他为什么特别'照顾'我。这是杀鸡给猴看啊，他哪里见过这种场面，我觉得，当时是把他吓坏了。后来，江青、陈伯达在北京一点他的名，他就不想活了。"

"唉！"老崔叹了口长气。

孩子走了远路，对我们的谈话，没有兴趣，已经趴在桌子上睡着了。我说：

"好在还有几个熟人，你去找找他们吧。我还黑着，一点忙也帮不了你。今天晚上，你到对过招待所去睡吧，那里的人，你都认识。"

他带着孩子过去了。

送走了老崔，已经十点钟，我碰上门，就到后面屋里睡觉去了。我的床铺放在北墙根，床上挂了一顶破蚊帐。这顶蚊帐，还是在解放区发的。初进城，这院里也没这么多蚊子蝇子。这几年，蚊子、蝇子、耗子、黄鼠狼，忽然多起来，才把它找出挂上。蚊帐是用土机子织的，缝制得又窄又矮，我钻进去，总是碰着它，翻身也容易把它带起。蚊帐外的小桌上，有一只闹表，一盏小台灯。

这些日子，每天晚上，我钻到蚊帐里，要读一篇《昭明文选》上的文章。今天晚上，我却怎样也读不下去。我同老崔谈话太多了,心里很烦乱。我想,过去在乡下,见到的不就是像老崔这样的好人吗?又想到自杀身死的老王。在我看来,他虽也有些缺点,但终归是个好人。就说那天晚上的事吧,在"革命"群众的逼问下,他有些慌了手脚,但也只是说了一句不大带劲的话。他很快就觉察到,在一个同志受难的时候,不应该说这样的话。他立刻纠正了自己,以下的话,都是实事求是的。当时,我并没有死亡,我站在那里很清醒,我听得很清楚,也看得很清楚。他看到这种场面是不好应付的,所以后来他才勇敢地自裁了。

我翻来覆去。一直睡不着。当我撩开蚊帐,抓起闹表,想看一看时间,记得是三点四十分,地大震了起来。最初,我以为是刮风下雨。当我知道是地震时,我从蚊帐里钻出来,把蚊帐拉倒了。我跑到前间屋子的南墙下,钻在写字台下面。

我的房屋内部没有倒塌,屋顶上的附属建筑倒了下来,砖瓦堆堵在门窗之下。如果往外跑,一定砸死了。

这时院里已经乱作一团。我听见外面真的在下雨。我想:既然没有震死,还是把自己保护一下吧。我摸黑穿上雨衣、雨鞋,戴上破草帽,开门出去。谁也没有理会我。

一个造反派的妇女,大声喊叫她的丈夫:

"快出来!这可不同'文化大革命',死,谁也有份!"

这话也只有从她嘴里说出,如果是我,不是太缺乏阶级观点了吗?

我走下台阶,看见老崔正在找我。

"没事吧?"我和他互问。

"招待所的前墙山倒了。我从楼梯上，也不知道是怎么下来的。"老崔苦笑着说。

"平安就好！"我说。

"是。"老崔说，"你看我挑的日子多好，十四年没来天津呀。天心也变了，人心也变了。我今天就买车票回去了。"

我没有挽留他。天大亮了，我看见院里的造反派，喊着以阶级斗争为纲，战胜地震的口号，又在拼命抢夺震落的木料和砖瓦去了。

芸斋主人曰：过去之革命，为发扬人之优良品质；今日之"革命"，乃利用人之卑劣自私。反其道而行之，宜乎其为天怒人怨矣！

一九八二年十二月十六日晚

# 还 乡

十年动乱一开始，虽然每时每刻，都是在死亡的边缘徜徉，但我从来也没有想过，找一个地方，比如说老家，去躲避躲避。我明白：这是没有地方可以躲避的，这是"四人帮"撒下的天罗地网，率土之滨，没有人敢于充当义士，收留像我们这样的难民，即使是乡亲故旧。如果"四人帮"想到人们会有地方逃脱，他们也就不敢这样做了。因此下定决心：是福不是祸，是祸躲不过，在劫难逃，听天由命。

但在一九七〇年，我算是"解放"了。我这个人，头脑简单，以为：自己本来没有什么问题，又是"老干部"，解放了就算完事了，依然故我。罪是白受了，只能怨自己倒霉，也就罢了。

其实，现在的事情，哪有这么简单呢。

老伴去世了，不久，有一位在军队上做事的老朋友，给我介绍了一个对象，姓李。她远在外省工作，又托人写信，总算可以调到近处了，但不能进大城市。老朋友建议，先把她调到我们县里。老朋友的岳家是我们县，老朋友没有靠边站，官职声望依然。

他写了一封信，叫我们带上，去找县长。

我同新结婚的爱人，先到了石家庄，在那里耽搁了几天，然后从沧石路转乘小火车到我的县城。所谓小火车，其实就像过去北京的有轨电车，坐在里面叮叮当当，一摇一晃的。晚上到了县城，多年不回家了，心情很兴奋。县城大变样了，人地两生，在小车站雇了一辆"二等"（北方农村驮运客货的自行车），驮上东西，我们跟在后面。考虑到机关早已下班，就直接去找县里的招待所。

招待所在一条街的路北，门洞很大，办公室就设在门洞里。办公室里有三个人，一个中年妇女，好像是主任，很神气，当我们从"二等"上解东西的时候，她就一直在那里睥睨着，脸上冷若冰霜。另一个老年人，很文静和气，好像是会计。还有一个小女孩，好像是服务员，在一旁嬉笑着看热闹。

这里应该交代一下。在几年折腾之后，我还一直在劳动，穿着很不讲究，就像是一个邋遢的农民，加上一路风尘，看模样更带几分倒霉相。李虽然年轻一些，也是一直下放农村劳动，衣服很不入时。

从我们进来，招待所的三个人，没有一个和我们打一下招呼。我打发走了"二等"，进到屋里，从口袋里掏出了工作证和介绍信。

中年妇女接了过去，她看了很久，说："三月二十一日开的介绍信，怎么今天才到？"

"我们不是专到这里来，"我说："我们在别处还有事要办。在石家庄耽误了几天。"

"你的!"中年妇女向李张开手。

李经常在外面跑,对于这方面很熟练,介绍信早已拿在手里。

中年妇女又看了很久,把两封介绍信,都交给那位老年人。

我的介绍信,身份是记者;李的介绍信,身份是"五七战士",这两个名词对于这位中年妇女,好像都很生疏,而且引起轻蔑。她显然有些犯疑了。给李开信的地点,又是一个什么省的什么县,都是边远地方,恐怕她也从来没有听说过。

她冷冷地站在那里,望着那位老年人,老年人拿着介绍信,好像很作难的样子,也不好意思说什么。

"我是你们的老乡,我就是本县人。"我还按一般旧有的社会人情,向她说出了这样带有请求意味的话。

"现在谈不上这个!"中年女人回答。

"那我们到街上去找旅馆吧!"我也火了。

"去吧!"中年女人断然说。

"我们先打一个电话。"李比我机灵多了,抓起了手摇电话机。电话居然打通,县政府和中年女人通了话,允许我们住下来。

小女孩把我们带到宿舍去。据说那原是粮食局的粮仓,在二楼上。楼梯很直很狭,从楼上垂下来,就像龙骨水车。李年轻,先把行李送上去,然后下来搀扶我。房间很宽敞,一条大通铺,摆着十几床被褥。被褥都是红色花洋布缝制的,没有其他客人,我们靠南墙睡下了。

我有一肚子不高兴,一肚子感慨,翻来覆去,怎么也睡不着,不断唉声叹气。

"睡吧,老兄,"李在身边劝慰着,"走了一天路,还不累吗?"

"这是什么招待所,叫人住在楼上,又弄这么个玩马戏的楼梯,不是成心和老年人开玩笑?"我说,"如果半夜里要小便怎么办?"

"你就尿在他们的脸盆里吧,没有别的办法。"李笑着说。

"我们如果坐小卧车来,他们就会变一副面孔。你知道我在本县,大小也算是个名人,她应该知道我的名字!"我愤愤地说。

"得了。"李翻了一个身,转过脸去,"这又是老皇历。你有小卧车吗?知道你的名字又怎么样?就是因为知道你的名字,才不愿让你住进来呢!"

"她也许不知道。"我自我安慰地解嘲说,"我在县里工作的时候,她可能还不会走路呢!现在县里的负责人,在那时,顶多也只是在村里工作。"

"快睡!快睡!"李不耐烦地说,"明天还有很多事要办呢!"

"你睡你的吧,我睡不着。"我又叹起气来。暗想:人事无常啊!抗日时期,我在这里活动的时候,每逢进城,总是县委书记招待我,县长、公安局长陪着我吃饭。这个女人,竟敢差一点对我下逐客令!我看她虽然是个半瓶子醋,并不认识几个字,很可能是县里什么大干部的夫人,没准就是什么局长的夫人,不然,何以具备如此专横神气?这些人专门在好人身上做功夫,真正的坏人,他们是查不出来的。

一夜没睡。第二天天一亮,我就自己先起来,到街上去散步。没东没西,没头没脑地转了一遭,才看出:现在的县城,实际是过去的北关。抗日时拆毁了城墙，还留下个遗址，现在就在这个遗址上，修成了环城马路。大街之上，像所有我见过的当代县城一样，新建了一座二层大楼的百货商店，一座消费合作社，一家饭店，都是红砖平房，毫无风格，粗制滥造。

我正转着，李也追来了。我们看见饭店的门开着，就进去吃饭。厅堂很大，方桌板凳摆得不少，没有一个客人，空空荡荡，就像招待所的宿舍一样。桌子上的尘土，地下的垃圾，都没有扫。我找了一张比较干净的桌子坐下来，李到小窗口那里去买饭。很快，她就端回来两碗酱油汤，上面漂着几片生葱，几个昨天或前天蒸出来的玉米面馒头，完全是凉的。李知道我的胃口不好，说：

"汤是热的，里面还有肉。"

我用筷子一搅，倒是有几片白肉浮了起来，放在嘴里一尝，也是凉的。我只好把凉馒头弄碎，泡在汤里，吃了两口，就放下筷子。

李把我们剩下的馒头，装进书包，把我剩下的肉片，送回窗口。还向人家解释，我有胃病，吃不了，请人家原谅等等。我们就出来了。

我说："过去，这个县城里，不用说集市之日，人山人海，货物压颤街，就是平常，也有几个饭店，能办大酒席，有几家小吃铺，便宜又实惠。现在，堂堂饭店，就卖这种饭吗？"

李说："到处是这样。你吃不了，剩下，他还会批评你哩！"

在十字路口，我们看到有几个农民，蹲在地下买卖青菜、鸡蛋、烟叶。李高兴地告诉我：

"你轻易不进城,进城还赶上了大集日呢!"

"这是集市?"我问。

"对,到处的集市都是这样。鸡蛋、青菜、烟叶。别的不准卖。"李回答,"我们该去办事了。"

我们到了县政府,凭着老朋友的信,一位副县长接见了我们,允许给办办,但时间不能过紧。

我们告辞出来,我带李去参观抗日烈士碑。找了半天,问了好多人,才在一片沼泽之地找到了。而且只剩下一座主碑,别的都埋在泥里了。原来地势很高,才选择把碑立在这里,为什么一变而为最低洼的地方,是发大水冲的,还是盖新房取土挖的?无暇去问原因,沧海桑田,人物皆非呀!我指着主碑正面的四个大字,得意自负地对李说:"我写的!"

李好像也没有注意去看,说:"抓紧时间,回老家吧。你就在这里等着,我去雇个'二等',把东西取来。"

我们走在回老家的路上了,是一条土马路。我的老家在城西,十八里路。现在太阳西转,正好照着我们前进的身影。"二等"知道路,骑上车,先下去了。我同李也快步走着。公路边栽着小柳树,枝条刚刚发出嫩芽,我折了一枝,在春风中甩动着。天空有时飞过一些小鸟,唧唧地尖声叫着。四野一望,麦苗都已返青,空气带些潮味,和过去我走在这条路上的情景,没有多大区别。这是故乡的路,童年憧憬的路,我往返过无数次的路。那时是坑坑洼洼的大车路,现在填高了一些,成了公路。

最初几里路,我走得很兴奋,也很轻快。渐渐,我又想起了近事。我的脚就有些疲软了。我脚下的坎坷太多了。青年时,在这条路上,在战争的炮火里,我奋身跳过多少壕堑呀,现在有些壕沟,依然存在,可以辨认,我无力再跳过去。我很疲乏了。我们经过几个村庄,那里都有我的熟人或亲戚,我没有去打搅人家,从村边绕过去。路旁有个打禾场,堆着一些秫秸,按照老习惯,我倒在秫秸堆上,休息休息。

"二等"是个诚朴的青年农民,农闲时从事此业,补助家用。当走近我的村庄的时候,他忽然问我:"你们村里,有个叫孙芸夫的,现在此人怎样?"

"你认识他?"我问。

"我读过他写的小说。"

"他还活着。"

青年农民没有再问。

我们进村了。

芸斋主人曰:古人云,富贵不还故乡,如衣锦夜行。欧阳文忠颂韩琦功业,作昼锦堂记,蔡忠惠书之,传为碑版。汉高、光武得意之时,皆未尝不返故里,与亲戚故旧欢饮,慷慨歌之。然此语虽发自项羽,而终于自尽,无颜归江东。此亦人遭毁败,伤心世情,心理状态之自然结果也。

一九八三年三月二十一日下午写讫

## 小混儿

一九七〇年四月间,我回到了久别的故乡,住在一个叔伯侄子家中。侄子住的房屋,是我结婚后住过多年的老屋,只是在洪水冲塌后翻盖过一次。庭院邻居依然,我的父母早已长眠丘垄,老伴前几年也丧身异域,老家没有什么亲人了。

每天早起,天还不亮,我就轻轻开门出来,到田野里去。我们这一带,原来地场土壤还算好的,自从滹沱河上游修筑了水库,洪水是没有了,但每年春季,好刮黄风,一刮起来,天昏地暗,白天伸手不见掌,窗门紧闭,那漫天黄沙还是会拥到屋里来。窗台上、炕上、地上的土,每隔几个小时,就要用簸箕往外撮,不然就会把人埋起来。地场变坏了,都变成了白沙土,庄稼不好种了,于是生产队请人规划了一下,全部改种林木。大道两旁,一律栽的钻天杨,地亩之内,有的种果树,而大部分种植柳子,这样还可以经营副业,比如编织。

每天早起,我总是在钻天杨的大道上,围着村庄转,脚下的沙土很深,走起来是很吃力的。但风景是很好的,杨树种得很整齐，现在都已经有碗口粗，很快就成材了。在路上，有时遇到起早拾粪的，推车砍草的，赶集路过的，但因为我离家日久，年纪又大了，很少遇到熟人。即使是本村的人，也因为年岁相差太多，碰见了没有多少话说，自己也真的感到有些寂寞了。

后来，我出来散步的时候，就背上一个柴筐，顺路捡些干树枝。这里用柴筐是很方便的，每家总有几个各式各样的筐，用项不同，形制各异，并且有大人用的，有小孩用的。我的侄子会编筐，见我背的是我叔父用过的旧筐，第二天到地里出工，他就利用工余之时，钻进柳子地，坐在地下，就地取材，用小镰削割着身边的柳条，很快就给我编成了一只非常精巧的筐。天黑以后，又偷偷砍了一根柳木杆作筐系。我说："你这样做，大队不说你是偷吗？"侄子笑笑说："谁家的筐，也是这么编成的。守着水井，还去买水喝？外村的人还这样干呢。"

"没人看护着吗？"我问。

"也有个护林小组。都是老头，懒汉，看护不好。"侄子说。

真的，我回家已经有几天了，也在地里转了好多回，还没有遇见过护林小组。

这天夜里下了一场雨。天明我去散步的时候，沙土路很平很实，倒很好走了。空气潮润，特别新鲜。当我走到村北很远的一条横道上，迎面来了一个老人，光头，一件破旧黑粗布短袄，敞着好几个扣子。走近了，我认出是小混儿。

小混儿和我年岁相当，青年时也在一起玩过，可以说是一个熟人。他不是本村人，他从小跟他母亲住在姥爷家，姥爷去世以后，留给他一间茅草屋，他就在我们村落了户。究竟是哪村和姓什么，直到现在我也闹不清楚。他一直也没有一个大名儿。"啊，小混儿！"我和他打着招呼。

"芸姥爷！"他按辈分称呼着，"怎么背起柴火筐来了？"

"闲着也是闲着呀，"我说，"这样可以多活动活动筋骨。"

"你从小念书，干这个是外行。"小混儿说，"我给你背吧。"

"不用。你在忙什么呀？"

"看着这些树！"他指了指身旁的杨树，"每天也就是转两趟，挣点工分，干不了别的。"

"找了个老伴吗？"

"没有。咱不要那个。一个人过惯了，这样多自由，我自己吃饱了，就算一家子不饿了。"

"盖了新房吗？"

"也没有。还是住的那间小屋。没有儿子，给谁盖房呀！"

我记得他那间小屋：一条土炕，一领破席。一只小铁锅，一个小行灶。一个黑釉大钵碗，一双白木筷。地下堆着乱柴，墙上挂满蛛网。被窝从来不拆不洗，也不叠起，早起怎么钻出来，晚上还怎么钻进去。奇怪，这样一间小破房，经历了半个多世纪的风雨，还没有倒塌吗？

我虽然详细地问过了他的生活，他却一句也没有问我。不知道他是浑浑噩噩，不知道问；还是心里明白，不便于问。他没有提"文化大革命"的事，甚至也没有谈土地改革、合作化、抗日战争和解放战争的事。他好像是不谈政治的人。好像这些历史事件，对他都毫无影响。我们转到南北大道上，他站在道边解开裤子，肆无忌惮地撒了一泡尿，说："回家吃饭！"

"你还赌钱不？"我忍不住想和他开开玩笑。

"过年过节的时候，免不了。"他这才真的乐了。

在快要进村的时候，他和我举手告别。

在我的印象里，小混儿从小虽然很穷很苦，但也没有落到沿街乞讨的地步。村里的人们，对他虽然并不看重，不拿他当回子事儿，不分大辈小辈，都一律当面叫他小混儿，他也没有在村里做过什么大的坏事。他打过更，看过青，做过小买卖。农忙时，他打短工，谁家打井盖房，他都去帮忙。小偷小摸，也偶尔为之。他还是生活过来了，活得也很愉快。

回到家里，我和侄子说起小混儿的事来。侄子说："还是那样。有点钱，就吃，就喝，就赌。有时还串串老婆门子。近年老了，我们常和他开玩笑说：'小混儿，你可得节省下点钱来。至少，你死了以后，得叫守夜的人们有顿面条吃！'"

芸斋主人曰：如小混儿者，可谓真正逍遥派矣。前次回乡，距今又已十余年，闻彼尚健在。今国家照顾孤寡，彼当在五保之列，清静无为者必长寿。侄子之言，可谓多虑矣！

一九八三年三月二十四日

# 修　房

自从一九七二年，搬回了原来住处，便开始了不断修房的生涯。据说在我搬回来之前，机关已经大修过了的，只是门窗玻璃，就用了好几箱。这就是说，"文革"期间，门窗是全部破坏了。

搬回以后，对于房屋内部，我自己也做了一番修整，例如扫除地板上的垃圾，清理厕所中的粪便，刷洗墙壁上的标语，很费了一番周折。但一到夏季，下起雨来，每间屋子，几乎无处不漏，所有桶、盆、盂、罐，全部用来接漏水，还是顾此失彼，应接不暇。天花板先是大片洇湿，后是大片坠落。一天夜里，乒乓乱响，后屋一角，水如狂瀑，我接连从窗口往外倾倒出十几桶雨水。至于随时有被砸死的危险，那就更不在话下了。

天晴以后，打电话给本区的房管站，不来人；亲自去请，来人看了一看，登记了一下，没有下文。我自己想，房管站可能是突出政治，不愿意给"走资派"修房，正如医院不愿给"走资派"看病一样。同院有一家是军属，房也漏了，请来了人。第一天，没有带什具，几位工人坐在院里小亭下，喝完茶，吸完烟，一到上午十一点就下班走了。第二天，带了家什来，还推了一斗车白灰泥来，又是喝茶吸烟，到十点半钟，一个小伙子上房了，把灰泥系上去，十一点又都下班走了。原来是把一小车灰泥，倒在瓦垄里，就算修好了。从此房顶走水不利，下雨时，屋里漏得更欢了。

有人说，要想叫房管站给你修房，必须送礼。但又有人说，点心、香烟之类不顶事，必须贵重东西，比如手表、大衣柜之类。

我自己现在都买不起手表、大衣柜，只好死了这念头，不找他们修了。但是到了雨季，房管站又不断派出人来，登记漏房户。我明白了他们的意思，他一问房漏不漏，我就赶紧说：不漏。连屋也不想再叫他进来了。

有一次，雨过天晴，我正在屋里，整理被漏雨弄湿了的旧书，房管站登记漏房的人闯了进来，还是那个高个儿、有明显的流氓习气的中年人。这种人，很可能原来是一个农民，一个建筑工人，泥瓦活儿也很可能做得不错，但现在他只是拿着一支钢笔和一个小本本，成了官家的办事人员。他也可能知道了我的身份、处境和职业。他说：

"你的书不少呀。"

"嗯。"我无可奉告似的答应了一声。

"听说你的书都很贵重。"他笑着说。

"也说不上。"我答，"买的时候贵重，再卖出去就不值钱了。"

他抓起了一本书，在手里翻着。我最不喜欢别人乱翻我的书，而且书受了潮湿，稍微不留心，就会撕裂的。

"这也算是'四旧'吗?"他笑得越发狡猾了,"新近发还的吗?"

"是。"我说。

"什么名字?"

"《湘绮楼日记》。"

"房漏吗?"

"不漏,不漏。"

他对这些书,原来可能抱有一点希望,一看我很冷淡,无利可图,只好走了。

地震以后,实在没有办法,只好又找机关。机关抽调了一些人,组织了一个修房小组,又在街道上请了两位退休的老工人做师傅。对他们的收入来说,这叫作补差。

师傅们每天也就是干二三个小时的活,其余的时间,就是喝茶、吸烟。并可以公开对主人说:你这茶太难喝,你这烟太次了。然后就是谈今说古,说他们小时学徒如何规矩,又如何受苦,有什么过五关斩六将的动人事迹之类,滔滔不绝。

真正给我干活的,是我的同事,也是我的难友王兴。当时,他还没有解放。

王兴,山东人。中等个儿,长得白净秀气。贫农出身,从小聪明,小学、中学都没有念完,就三级跳远似的,考进了北京大学中文系。贫农大学生,大家都羡慕,没毕业,就和一个漂亮的女同学结了婚。毕业后分配工作,几年之内,连升两级,市委书记当作重点培养,不久就升为我们机关的一名科长。

一九六六年三月，上级布置"突出政治大讨论"，号召说真话，说心里话。王兴根据所学知识，说太阳上也有黑点，因此犯了大错误。

同年七月，开始了"文化大革命"，他首当其冲，接二连三地挨斗。但不久就揪"走资派"，他又成了死老虎，只是叫他劳动，轻松了不少。

他真是诚心诚意地劳动着，改造着，没有怨言，甚至没有怨容。造反派一叫他的名字，他就应声而至，满脸笑容，所派任务，都完成得很好。

我们是集中到五楼顶上学习、劳动的。有一天，造反派叫王兴去擦五楼墙外面的过时标语。这标语当时是怎么写上去的，不得而知。但现在去擦，就非常危险，五层高楼，下临车水马龙的马路。楼墙外面，有一尺来宽的一条房檐，刚刚能站住脚，不用说叫我去刷，我一想，心里就发抖，腿就发软。然而王兴一听到命令，就满脸笑容地跳过墙去，站在那里了。

我不敢看他操作，回到小屋里去学习。我心里想：现在，人命就这样不值钱吗？但是王兴并没有发生什么事，他干完活，又笑嘻嘻地回来了。

从此，哪里高、哪里危险，都是叫他去。他也真行，学一行会一行，几年的工夫，电工，水暖工，泥瓦工，都可以说成了熟练工人。

在牛鬼蛇神学习班里，他从不轻易批判、揭发别人，更不用说陷害别人了。他只管自己好好地去劳动，去改造，去学会各种技能。

老婆离婚了，他穿得破破烂烂，一个人睡在机关的堆杂物的小屋里。他现在的生活，已经不如一个贫农，甚至不如一个雇农。

他给我干活，不言不语，实际上处处为我着想。比如，怎样叫人们多干点活呀，怎样找点好木料呀，怎样把活做得细致一点、坚固一点呀，等等。

我的屋子高大，在修天花板的时候，室内搭了脚手架。我看到：王兴不只是泥瓦匠，而且是熟练的架子工，那么高的竹竿，他竟能够像猿猴一样，攀援走跳。

另一位帮我干活的干部，叫李深。高个子，大嗓门，天津人。他是工人出身，有些文化，自学成才，能编能写，很快就提拔到了主任一级。"文化大革命"一开始，他就作为中层领导干部，被集中了起来。最初，造反派都骂他忘了本。揭发批判，他表现得也很积极。

不久，造反派叫人们坦白交代对"文化大革命"的想法和看法。并有消息说，如果李深坦白得好，他就可以早日解放，并被结合。

李深第一个坦白交代。他越说越尖锐，越说越深刻，他的话竟涉及到对最高领袖的看法和想法。机关的军管组，也特别注意了。他先是坐在椅子上坦白，后来，他蹲在洋灰地上交代。正值三伏天，他浑身流汗，满脸泥污，不知所云地在那里交代、交代。一天从早到晚，一连一个星期。他梦想交代好了，坦白彻底了，可以早日解放，妻子团圆，可以被结合，官复原职。

机关突然召开大会，宣布他是现行反革命，当场把他逮捕，坐监牢整整七年。"四人帮"垮台后，被放了出来，但还不算完事。

和王兴相反，他什么也没有学会，只能推推小车，搬搬砖头。书也忘了，字也忘了。

芸斋主人曰：学者考证，当人类为猿猴，相率匍匐前进时，忽有一猿站起，两脚运行。首领大怒，唤使群众噬杀之。"四人帮"之所为，殆类此矣。非只对出身不好之知识分子，施其歹毒也。

一九八三年五月十三日晨

# 一个朋友

朋友姓张。我和他认识,大约在一九四〇年。他那时好像在冀中区党的组织部门负责。我看到一些群众团体的主任们,向他汇报工作,对他都很尊重,他的态度也很严肃。我那时还不是党员,他对我很客气,对别的当时所谓"文化人",也很和气。

当时战争形势很紧张,他却同一个妇女住在一家农院。我没有和那女的说过话,但看出张和她过得很热乎。张的家乡,是深县。

不久,我就到延安去了,张也到了那里。他住的是党校一部,学员都是地方上的老党员,待遇较好。我在鲁艺,生活苦一些。他给我出个主意:每星期日,到他那里吃一顿客饭,也无非是白面馍,肉菜之类,这在当时就算够好的了。

我也考过一次党校,是六部。只记得去答了几道题,在同乡弓琢之的窑洞里睡了一夜,也不记得考取了没有,就又回鲁艺去了,一直到抗战胜利。

进城以后,张在一个区里当区长,按说,在天津市,这个官儿就够可以的了。后来又听说，抗日胜利后，他曾经分配到东北，当过哈尔滨的市委书记。因为做买卖，被撤掉了，才又到了天津。

我那时，已经安了一个简陋的家，见到老朋友，老伴给他煮了一碗挂面，卧上一个鸡蛋，他吃得很高兴。又能和群众打交道，一下子就和我一家人都熟了。

不久，他又从区长的职位掉下来，当了文史馆的秘书长，听说又是和买卖有关。

官运不好，文史馆又是个闲散机关，他有些寂寞。他有一间很大的办公室，没事我就到他那里玩玩，并观看文史馆的藏书。

有一天，张打开他的书包，拿出两本书：一本是《契诃夫小说选》，一本是我写的《风云初记》。笑着说：

"老孙，我很羡慕你们，钱来得易，名声又好听。我也要写一本小说，你看怎样？"

我说：

"很好呀。你是有生活的。"

他说：

"我生活比你们多得多，就是不会写。所以就先拿你的书当蓝本，看你是怎么写的，然后，我比猫画虎地写去。"

"什么内容呢？"我问。

"自传体。"他说着，叫我看墙上挂的一张画，"这是一位画家给我画的行乐图。"

我站起来，凑近看了看。那是一幅山水，只是在山顶的崎岖小道上，画着一个一寸多高的人，身上好像还背着一个筐篓。

张说：

"那是我贩卖文具时的写照，当然是为了掩护，我是给党做地下工作。"

随后，他又向我介绍他的简单经历：自幼贫苦，好读书写字，吃过教饭（家乡俗语，就是信奉天主教），帮过文人学士的忙，很早就参加了党，用他的原话，就是："又吃起党饭来了。"

那两本书，在他书包里装了很久，见面就拿出来叫我看。我却从来没见他写过一篇小说。

在新的环境里，他又找到了新的乐趣。他住在岳阳路一个小独院里，我去过几次。爱人是在哈尔滨结婚的，是个年轻护士。屋里有一部同文书局印的二十四史，用二十四个木匣装着，挡了一面墙。其他三面墙上，都是齐白石、吴昌硕、陈师曾的画。他收集的字画，除了挂的，还装满了两只大木箱。

那时画很便宜，也很多，他每天跑商场。买了画，装裱一下，再卖给公家，可以赚一倍。或是先交杨柳青画店水印，得到一些好处；再交出版社印成画册，又得一些好处，原画仍可高价出售。这些情况，是我亲眼看到的。据说，有一幅石涛的画，本是假的，他利用文史馆的名义，找了些专家，鉴定成真的，卖给了东北一家博物馆，得了一笔大款，又据他说，他已经把这笔款，捐给了家乡。

他还跑古书店，古玩店，委托行，和那些经理们都很熟。甚至进入私户，和经纪人一起，收买一些物品。我跟他到过一家绰号"青花孙"的人家，去买硬木家具。那个经纪人，据他说，曾是曹锟的秘书。

"四清"时,这些问题被提了出来。他很恐慌。紧接着,"文化大革命",他竟跳楼自杀了。不知道详细情况,现在,也没听说开过追悼会。他的问题的结论又如何? 不好去问他的家属,怕引起人家的伤痛。当年的朋友们,也多年老失聪,问答不便,不好去打听了。

他给我买的硬木家具,"文化大革命"以后,无处搁放,我早已廉价处理了。此外还有一件小檀木匣,一件鸡血石印章,还在手上。印章刻的是:潴川孙氏。他说我们那一带的古文家,都这样刻。我不是古文家,我把它磨掉了。四清时传说,他给我们买东西,也从中渔利,我是不相信的。我比他收入多,常常是这样:他拿一些我喜欢的东西来,说是送给我。我多给他送一些钱去,他也收下,并说一句:"不值这么多。"倒是真的。

近来,使我常常想到他的,是一本叫作《吴越春秋》的书,商务万有文库本。张那时很想看这本书,我借给他了,恐怕他给弄丢了。他用完后,很快给我送回来,一点也没弄脏,他是深深知道我们这些人的脾气的。这本书就插在身边书架上,时常触动我的心。朋友们有各式各样的性格,他们的下场,什么样的都有。

有一次我去文史馆,看见他的办公室里放着半口袋花生米。他正在叫传达室的老头,到街上去招呼些小贩来,把它发卖掉。回来,我曾对正在灯下做活的老伴说:

"我看张这个人,有做买卖的瘾。"

老伴叹了一口气,说:

"做买卖还能比做官好？他放着那样大的官，不好好做，却去卖花生，真怪！"

芸斋主人曰：张之为人，温文尔雅，三教九流，无不能交。贸易生财，不分巨细。五行八作，皆称通晓。惜所处之时，其所作为，为舆论之大忌，上述细节竟使殒命。延命至今，或可成为当世奇才。罗隐云：得之者或非常之人，失之者或非常之人。信夫！

一九八六年十二月十一日下午写讫

# 杨　墨

老友杨墨，山东人。高大如杨，状其身体；粗黑如墨，形其皮肤。非本名也。长相虽然如此，性格却是很温和，很随便的。

我们最初相识，是一九三九年冬季，在晋察冀边区参议会上。那时，我是记者，他是美术工作人员，参与大会堂的建筑和装饰。他那种性格，正是我喜欢的，很快就熟了。他比我小一岁，曾在北平京华美专学习过。在山坡上他那间办公和住宿的小房子里，墙上挂着一块白布，上面是一幅画图的起草稿。只是在右上角，涂抹了一些颜色，什么景物，我已忘记。这幅刚刚开始的画，一直挂在那里，直到散会，也没看见过他增添一笔。过去已经五十年，我可以断定：如果这块白布，他还保存着，一定还是老样子。

因为，这么多年以来，我见他画过油画，画过国画，练过书法，玩过雕塑，总是只有个开始，没有个结果，没有出过像样的成品。他玩弄这些东西，只是为了给人一种印象：这是个艺术家，美专毕业，会这些手艺。就像走江湖卖艺的人一样，只拿刀枪做幌子，光说不练。

什么时代，什么队伍，也重视学历和资格。不练也不要紧，学历在那里摆着，资格一年比一年老。

　　一九四三年，我们一同到延安的鲁迅艺术文学院。他在美术系做研究员，我在文学系。正在整风过后，学院的学习，并不紧张。夏天，我们一同到山沟里洗澡、洗衣服，吃西红柿。他有一把妇女们做针线用的剪刀，不知从哪里弄来的，一直放在书包里。我们头发长了，他给我理，我给他理。我很少看见他读书，或是画画。但谈起来，就滔滔不绝，他的美术方面的知识，还很是渊博的。

　　他告诉我，他正在追求文学系的一个绥德来的女生。延安生活，非同敌后，吃得饱，又安定，滋生这些欲念，是很自然的。但男性同女性的比例，是十八比一。许多恋人，都是长期处在一种游离状态，不易明朗。杨墨的事情，也是这样。

　　一九四五年八月，日本忽然宣布投降。十五日晚上，延安军民，狂欢庆祝，火把游行。我思念家人，睡下得比较早，半夜之间，杨墨来了，告诉我，他的事情，已经在延河边成功。先是挨了一个嘴巴，随即达到目的。说完又匆匆走了。

　　后来我才知道，爱情，有时也会像行情，战局的突然变化，使交易所的某种证券，立刻跌落了很多。人们就要奔赴各地，原有妻子的，也有望重新团圆。原处于极端矜持状态的女同志，以其特有的敏感，觉察到了这一点，于是纷纷向男友们，张开了怀抱。

　　我出发了，目的地是华北。杨墨因为还有一些纠葛，暂时没走。

我回到家乡，第二年，父亲病故。有一天，杨墨来到我家里，说和那个绥德女子结了婚，在路上，她又跟别人到东北去了。我没有仔细问。我想给父亲立个墓碑，请他设计一下，就把他安排在外院，和我的一个堂叔父同住。

这间小屋，每晚总是有一些人来闲谈。问到杨墨还没有家室，就有一位惯于说媒的大娘，愿意给他介绍。正好村中有一位姑娘，是妇女队长。村中两派不和，有一派说她和武委会主任不清不楚。这本是为了打倒武委会主任，却连累得这个农家姑娘，上城下界，对簿公堂。家里人觉得难堪，急着把她聘出去。杨墨又是个干部，不会有什么纠缠。杨墨给了媒人一份厚礼，三说两说就成了。杨墨又把一枚金戒指，交给了女方。这么多年，我从来不知道他有这个宝贝。很快就在我们家的西屋结了婚。

结婚以后，不知他又从哪里借来一匹马，把女人驮到河间去了，那里是区党委所在地。

办理完父亲的丧事，我就到博野一带下乡去了。听说杨墨向党委宣传部长申请了一批款，又在滹沱河北找到一个有胶泥，并有烧制陶器的旧窑的村庄，搞泥塑去了。每逢我回到区党委，就有一些文艺界的朋友，略带讽刺地说：

"老孙啊，你的老战友要成立泥人协会了。"

他并没有成功，他带着老婆，又在当地找了一个青年，给他做饭。他捏了几个泥战士、泥马。群众瞧不起他这个工作，以为是叫花子干的勾当。坐吃山空，那笔款子，不到半年，就花光了。人们对他很不满意，并涉及到我，因为他常常打着我的幌子。我并不是什么要人,但在这家乡一带,还是有些人缘的。

摊子结束以后,他又回到我的村庄,并把他烧制的一匹红马,送给我的孩子,算是答谢我妻子,在他结婚时的帮忙。他笑嘻嘻地问我的女人:

"你看我做的这马怎么样?像吗?"

我的女人拿在手里,看了一会儿,也笑着说:"像是像,就是尾巴太粗了一点,比马脖子还粗!"

芸斋主人曰:近有一青年,河南淮阳人,送我当地土产泥虎、泥蛙、泥鸟各一只。形制古朴,并有响声。惜泥虎腹部,为牛皮纸做成,不如过去之以软皮做成,更为可爱耳。然虎头鲜艳生动如故,余藏之书柜,珍视如出土文物。并因此忆及老友逸事,略记如上云。

一九八七年四月七日写讫

## 杨墨续篇

一九四九年,干部进城以后,杨墨以他的专业资格,当了这个市的美术家协会秘书长,主任是他在延安时的同事。杨墨有一个特点,与朋友相处,很合得来。如果这个朋友成了他的上级,那就会发生矛盾,即使他的位置,原是这位朋友给他安排的。另外,每到一处,最初几天,表现很好,工作也卖力。但是,与上级发生矛盾之日,也就是他不再干活之时。立刻就变成了另外一个样子。

他每天早起逛早市;午后跑北大关、文昌宫的小摊;晚上是去南市一带的夜市。他很俭朴,买东西很苛刻。那些熟识他的小摊贩,当着他的面就说:

"这位买东西,必是像白捡一样。"

他看准一件东西,不知要跑多少趟,慢慢和小贩磨价钱,磨到最低限度,才买了回来。

他买的那些东西,我并不喜爱,总是破破旧旧的,黑漆漆的,样子奇怪的。他说这才够得上文物,够得上年头,以后可卖大价。

那时，我也爱逛小市，常常结伴同行。每到一处，那些小贩，对我们都是白眼相加，甚至口出不逊。我就常常先买他们两件，也不还价，还是改变不了这种冷遇。杨墨对这些毫不在乎，甚至说：

"这些人，买卖破烂儿，都快饿疯了。"

他对我买的东西，也不满意，他说：

"到这里是买旧货，你只图新鲜漂亮！不过你喜欢，买了也行。别不还价呀！"

我们逛早市，就一块吃一些炸糕，逛南市，就吃一碗煮肠，很有风味，也很有趣。他是小吃内行，不吃正饭，专吃这些东西。那时，不知道为什么有那么多闲人，早市南市，总是挤不动的人流。

时间不长，美协的工作，就干不下去了，他又活动到北京一家报社。他的一个熟人，在那里管美术。不久，又和这个熟人干了起来，回到这个城市，不再去上班。这一次后果可是严重，先是开除党籍，后是开除公职，详细情形，我并不知道。

他像做梦一样，一下变成了无业游民。那时，我得了神经衰弱症，不能工作。他就常来找我，一块出去玩。他手里托着一个鸟笼子，里面养着一只红脖。有时，到他的住处坐坐，他那小小的房间里，还飞着一只黑色的小鸟。他说天津人喜欢养这种鸟，叫得很好听。我看他的两只鸟，都像主人一样，羽毛不整，没有什么精神。

有一天，我们两人转到了干部俱乐部的后门，那里有一些树木。我正在引逗他手里的红脖，市里的文教书记，走了出来，他和我们都很熟，好像是为我们的表现害羞，急急转身回去了。

这种场面，在目前或不算什么。在五十年代，干部提笼架鸟，游荡于冠盖进出之地，确使两方都会感到难堪。

杨墨并不在乎，严肃地对我说："没有什么。这鸟，目前就是我的一切，也可以说，我的救命恩人是鸟，并不是那位书记。还有，我买的那些破烂，确实给我帮了不少忙。现在，我就是靠卖它们吃饭。"

我听了很觉凄惨，神经衰弱，差点掉下泪来。这些年，我见过很多干部的各式各样的不幸遭遇，还没有见过像他这样的断炊下场。他有时向我借点钱。另一位朋友，请他到家里教孩子们画画，是为了照顾他的生活。

这样过了两年，朋友们给他在街道工厂，找了个临时工作，每月工资四十元。

有了工作，也就很少见到他。偶尔相遇，他说，现在又交了一些新的朋友，找到了新的生活乐趣。

三中全会以后，他，他的爱人，他的儿子，多次到北京，找中组部，找那个报社，进行申诉，要求落实政策。政策终于得到一步步的落实，今年春节，杨墨的儿子，来告诉我：他父亲的党籍恢复了，级别也恢复了，就剩下补偿过去的薪金了。

他的儿子，高大黑粗，能活动，敢讲话，有办法，颇具父风。

芸斋主人曰：余与杨君，相识近五十年，迄今无大龃龉。虽非患难之交,亦曾同甘共苦。性格实不同,余信天命,屈服客观,顺应自然。而杨君确认:事在人为,主张能动。彼之一生,有顺有逆,然未尝改移信念。今国家眷顾老人,政策落实及其身,精神不减,体胖有加,亦可谓同辈中之一员福将矣。

一九八七年四月九日写讫

## 冯　前

在朋友中，我同冯前，可以说相处的时间最长了。

一九四五年，我回到冀中，在一家报社认识了他。他说，其实我们在一九三九年就见过了。他那时在晋察冀的一个分区工作，我曾到那里采访，得到了一本油印的田间的诗集，就是他刻写的。不过那时他还只十七岁，没有和我交谈罢了。

冯前为人短小精干，爽朗、热情，文字也通畅活泼。我正奉命编辑一本杂志，他是报社编辑，就常常请他写一些时事短评之类的文章。

这家报纸进城以后，阴错阳差，我也成了它的正式工作人员。而且不愿动弹，经历了七任总编的领导。冯前进城以后，以他的聪明能干，提拔得很快，人称少壮派。他是这家报纸的第三任总编。

我原以为，我们是老相识，过去又常请他看作品，很合得来，比起前几任总编，应该更没有形迹。其实，总编一职，虽非官名，但系官职之培基，并且是候补官职的清华要地。总编升擢就是宣传部长，再升，则为文教书记。谁坐在这个位置上，也不能不沾染一些官气。

我体会到这一点以后，当众就不再叫他冯前，而是老冯，最后则照例改为冯前同志了。

但从此，我们之间的交谈，也就稀少了，虽然我们住的是邻居。我写了什么新作品，除去在报纸发表，要经他审阅，也就很少请他提意见了。

不久，就来了"文化大革命"。七月间，大家在第一工人文化宫心惊肉跳地听完传达，一出会场，我看见人们的神情、举止、言谈，都变了。第二天，集中到干部俱乐部学习。传达室告诉我：冯前同志先坐吉普车走了，把他的卧车留给我坐。当时，我还很感激，事到如今，还照顾我。若干年后，忽然怀疑：当时，他可能是有想法的。他这样做，使群众看到，在机关，第一个养尊处优的不是总编，而是我。

到了俱乐部，一下车，一位在大会工作的女同志知道我很少出来开会，就神秘地说：

"你也来了？一进来，可就出不去了。"

学习一开始，那种非常的气氛，就使我在炎热的季节，患起上吐下泻来，终于还是请假出来了。

冯前在学习班作了重点发言，批判了文教书记，也就是他的老上级，提拔他担任总编的人。学习结束后，一天夜里，他叫他的女儿到我屋里传信：那位书记自杀了。这时，我已经被指为是这位书记的死党。

在机关，我是第一个被查封"四旧"的人。我认为，这是他的主意。当时的"文革"，还是在"御用"阶段，主事的都是他的亲信。查封以后，他来到我屋里看了一下，一句话也没说。也好像是来安慰我。当天晚上，又派人收去了我从老区带来的一支手枪。

不管怎么样抛我，我总不是报社的当权派。他最后还是成为斗争的重点，被关了起来。后来，我也被关了起来，有传说，是他向军管会建议的。不过，他的用意只是：我太娇惯了，恐怕到了干校，生活不能适应，先关在这里，锻炼锻炼。如果是这样，是情有可原的。何况，在我去干校之时，一捆大行李，还是他替我背到汽车上去的。

我重友情，每逢见到他在会场上挨打，心里总是很难过。而他不仅毫无怨言，也毫无怨容。有一次，造反派叫我们在报社大门安装领袖大像，冯前站在高高的梯子上操作，我在下面照顾过往的行人。梯子颤颤悠悠，危险极了，我不禁大声喊：

"冯前，当心啊！"

他没有答言，手里的锤子，仍在当当地响着。他也许认为我这样喊叫，是多余，是不合时宜的。

每逢批判我的时候，造反派常叫他作重点发言。当着面，他也不过说我是遗老遗少——因为我买了很多古书。架子很大，走个对面，也不和人说话。其实，我走在路上，因为车马多，总是战战兢兢，自顾不暇，就是我儿子走过来，我也会看不清的。

我听过他的多次检查，都忘记了。印象最深的是他谈到他的升官要诀：一、紧跟第一书记；二、对于第一书记的话，要能举一反三。

可惜这次"革命"，以匪夷所思的方式进行，使得一些有政治经验的官员，也捉摸不到头绪，他所依靠的第一书记，不久也自杀了。冯前承认自己失败了。随即向造反派屈服，并且紧跟。

在运动后期，我们一同进了毛泽东思想学习班，有一个造反派头头跟着。学习期间，不断开批判会，别人登台发言，不过是在结尾时喊几句口号。他发言时，却别出心裁：事先坐在最后一排，主席一唱名，他一边走，一边举手高呼口号，造成全场轰动，极其激昂的场面，使批判会达到出乎意料的高潮。

在互相帮助时，我曾私下给他提了一点意见：请他以后不要再做炮弹。他没有说话，恐怕是不以为然。这也是我最后一次给他提意见。

他也曾向我解释：

"运动期间，大家像掉在水里。你按我一下，我按你一下，是免不掉的。"

我也没有答话。我心想：我不知道，我如果掉在水里，会怎样做。在运动中，我是没有按过别人的。

运动后期，他被结合，成为革委会的一名副主任。我不常去上班，又在家里重理旧业，养些花草。他劝告过我两次，我不听。一天，他和军管负责人来到我家，看意思是要和我摊牌。但因我闭口不言，他们也不好开口，就都站起来，这时冯前忽然看见墙角那里放着一个乡下人做尿盆用的那种小泥盆，大声说：

"这里面有金鱼!"

不上班和养花养鱼,是"文化大革命"中他们给我宣传出去的两条罪状。军管人员可能认为他这样当场告密,有些过分,没有理他就走了。

芸斋主人曰:粉碎"四人帮"以后,人们对冯前的印象是:大风派。谁得势,靠谁;谁失势,整谁。也有人说:以后不搞运动了,这人有才干,还是可用的。如果不是年龄限制,还是可以飞黄腾达的。后之论者,得知人论世之旨矣!

一九八七年四月十五日写讫

# 无花果

我读高中时，有一门课程是生物学精义，原著者是日本人，忘记了名字，译者汤尔和，民国初年是很有名的人物。讲师还是在初中时教我们博物的张老师，河南巩县人，我对他印象很好。

这本书很厚，商务印书馆出版，布面精装，很长时间才学完了。我每次考试，分数不少，但现在除去记得一个门得耳定律，其余内容，完全忘记了。

我还记得，讲到无花果时，张老师带我们去参观了一次校园。校园也是新建立起来的，地方很小，占了操场的一角，雇了一个工人。不知为什么，在我的印象中，这所中学，从校长、训育主任、庶务员到这个校园管理工人，表情都非常严肃，脸总是板得很紧，问一句，说一句，从来没有一丝笑容。在校园中，我们轮流着看了无花果和含羞草，张老师热心地在一旁讲解着。但是，无花果留给我的印象并不深，还不如含羞草。后来也很少再见到这种植物。

四十三岁时，我病了，一九五八年春季，到青岛休养。青岛花木很多，正阳关路的紫薇，紫荆关路的木槿，尤为壮观，但我无心观赏。经过夏天洗海水浴，吹海风，我的病轻了一些，到了秋末冬初，才细心观察了一下病房小院的景色。这原是什么阔人的别墅，一座三层的小楼，楼下是小花园。花园无人收拾，花卉与野草同生。东墙下面，有几株很大的无花果，也因为无人修剪，枝杈倾斜在地上。

天气渐渐凉了，有些为了来避暑的轻病号都走了，小楼就剩我一个人。有一个护理员照料这里的卫生。她是山东蓬莱县人，刚离家不久，还带有乡村姑娘的朴实羞怯味道。她虽然不管楼房以外的卫生，却把小花园看作她的管理范围，或者说是她的经济特区。花，她可以随便摘了送人，现在又把无花果的果实，都摘下来，放在楼下一间小房里。

我因为有病，不思饮食，平日有了水果，都是请她吃。有一天，她捧了一把无花果，送到我的房间，放在桌子上说："我也请你吃水果！"

我说："你知道，我不爱吃水果。"

她说："这水果不同一般，能治百病，比崔大夫给你开的药还有效！"

我笑了笑说："我不相信，没听说无花果可以治神经衰弱。"

她说："到这里来的人，都说是神经衰弱。表面看来，又不像有病。究竟什么是神经衰弱？为什么我就不神经衰弱？"

我说："因为你不神经衰弱，所以也没法和你说清楚。每个病人的情况也不一样。大体说，这是一种心病，由长期精神压抑而成，主要是控制不住自己的感情。对自己不喜欢的，疾恶如仇；对自己喜欢的，爱美若狂。这种情绪，与日俱增，冲动起来，眼前一片漆黑，事后又多悔恨……"

她听了，笑了起来，说："那样，无花果治不了你的病。不过，它还可以开胃口，补肚子。你也别不给我面子，好歹吃一个。"

她说着从桌子上捡了一个熟透了的深紫色的无花果，给我递过来。正当我伸手去接的时候，她又说："要不，我们分吃一个吧。你先尝尝，我不是骗你，更不会害你。"

她把果子轻轻掰开，把一半送进我的口中，然后把另一半放进自己的嘴内。这时，我突然看到她那皓齿红唇，嫣然一笑。

这种果子，面面的，有些甜味，有些涩味，又有些辣味。

吃了这半个无花果，最初几天，精神很好。不久，我又感到，这是自寻烦恼，自讨苦吃，凭空添加了一些感情上的纠缠，后来，并引起老伴的怀疑，我只好写信给她解释。她把信放在家中抽屉里，不久就"文化大革命"，造反派把信抄了去，还派专人到青岛去调查，当然大失所望。

"文化大革命"，同院的人，把我养的好花，都端了去。他们花没养活，有些好的瓷盆，也都给打碎了。这些年，社会秩序不好，经常有人进院偷花，我就不再花钱买花。有时自己种些花草，有时向邻居要些芽子栽种。后邻刘家有一棵大无花果。在天津，这种花并不名贵，市民家里，常常有之。我向他要了一小盆，活了，但冬天又冻死了。后来又插了一棵，有了经验，放在有炉火的屋里，现在已经长得像棵树了。它无甚可爱，只是春天出叶早，很鲜很嫩，逗人喜欢。放在屋门口，我每天晒太阳的地方，与我为伴。家里人说，叶子有些怪气味，劝我把它移开一些。我说算了吧，不妨事的。

"文化大革命"刚刚结束，老伴去世，我很孤独寂寞，曾按照知道的地址，给那位蓬莱县的女同志写过一封信，没有得到回信。这也是我的不明事理，痴心妄想。在那种时候，人家怎么会回信呢？算来，她现在也该是五十多岁的人了。

芸斋主人曰：植物之华而不实者，盖居十之七。而有花又能结果实者，不过十之三，其数虽少，人类实赖以存活。至于无花果，则植物之特异者耳，故只为植物学所重，并略备观赏焉。

一九八七年五月十五日下午至晚写讫

十六日晨起修改，大风

# 颐 和 园

三十年代初,我在北平一所小学校当庶务员时,每逢清明节,教职员一同到郊外游玩,曾到过香山碧云寺、卧佛寺,却不记得到过颐和园。那时颐和园的门票是大洋一元,我每月所得只有十八元,而且不久也就失业了。

六十年代初,我却有机会在颐和园住过两次,每次总在十天以上。我所属的文艺团体,在颐和园设了一处休养所,请了一个厨师。休养所在靠近排云殿的西边山腰上,游人不常到之处,很是安静。有三四间房子,分里外院。站在里院的平台上,可以瞭望昆明湖的全景。平台下面还有一片竹子,有一股泉水,淙淙流过。这个所在,除去上下山不方便,真是一处写作和休息的好地方。

厨师是山东人,很年轻。他本来已经考上了大学,却愿意放弃学业,来这里做饭。他从老家把老婆孩子接来,住在里院一间小房里。工作也不累,每天最多也就只侍候三四个人的伙食,饭菜也很简单。而且只是夏天有客人,到冬天,就剩下他一家人自由自在，看守房子了。

别的机关，也在园里设休养所，有的房子还很多，不常有人来住。为了阻止游人，大门关闭着，写上"宿舍"二字。六十年代的颐和园，当然没有八十年代的游人多，但比起解放前，游人还是大大增加了，人品也复杂了。星期天最热闹，多数人是游排云殿，或在昆明湖里划船。也有些好寻幽探胜，到处乱跑，走到这些休养所门前，吃了闭门羹，随手在地下捡一粉块，在"宿舍"旁边，另题"狗窝"二字。奇怪的是，这种题字，管理人员也不及时擦掉，致使两种题字长期并存，相映成趣。

另外，因为这些休养所不常有人住，管理人员少，也容易成为一些为非作歹之人的逃匿薮。我住的休养所，围墙很低，大门是个栅栏。我好静，一个人住在外院，有一天午睡，忽然听见从后山，跳进两个人来，到窗前一看，一男一女，服装都没穿好，想是在山洞里苟合，被人发觉。两个人在我院里，喘息稍定，穿好衣服，迈过栅栏，从容而去。

第一次陪我住进休养所的是H，文艺批评家。团体所属一家理论刊物的副主编。他是晋察冀的干部，和我是从一个山头下来的，进城以后，这是第一次见面。H素来老成持重，为我所敬服。他知道我大病初愈，对我照顾得也很好。

进园第一天，吃过晚饭，天气还早，我们到附近散步，然后爬到一个山顶，坐在草地上闲谈，并看落日。落日的余晖，照在我们的身上，西边玉泉山一带的山石林木，也沐浴在光辉之中。我们一同在太行山麓，战斗八年之久，那时吃过晚饭，一同上山玩玩，和目前的情景，是相同的。

那时虽然衣食不继，战斗频繁，但一得到休息，例如并肩躺在山坡上，晒着太阳，那心情是十分美妙的，不可言喻的。闭上双目，充满幻想，希望在前，有幸福感。现在，我病后虚弱，他身体也不很好，工作任务很重。这次进园，一是为了陪我，二是为了给刊物写一篇指导当前思想斗争的社论，带来了一大堆材料，经典著作，准备随时参考查引。

他问了问我得病的原因和近来的情况。我只是简单地说了一下，并没有敞开肺腑，和他详细诉说，胜利以后，个人在生活和感情上，遭到的变故、挫折和苦恼。这些年，即使是在朋友至交面前，大家都不习惯谈个人的私事。

他沉默了很久，然后还是用他那沉重短促的语气说：

"你的大脑皮质太疲劳了。"

他住在里院，工作又很忙，除去吃饭之时，我们谈话的机会也不多。我很寂寞，写信给住医院时，结识的一位护士，她在休息的时候，就常买些吃食来看我。H 遇见过几次。每逢天晚，我送走这位女客时，他总是陪我，一同走到园门外的汽车站。他做过政治工作，知道这种事情，不好详细过问，又不能不关心。他是怕我一时冲动，在天黑路暗，四处无人时，发生什么意外。那时，说良心话，我确实没有那种精力和魄力。但我并不怪他，而且感激他。他也不过多干预这件事，知道那位女客好吃糖葫芦，他有时还从园外买回几枝来，送到我的房间。女客是常熟人，长得小巧玲珑，是医院建院时，从苏杭一带选来的女孩中的尤其俊俏者。此后，也就没有来往。

第二次和我同住的是G，诗人，团体的秘书长，我们曾在一家报纸共过事。他爽朗热情，有行政能力。那时，他爱人在附近的党校学习，每天晚饭之前，G就翻山越岭去接她。夫妻感情之好，令人羡慕。

每天清晨，G陪我去划船，我们从石舫上船，绕昆明湖一周，再吃早饭。后来他有事先走了。嘱托厨师，好好照看我。我还是每天清晨起来，先去划船。我的划船技术，并不高明，是在小汤山浅湖中学会的。昆明湖的水很深，清晨没有游客，整个湖面就是我一个人。如果遇到风浪，那是很危险的，现在回想起来，还有点害怕。但那情景是可爱的，烟波荡漾，四处静寂，那只卧在水中的小铜牛，倾头凝望，每逢划到它附近时，我都从心里向它祝福。

几年以后，H以心脏病，死于湖北干校的繁重劳动。稍后，G在流亡时，于河南旅舍自焚。

芸斋主人曰：H、G谢世，余有悼文。时势不利，投寄无门。左砍右削，集内聊存。今日读之，意有未申。此文乃补作也。

一九八七年六月十日下午写讫

# 宴　会

我没有口福，不好参加宴会。进城以后，本来有不少机会，可以吃到好东西，但我都推辞了，人以为怪。例如有一次，市里的宣传部长，要宴请一位戏剧家，派车到家里来接我，来的人除了部长的夫人，还有一位名声鼎沸的女演员。当我的乡下老伴去给她们开门时，那位演员的时髦的装束，美丽的面容，优雅的步伐，使她如遇神仙，倒退了两步。结果，我还是推辞有病没有去，使人家大失所望，主客都不会高兴的。

又有一次，是市委文教书记，宴请一位画家，派车并派了一位好贩卖字画的朋友来接我，因为说笑话，引起我的不快，断然拒绝了。这就更显得不通人情，并给上级留下不好的印象。

对于以上两件事，我虽然有些怕因此得罪了人，但并不觉得是多大的遗憾，只有下述的一次，至今萦系于心。

一九六五年春天，我到北京南城一家大医院去看病，遇到了一位在晋察冀通讯社工作时的老熟人。那时我叫他刘二，是伙食管理员。他每天张罗十几个人的柴米油盐，有时还帮着烧火做饭，给我们理发。

以前我们并不认识，他知道我的名字，知道我是他哥哥的同学，知道我在同口小学教过书，对我很有感情。

他家里是大地主。他哥哥在中学时就参加了党，曾担任过北平市委书记。看来，他的文化程度并不高。按照冀中一带地主家庭的习惯，常常是供给一个孩子念书，另外再培养一个孩子经营家务。我看他属于后者，大概是读过几年书，粗识文字，会打算盘，能应付世情，善于交际的那一类地主子弟。

一九三七年春天，党派了一位红军干部，到北方建立抗日根据地，就住在他家。游击队风起云涌，不久就形成了司令、主任赛牛毛的局面。同口小学的教员们，是在他家参加抗日工作的，小学教导主任姓侯，也是我中学时的同学，不久担任了游击队司令部政治部主任的职务。

一九三八年春天，军队整编，传说出了"托派"。牵连了很多干部，被送到路西审查。

一九三九年春天，我调到路西，分配在通讯社，听说侯已经不在人间。

刘二的哥哥也在通讯社，我叫他刘大。有一段时间，我们同住在城南庄村边一间房子里。炕上没有炕席。农家赤身的男女和小孩们，成年累月在上面滚爬，炕面变成了黑黑的，油光光的。每天晚上，我没有被褥，枕着一块砖头，听着野外的秋虫叫。

刘大神情有些不安。他曾经这样对我说：

"他们不会把我杀掉吧？"

不久，真的不见他了。我那时不是党员，从来没有参加过政治活动，这些问题，无论如何牵连不到我的身上。但我过路以后，心情并不很好。生活苦，衣食不继，远离亲人，这些还都在其次，也是应该忍受的。主要是人地两生，互不了解。见到两个同学的这般遭遇，又不能向别人去问究竟，心里实在纳闷。

抗日是神圣的事业，我还是努力工作着。我感情脆弱，没有受过任何锻炼。出来抗日，是锻炼的开始。不久，我写了一篇内容有些伤感的抗日小说，抒发了一下这种心情。

刘二在通讯社，工作也很卖力。按说，他管理过那宏大的家业，这点事，应该是不在话下，其实不然。每人每天的一斤四两小米，三钱油盐，来之甚为不易。他没有和我谈过侯和他哥哥的事，看来，他很乐观。侯的妻子和小女孩，还在山里，曾给我和刘二写过一封信，希望能帮她一些钱。我感到无能为力，也不记得这封信叫刘二看过没有。

我渐渐知道，他也是受案件的牵连，被审查了多日，才放出来做这个工作的。那时有问题的人，都派作这种用场，我常见村边山路上，有一个赶着毛驴给别的机关驮粮食的人，据说也是那个案子里的人。

不久，我调到边区文协工作，后来又去延安，就与刘二分别了。

医院相见，已经是二十五年以后，他眼力很好，一下就认出我，还是很热情。从他的服装、言谈，以及别人对他的态度，我看出他发了迹。医生们叫他刘书记。

没时间多谈,他说,明天是星期日,在前门外一家饭店请我。

我很少进京,这次住在东城一个办事处。办事处是一所旧式大宅院,设备很好。主任是我在深县下乡时认识的。他告诉我,按规定,什么人应该住什么房,什么人应该坐什么车,对于我,可以灵活一些。

星期日那天,吃过早饭,有一位从山东来的姑娘找我。我和她到附近景山去玩,然后又到北海。心里虽然惦记着刘二请我吃饭的事,但还是陪那位姑娘,在一处小馆吃了晚饭。回到办事处,主任告诉我,刘书记打来三次电话。我听了,才觉得很对不起人家。我想,他那次准备的宴席,一定很丰盛,很阔气吧,他退掉饭菜,不会有过多的周折吧。

第二年,"文革"开始,听说他就自杀了,详情不明。想到不能再见面,就更悔恨那次的失约了。

现在,读一些人撰写的抗战回忆录,那时所谓的"托派",已经证明是子虚乌有,冤假错案。但刘大的历史问题,好像还没有定论。他的女儿,为此事各处奔走,请人证明。她总是礼貌地称呼我伯父。我只知道那么一点情况,告诉了她。也同她谈过一些她父亲生前的逸事:一九三八年我们在冀中抗战学院共事,他是军政院的教导主任。他有钱,深县有饭馆,同事们常要他请客。在开生活会时,又都批评他生活不艰苦……也谈到她的三叔是在一次对日军作战时,壮烈牺牲的。

芸斋主人曰：余性孤僻，疏于友道。然于青年相处之有情谊者，则终生念念不忘。至其生前之得失，又当别论矣。

一九八七年六月十六日下午写讫

## 鱼苇之事

很多年不到白洋淀去，关于菱茨鱼苇之事，印象也淡了。近日，一位妇女，闲时和我谈些她家乡的事，引起我对水乡的怀念。

她家住在D村。这个小地方，曾有一京二卫三D村之称。原来是个水旱码头，很是繁华热闹。大清河在村南流过，下水直达天津。又是一个闸口，每天黄昏，帆樯林立。旱路通往保定，是过路客商打尖的地方。我记得在同口教书时，前往保定，就是在这里吃午饭，但当时的街道市面，都忘记了。

她家很贫苦，父亲好赌博，曾在赌场上，把土改分得的地，当场卖掉，家里的人都哭了。但他有妻子和五个小孩，也要照顾一家人的衣食。一年之中，他除去赌博，不是给人家去打坯，换些粮食，就是在河边治鱼，卖些零钱。

她是头大的孩子，很小就知道为生活操劳了。她先学会编席，母亲告诫她，织席这勾当，"抬头误三根，低头一大片"，整天忙得连梳头洗脸的工夫都没有。母亲见她太疲乏、太困倦，就给她讲故事。她回忆说，那些故事，古老，冗长，千篇一律。故事中,总是有一个傻子,傻子又总是很走运,常常逢凶化吉,转危为安,娶到漂亮的媳妇,发家致富。

有一年,发了一场大水,她家的房冲倒了,搬到堤坡上,临时搭了一间小屋。秋后,水渐渐落去,河里出了鱼,全村的人,买网捕捞。买一片大罾,要一百多元,她家买不起。父亲买了几丈蚊帐布,用猪血血了,缝制了一具小罾。小网有小网的好处,除去她父亲,母亲和她都可以去搬罾捕鱼了。

鱼实在很多,特别是一种名叫石鲢的小鱼,浮满了河面。这种小鱼,一寸多长,圆身子黑花条,没有刺,油很多。炖熟了,上面漂着一层黄油,别提多香了。外地的鱼贩子都来了,就地收货加工。但因为鱼太多,后来就只收大鱼,不收小鱼。

她只好自己卤了,和大弟弟挑到上高地集市上去卖。她从小逃过荒,出过工,也做过运输,就是没有卖过东西。她看好一个地段,把鱼放在地下,和弟弟站在那里,弟弟比她还腼腆,只是低着头看着自家的鱼。赶集的人从他们眼前走过,可是没有一个人照顾他们的鱼。她想吆喝几声,心里十分害臊,喊不出来。最后还是红着脸吆喝起来:

"买鱼呀,好香的鱼!"

过了一会儿,又喊:

"买鱼呀,贱卖呀!"

终于引起了人们的注意,有几个人蹲在他们的摊子前面了。

买卖开始了,她掌秤,弟弟收钱。卖出几份以后,围上来的人更多了,你挑我拣,她简直忙不过来。她忽然看见有一张五元的票子，掉在了她的筐子下面。她看好一个空子，赶紧捡起来，扔进书包。

她很兴奋，买卖做得也很顺利，不到晌午，鱼就卖完了，一共卖了十多元。赶紧收摊，带着弟弟去赶集。

她手里有十五元钱。她手里从来没有这么多的钱，但她除去衣食二字，没有想到要买什么别的东西，她首先想到的是父亲。

"谁要这件皮袄？"

有一个老太太，提着一件破旧的短皮袄，在大声吆喝。她心里一动。天渐渐凉了，父亲一早一晚还要去河上搬罾。她只见过别人家的老人穿皮袄。她从来也没想到过自己的父亲穿皮袄，现在，好像父亲也有穿一件皮袄的份儿了。

她走上前去，摸了摸皮袄。毛色很旧，有的地方，还露着皮子。但这总是一件皮袄。她问：

"多少钱？"

"不还价，你给十五元。"老太太说。

"值吗？"

"不值，你就走你的。"老太太又吆喝起来。

她走了几步，终于又回去，把钱交给老太太，换来这件皮袄。

回家的路上，虽然天气并不冷，她还是往自己身上，披了披这件皮袄，确实暖和呀。

现在，父亲早已去世，她讲起这段事情，还很得意。

她对我说，为了不再织席，她和家在这个大城市的人结了婚，现在很少再回娘家住。那里的河，早已经干了，更不会有鱼；也没有人再织席,人们有别的致富之路了。

我听到的,好像也是一个古老的故事。

一九八六年五月二十七日

## 蚕桑之事

我的故乡，地处北方，桑树很少。只是在两家田地的中间，有时种一棵野桑，叫作桑坡，作为地界。这种桑树终生也长不高大，且常常中途死亡。因为那时土地是农民的生命线，寸土必争，两家都拼命往外耕，它的根生长延伸的机会，比被犁铧铲断的机会，要少得多。

如果有这种桑坡，每年春季，它也会吐出一些桑叶，当然很小，就像铜钱一样。这也是很可爱的，附近的儿童们，就会养几条小蚕，来利用、也可以说是圆满这微小得可怜的自然生态。

蚕儿与桑叶，天造地设，是同时出世。养蚕的规模，当然也是很小的，用一个小纸盒的盖子就可以了。养蚕的心，是很虔诚的，小盒子铺垫得温暖而干净。每天清晨，一起来就往地里跑，有时跑得很远，把桑坡上好不容易长出的几片新叶采回来，盖在小蚕的身上，把多余的桑叶，洒上点水，放在一边储存。

桑坡少有，而养蚕的伙伴又多，于是出现了供需矛盾，出现了竞争。你起得早，我比你起得更早，常常是天还不亮，小孩子们就乱往桑坡那里奔去。过不了几天,桑坡的枝条,就摧残得光秃秃,再也长不出新的叶子来了。

去镇上赶集的路上,倒是有一片大桑树,是镇上地主家经营的。树很高,叶子也大,大人们赶集路过,有时给孩子们偷摘几片,那是解决不了什么问题的。

喜剧还没演到一半,悲剧就开始了。蚕儿刚刚长大一些,正需要更多的桑叶,就绝粮了,只好喂它榆叶。榆叶有的是,无奈蚕不爱吃,眼看瘦下去,可怜巴巴的,有的饿死了,活下来的,到了时候,就有气无力地吐起丝来。

每年养蚕,最初总是有一个美丽的梦:蚕大了,给我结一张丝绵,好把墨盒装满。蚕只能结一片碗口大小的,黄白相间的,薄纸一样的绵。

和我一同养蚕的,是一个远房的妹妹。她和我同岁,住在一条街上。她性格温柔,好说好笑,和我很合得来。过年时,我们每天到三爷家的东墙去撞钟。这是孩子们的一种赌博游戏,用铜钱在砖墙上撞击,远落者投近落者,击中为胜。这种游戏,使三爷家的一面墙,疮痍满目,布满弹痕。

我们的蚕,放在一起。她答应我,她的蚕结的绵,也铺在我的墨盒里。她虽然不念书,也知道,写好了字,做好了文章,就是我的锦绣前程。她的蚕,也只能吐一片薄薄的绵。

我们的丝绵,装不满墨盒。十二岁我就离开了家。

几年前,我回了一次故乡,她热诚地看望了我。她童年的形象，在我的心里，刻画得太深太久了，以致使我几乎认不出她目前的形象。

我们都老了，我们都变了。我们都做了一场梦，就像小时候养蚕一样。

我对她诉说了，我少小离家，奔波追逐，患难余生，流落他乡，老病交加之苦。她也向我诉说了，她患了多年的淋巴结核，两个姐姐因为同样的病，都已丧生。她身体壮一些，活了下来，脖颈和胸前留下了一片大伤疤。她父亲无儿，过继了一个外甥。为了争夺财产，她上县进省，和表兄打了五六年官司，终于胜诉，人称"不好惹"。现在和公婆不和，和儿媳也不和。她大姐有一个儿子，早年参军，在新疆工作，她只身一人，去找过好几趟，来回做些买卖，人以为"能"。

她走了以后，据叔母说，她还好斗牌，输了就到田地走一趟，偷公家的大麻子或是棉花。现在老了，腿脚不灵活，就给人家说媒，有时也神仙附体。

听着这些，我的麻木了的心，几乎没有什么感慨。是的，我们老了，每个人经历的和见到的都很多了。不要责备童年的伴侣吧。人生之路，各式各样。什么现象都是可能发生，可能呈现的。美丽的梦只有开端，只有序曲，也是可爱的。我们的童年，是值得留恋的，值得回味的。

她对我，也会是失望的。我写的文章，谈不上经国伟业，只有些小说唱本。并没有体现出，她给我的那一片片小小的丝绵，所代表的天真无邪的情意。

故乡的桑坡，和地主家的桑园，早已不见。自从离开家乡，我也很少见到桑树。在保定读书时，星期日曾到河北大学的农业试验场，偷吃过红紫肥大的桑葚。"文化大革命"时，机关大院临街的角落，有一个土堆，旁边有一棵不大的桑树。每逢开会休息时，我好到那里，静静地站立一刻，但心里想的事情，与蚕桑无关。

我养的花木中，有一棵扶桑。现在这种花，在天津已经不大时兴了。它的叶子、枝干，都像桑树。桑树皮的颜色，与蚕的颜色，一般无二，使人深深感到，造物的奇巧，自然的组合，有难言的神妙。

一九八七年七月十五日下午写讫

# 罗汉松

现在，我养的花木中，这棵罗汉松可以说是长得最好的了。我每天搬出搬进，惟恐叫人偷了去。这是朋友老张送我的。老张一共送过我三盆花。第一次是一棵玻璃脆，他送来的时候，笑着对我说："你养这种花最合适。"

他的意思是，我这个人很脆弱，弱不禁风，半死不活。他讽刺人，向来是不分场合的。

第二次是一棵栀子和这棵罗汉松。栀子不好养，早已死去了。罗汉松来时很小，十几年的工夫，我已经给它换过三次盆，现在它身上随便一个小枝，也比来时它的全身大，老张逝世将近五年了。时光流逝，人之云亡，尚不及草木长久。

老张送我花，并不是他出钱买的。他交游广，认识人多，又是老同志，名人作家，别人都乐于送给他东西。这些花，就是他从本市的一个大公园要来的，他认识那里的主任。

二十年代末，老张就和这个大城市解放后的第一任市长，在一个支部活动。当时在这一支部的，还有"十年女皇"。

他爱好文艺，三十年代初已发表了小说，并写了一部长篇，书名仿肖洛霍夫笔意，也叫作静静的什么，曾得到一个美国太太的奖金。查鲁迅日记，老张曾两次把这部小说寄给鲁迅先生，好像并没有引起先生的注意。那时，人们并不像现在这样，那么重视外国人的奖赏。更不认为，外国人鼓掌叫好的，就代表中国创作的高峰。

老张对文学孜孜矻矻，可以说是终生不懈。在写作上也很努力，虽然说不上很严肃。"文革"期间，他曾企图把过去写的一部现实小说，改写成应时的作品，结果徒劳心力，没人给他出版。

以他的资历，本来有很多机会去做大官，他都没有去做。抗日时期，他在一个地区当了几天社会部长，进城以后，又当了几天工会宣传部长，终于以作家身份，了其一生。

我们是一个时代的人，共同度过了那艰难危险的岁月。他一直没有离开冀中，他不愿到山里去，那里生活太苦。在冀中，领导了解他，群众关系也好。他打游击，不避阶级嫌疑，常住在地主富农家里，这些人家，都有子女在外抗日。他到一家，大伯、大娘叫得很亲热，既保险，又能吃到好饭食。他有时住在我家，我父亲总要到集上去买肉。有一年夏天，他走了一天，干渴得很，正好我父亲在井里泡着一个大西瓜，取出来叫他吃，说他真有口福。

进城后，老张几次自做对虾，装满大饭盒，给我母亲送来。老伴病了，老张也曾到医院看望，后我因无人照顾，多次到他家赶饭。他对女儿们说："不要厌烦，过去，我也常在人家吃饭。"

老张的口福，是有名的。抗日期间，我从路西回来，帮他编书。他们一天的菜金是五分，我是客人，三角，他就提出跟我合伙。"五一大扫荡"，扫来扫去，把他扫到深县南部的大桃树园，在里面待了三天三夜，吃的都是蜜桃。抗日胜利后我回到家里，父亲给我炖了一个肘子。刚刚炖烂，他就从外村赶来了，进屋大笑着说："我在八里以外，就闻到香味了。"

进城以后，他是市长的老朋友，经常赴宴。打听哪里有宴会，只要主客一方是熟人，他就跑去。有一次，我们在北京开会，散会以后，我同康、侯等人约好，到东安市场吃饭，并没约他。他就跟在后面，一直进了饭馆，大家都不以为怪。

他不只有口福。别人的书，经过战争、土改，都散失了，他的书没有散失，反增加了。他到处搜罗书籍。土改时，他主管的小区，发现了一部《海上述林》。他上书中央负责同志，请求批准他获得这部他渴望已久的书。他的手稿、日记，也保存得很妥帖，丝毫没有遗失。有一次，他到路西去，父亲托他带给我一些零用钱，并叫妻子把钱缝在他的夹袄腋下。他到了路西，我已去延安，他把钱也买了书。

历次政治运动，他都以老运动员，或称老油条的功夫，顺利通过。土改时，他是组长，当然不会有问题。"文化大革命"初期，他当机立断，以"左"派姿态，批评了市委文教书记。在那种人心惶惶的情况下，他一改平日邋邋遢遢的形象，穿上一件时兴的浅色的确良新衬衣，举止活泼，充满朝气，以自别于那些忧心忡忡垂头丧气的人物。

身为作家，参加革命久，历史复杂，说话随便，伤人很多的他，在这场动乱中，几乎没有任何风险，没有烧到一根毫毛。当不少同行家破人亡之际，他的家庭，竟能保持钟簴不移、庙貌未改的状态，这在全国也恐怕是少见的。并且不久就出入炙手可热的王曼恬的官邸，更使人叹服他的应变能力了。

　　据我思考，老张得力之处，在于处世待人。他不像一般作家那样清高孤僻，落落寡合。什么人他都交接，什么事都谈得。特别是那些有权有势，对他有用的人。他以作家的敏感，去了解对方的心意；然后以官场的法术，去讨得他们的欢心。他对顶头上级，如宣传部长，甚至宣传干事，都毕恭毕敬。可以当着很多人的面，去拍他们的马屁，插科打诨，旁若无人。有一次，在我家里，他竟拍起一个后生晚辈的马屁，使我大吃一惊。这个后生，是他机关造反组织的一个核心成员。那时"文革"已近尾声，老张还对他如此恭敬。我就此事，请教过一位明达。他说，前途未卜，后生之后，还有大头目。老张在后生面前能作如此表现，大头目知道也会高兴。他们如继续得势，老张自然得到好处。

　　芸斋主人曰：抗日时期，老张写了不少剧本，曾自称是冀中区的莫里哀。三十过后，方得结婚。及撰文相交过久，印象丛脞，不易下笔。老张熟知冀中生活掌故，人多称之，然亦有谓，其言多夸夸，华而不实，因有"倒二八"之讥。噫！当年革命如渡急湍，政治如处漩涡。老张不只游戏人生，且亦游戏政治。其真善泳者乎！

一九八八年五月九日写讫

## 续　弦

　　一九七一年①四月间,老伴在医院死去。我知道以后,劝住孩子们莫哭,先把他们的老姨叫来。她是我一九五三年从老家带出来,在我家帮了几年忙,后来参加工作的。

　　机关的"革委会",原来派了一个人帮着办丧事。这个人抄过我们的家,我不愿去叫他,他听说后也来了。我找了几位老同志帮忙,他们是杨、贾、石、马。我写在这里,是表示永志不忘。

　　因为孩子们没有经验,置备的装裹又很简单,妻长时间露面躺在停尸板上,我从口袋掏出一块旧手绢,蒙在她的脸上,算是向她作了最后的诀别。她的脸很平静,好像解除了生前的一切痛苦。

　　我那时处境还不好,前途未卜。孩子们各有心思,对我也冷淡。我每天劳动回来,在小屋里闷坐着。有次路遇大雨,衣服全湿透了,回到屋里,也没有人过问,自己连抽了三支烟,以

---

①　应为一九七〇年。

驱寒冷。

慢慢，我想再找个老伴。说是续弦，这是附会风雅。老伴从二十一岁以身相许，那时彼此有多少幻想。四十多年，经历了无数艰辛，难言之苦，最后这样相离而去。以后的事，还能往好里想吗？

我最初属意机关食堂里的一位妇女。她四十来岁，中等身材，皮肤很白皙，脸上有些雀斑，胸前很丰满，我在食堂劳动时，对我态度和蔼。她是顶替死去了的丈夫，家也住在佟楼。晚上，我们常乘一辆公共汽车回家。

但我没敢向别人透露过，因为想到，既不属于一个阶级，我有些自惭形秽，怕高攀不上。

不久，有一位女同志，愿意给我介绍，是在她那里帮忙的姨母。预定在老梁家见面。我如期去了，一进大门，老梁的妻子就斥责我："衣服也不换一下，大好天，你戴个破草帽来干什么！"

进到屋里，形式很隆重，女方来了四个亲属。

"你现在住的那房子很小吧？"女方的母亲问。

"也很低。"我说，"有个蚊子臭虫什么的在房顶上，我一伸手就摸着了。"

全场默然。

我告辞出来，心想，女方长得太黑，也太胖了。

第二次，老梁的爱人又给我介绍一位会计，苏州人。我一听生在苏州，觉得很好，在梁家三楼小书房见面。事先按照介绍人的嘱咐，我换了一身干净些的衣服，没有戴草帽。当然那时也不是戴草帽的季节了。

　　见过以后，女方对我评价很好，她对介绍人说："不好说话，不是缺点，他是个作家么！"

　　我却认为她个儿太矮了。

　　听说我在找老伴，朋友们都愿意帮忙。在北京军队工作的老魏，给介绍一位流落在江西的女同志。说原来是一位大校的妻子，并托老王把一张相片带到天津来。

　　老王给我打电话，叫我即刻去，说得很神秘，并有他习惯的那种加惠于人的味道。

　　我到了他那里，他正在用一块当作放大镜的有机玻璃，端详照片。

　　我接到手里一看，果然不错。当然，这是女方年轻时的照片，距现在已经十多年了。

　　不久，老魏打听到了这位女同志的下落。她后来给我写信说：正当她傍晚堵鸡窝的时候，收到了一封带有喜讯的电报。

　　通信开始不久，我就接连给她汇去了几百元钱。这些年，我其他无长进，唯物观念是加强了。

　　她是一位恋爱老手，对付我是不在话下的。孩子们听说她有海外关系后，曾要求几位老朋友来劝告，我听不进去，高卧破床，一语不发。我有些破罐破摔了。

　　伴随她，我曾在黄昏时踟蹰，去石家庄，托人找住处。披星戴月，赶开往家乡的长途汽车。在滹沱河大堤上行走，在大风沙中过摆渡。一次，往返四十里去县城，给她接洽工作，犯了前列腺炎，倒在路旁的禾场上，差一点出了大事。

最后终于离异，我总以为是政治的原因。她背着包袱，想找一个更可靠的靠山，在当时，我的处境，确是不很保险的。

所以，关于晚年续弦事，我从不怨天尤人，认为是我的患难一生中，必经的一步。我的命运注定，也不会有比这更好的一步了。

芸斋主人曰：婚姻一事，强调结合，讳言交易。然古谚云：嫁汉嫁汉，穿衣吃饭。物质实为第一义，人在落魄之时，不只王宝钏彩楼一球为传奇，即金玉奴豆汁一碗，也只能从小说上看到。况当政治左右一切之时乎！固知巫山一片云，阆苑一团雪，皆文士梦幻之词也。

一九八八年七月十三日

# 石 榴

我自幼年,就喜爱石榴树。从树干、枝叶到果实,我都觉得很美。我很想在自家的庭院中,种植一棵,也从集市上买过一株幼苗,离家以后死去了。所有关于石榴树的印象,都是在别人家的窗前阶下留下的。

我的家乡,临着滹沱河,每年发大水,一般农家,没有种花果树的习惯。大户人家的高宅大院里,偶尔有之。我印象最深的一棵石榴,是我在一九四七年,跟随冀中土改试点小组,在博野县一家房东院中见到的。

房东是一个中年寡妇,她有两个男孩子,一个女孩子。女孩子是老大;她细高身材,皮肤白细,很聪明,好说笑,左眼角上,有一块麦粒大小的伤痕。整天蹲在机子上织布,给我做过一些针线。

在工作组,我是记者,带有体验生活的性质。又因为没有实际工作经验,领导上并不派我什么具体工作。

土改试点一开始,就从平汉路西面,传来一些极"左"的做法。在这个村庄,我第一次见到了对地主的打拉。打,是在会场上,用秫秸棍棒,围着地主斗争,也只是很少的几个积极分子。拉,是我一次在村边柳林散步时,偶尔碰到的。

正当夏季,地主穿着棉袄棉裤,躺卧在地下,被一匹大骡子拉着。骡子没有拉过这种东西,它很惊慌,一个青年农民,狠狠地控制着它,农民也很紧张,脸都涨青了。后面跟着几个贫雇农,幸亏没有人敲锣打鼓。

这显然是一种恐怖行动,群众不一定接受得了,但这是发动群众。不知是群众不得不这样做给领导看,还是领导不得不这样去领导。也不知是哪一个别有用心的人,这样来解释"一打一拉"的政策。

我赶紧躲开,回到房东那里,家里人都去会场了,就姑娘一个人在机子上。我坐在台阶上,说:

"小花,有水吗?我喝一口。"

她下来给我点火现烧,说:"怎么这样早,你就回来了?"

"那里没有我的事。"

"从来也没见过你讲话,你是吃粮不管事呀!"她说笑着,又蹬起机子来。

我也没有见过姑娘去开会,当然,家里也需要留个人看门。我望着台阶下,正在开花的石榴说:

"谁栽的?"

"我爹。没等到吃个石榴就死了。"

"甜的酸的?"

"甜的，住到中秋，送你一个大石榴。"

住的日子长了，在邻舍家吃派饭，听到过关于姑娘的一些闲言，说她前几年跳过一次井。眉上那伤疤，就是那次落下的，井就在她家门口。关于这种事，我从来不好多问，讲述的人，也就止住不讲了。

试点工作结束后，人们全撤离了。我走了几天，留恋这家人，骑车子又回来了。一进村，大街上空无一人，在路过地主家门时，那位被拉过的老头，正好走出来。他拄着拐杖，头上裹着一块白布。他用仇恨的目光注视着我。

我回到房东家，大娘对我的态度，和几天以前比，是大不一样了。我又到贫农团，主席对我也只是应付。

走在街上，有人在背后说：

"怎么又回来了？"

"准是住在小花家。"

我走回小花家，家里人都去地里干活了，小花正在迎门的板床上歇晌。她穿一身自己织纺的浅色花格裤褂，躺得平平的。胸部鼓动着，嘴唇翕张着，眉上的那块小疤痕，微微地跳动着。她现在美极了，在我眼前，是一幅油画，一座铜雕，一尊玉佛。

我退出来，坐在台阶上，凝视着那棵石榴树。天气炎热，石榴花正在盛开，像天上落下的一片红云。这时，一个穿得很讲究的年轻人，在大门外，玩弄枪支。前一阶段，从来没见过这个人。

不久，大娘回来了，我向她告别。她也没有留我，只是说：

"别人不知怎么说我们呢！"

后来，工作组的人说，他们听说我又回去了，曾捎信叫我赶紧离开。打扫战场，会出危险的。我也想到，那个玩枪的年轻人，很可能和小花跳井有关联，他是想把我吓走。

过了几年，我在附近下乡，又去过一次，没见到小花，早已出嫁了。因为是冬天，也就没有注意那棵石榴树。

我现在想：大娘是个寡妇，孩子们又小。她家是什么成分，说来惭愧，我当时也没问过，可能是中农。我住在她家，她给我做好饭吃，叫小花给我做针线活，她希望的是，虽不一定能沾我什么光，也不要被什么伤。她一家人，当时的表现，是既不靠前，也不靠后，什么事也不多讲，也不想分到什么东西。小花的跳井，可能是她老人家，极端避讳的话题，我的不看头势，冒冒失失，就使她更加不安了。

当我这样想通的时候，大娘肯定早已逝世。当时的年轻人，现时谁在谁不在，也弄不清楚了。

老年人，回顾早年的事，就像清风朗月一切变得明净自然，任何感情的纠缠，也没有，什么迷惘和失望，也消失了。而当花被晨雾笼罩，月在云中穿度之时，它们的吸引力，是那样强烈，使人目不暇接，废寝忘食，甚至奋不顾身。

芸斋主人曰：城市所售石榴树苗，多为酸种。某年深秋，余游故宫，见御河桥上，陈列大石榴树两排。树皮剥裂为白色，叶已飘落尽，碗大石榴，垂摇白玉雕栏之上，红如玛瑙，叹为良种。时故宫博物院长为故人，很想向他要一枚，带回栽种。因念及宫禁，朋友又系洁身自好、一尘不染之君子，乃未启齿，至今以为憾事。

一九八八年七月十七日，大热

## 我留下了声音

前几年,也是冬季,一天清晨,有两个姑娘,到多伦道大院找我。在院里碰上了正要去上班的我们的总编辑老鲁。说明来意后,老鲁告诉她们,我还没有起床,就邀她们到报社去,先在他的办公室休息一下。

这两位姑娘,是北京一个文学团体,派出来和老年作家联系的。她们从济南坐了一夜火车到天津,已经很困乏了。

八点钟的时候,她们到了我的居室。她们衣着朴素,外面天气很冷,包裹得很严实。宽去了头巾外衣之后,我发现这两位姑娘,虽然态度腼腆,实在秀美异常,容光照人,立刻使我那空荡、破旧、清冷的房间增加了不少温暖和光彩。其中一个身材较高的,把一只小录音机,在我对面的桌子上,随手一丢,轻声说:"留下你的声音!"

众所周知,我是不大喜欢见客的,尤其是生人。有传说,一言不合,我就会中止和客人的谈话。另外,我从来也没有想过:要留下些什么。

虽然这一句话，对我很是陌生，对我这样年纪的人来说，更容易有一种不祥的刺激性。但我看得很清楚，姑娘是一番诚意。她已经退回远处的座位，她那俊俏的脸上，流露着天真的微笑。她是在认真地完成上级交给她的任务，她希望的是，要不失时机地把工作做好。她根本没有考虑，"留下"二字，代表的是什么。

看到她的举止和表情，我也完全忘记了，她们要求我做的事，意味着什么。我高兴地和她说笑着，把声音留在那小小的盒子里。

这真是偶然的机遇。若干年后，如果真的有人，对我的声音有兴趣，把磁带一放，他一定认为我是一个非常达观的人，非常乐观的人。

这就是青春的魅力。这些年来，凡是姑娘们叫我做的事，我总是乐意去做，不叫她们失望。即使她们有什么不对的地方，我也能很快原谅她们，同时容易引咎自责，先检讨自己。

直到现在，我也不知道，我是怕死，还是不怕死。我见过亲人的死亡，那确是很痛苦，也很可怕。

我接近死亡，或者已经进入了它的樊篱，已经多次。有时是敌人把我赶到那里；有时是自己人，把我赶到那里；有时是大自然；有时是自己跟自己过不去。

现在，当叫我留下些什么的时候，我竟忘记了这些不幸。我替她们做了很多事：找书籍，选原稿，在她们的笔记本上签名题字。

另一位较矮的姑娘，带着一只照相机，她给我照了好多相，然后两个人又轮流同我合影。这位姑娘更文静端庄。她在同我合影时,用双手抹抹头发,然后又平平衣裳前襟时的姿势神态,至今还留在我的记忆里。

当我做事的时候,她们前后帮助我,左右照拂我,使我受宠若惊,忘记了疲乏。

分别时,我叮嘱她们,照片洗好后,一定寄给我一份。

她们回去以后,就没有音讯。我也想得开:姑娘们回到机关,把录音机、照相机一交,就忙自己的事去了。到了这般年龄,她们的事情是很多的。

隔了一年多,她们的领导人,因为别的事,来到我家。谈话间,我和他提起了,两个姑娘在我这里做客的情形,还问到了照片的事。领导人答应回去给问问。

又隔了一段时间,领导人寄来几张照片,附着一封信,说"姑娘们照得并不好,资料组不愿给她们冲洗,就扔在一边了。现在勉强选了几张,给你寄去,希望原谅"云云。

我对自己的近年照片,一向没有兴趣,她们照得也确实平平,看来是漫不经心的。但其中有一张,我和拿录音机的姑娘的合影,我觉得还是照得不错的,姑娘的眼神非常好。只是没有我和拿照相机的那位姑娘的合影。

我把照片郑重地收藏起来。

今年冬季,我已迁入新居。因为地处偏僻,很少来客。

有一天清晨,听见一位女同志叫我,一时竟认不出,她自报姓名,才知道是时常想到的,那位拿照相机的姑娘。她的服装和发型,和上次都不一样了。在我眼中,她长高了一些,也瘦了一些。她已经做了母亲。那位拿录音机的姑娘,据她说,已调离了机关,也早结婚生孩子了。

她这次,是带了一班人马,来为我录像的。我从来没有录过像,我怕见那种光。来找的,我都以脑病拒绝了。但这一次,我不好拒绝,我要求她简单地照一下。

我换了一件新上衣,按照他们的要求,坐在那里。他们照了我的书房和起居室。至此,我就不只留下了声音,也留下了形象。然后,我和他们全体,又合拍了一张相片。

我要求她,回去以后,把这次的合影给我寄来。

她走了以后,就又没有了信息。我想:一定和上次一样,回去一交差,就算完事了。有了小孩,她就更忙了。

芸斋主人曰:风雨交加,坎坷满路。余至晚年,极不愿回首往事,亦不愿再见悲惨、丑恶,自伤心神。然每遇人间美好、善良,虽属邂逅之情谊,无心之施与,亦追求留恋,念念不忘,以自慰藉。彩云现于雨后,皎月露于云端。赏心悦目,在一瞬间。于余实为难逢之境,不敢以虚幻视之。至于个人之留存,其沉埋消失,必更速于过眼云烟矣。

一九八九年一月十六日写讫

## 心 脏 病

过去，我一直认为自己只有脑病，没有心脏病。其实，进城初期，报社杨经理，叫我到市里一家医院，检查一下身体，说是有病的人可以吃保健饭。检查以后，卡片上明明写的是心脏病三个大字。但是我却毫不在意，以为不过是为了照顾我吃上保健饭，大夫胡乱给填写了一个病名。

又有一次，是"文化大革命"后期，大概是一九七四年冬季，上级忽然叫这些斗了多少个死去活来的老干部，去总医院检查身体。带有政治性质，不去还不行。检查结果，也写着冠状动脉硬化等字样，我也没有拿它当作一回事。因为我想，既然死里逃生，还管它这里硬化，那里软化干什么。

不巧的是，我那时刚刚和一位张女士结了婚。我们这般年纪，当然都是再婚。她看到检查结果，心情很沉重，以为好不容易结合了，却是一个病人，大为担心失望，一定要带我去做一次心电图。那时，心电图这玩意儿，刚刚传到中国，大家对它很信任。

总医院分门诊部和住院部，我检查身体是在门诊大楼，这回张女士带我做心电图,是在马路对过的住院部大楼。先在楼下交了费,取了单据,然后上楼去做心电图。管做心电图的女护士,有二十来岁,穿着那时还很时髦的绿色军装。

女护士一看单据,就生了气,大声说:"你应该到门诊部去做!"

张女士低声赔笑说:"我们在楼下交的费,他叫我们到楼上来!"

我躺在病床上,女护士一边拉扯电线,一边摔打着往我四肢上套,像杀宰一样。她一直怒气不息,胡乱潦草地完事,把心电图摔给了张女士,撵我们出屋,就碰上门走了。

我和张女士都一直蒙在鼓里,不明白这位女护士,为什么对我们发这样大的火,我们究竟走错了哪一步?

"去交给大夫看看吗?"张女士拿着那张心电图问我。

"不用了。"我说,"我的心脏很好。"

"你怎么知道?"张女士问。

"你还没有看清楚,即使我的心脏一点毛病也没有,也被这位女护士气死在床上,起不来了。既然我完好如初,这就证明:我的心脏非常健全,不同一般。"

张女士几乎是破涕为笑了。我接着说:"她可能看出我的身份。她是小巫,不足挂怀。这些年,我见过的大小流氓、大小无赖、势利小人、卑劣小人,可以说是车载斗量,不计其数,阵势比她摆弄的这一套大得多。我看她顶多是个新贵子弟,也不是护士科班,很可能是依仗权势,进来充数的。"

从这以后，我对我的心脏更有信心了。同时自信，我之所以能够活到现在，能够长寿，并不像人们常常说的，是因为喝粥、旷达、乐观、好纵情大笑等等，而是因为这场"大革命"，迫使我在无数事实面前，摒弃了只信人性善的偏颇，兼信了性恶论，对一切丑恶，采取了鲁迅式的，极其蔑视的态度的结果。

我有将近二十年的时间，没有再到过医院。视为畏途。

但是，无论怎样大圣大哲，他的主观愿望和臆测，终究代替不了科学和现实。况无知如我，怎能不受到惩罚呢？

一九九一年一月二十八日记：今日下午三时，午睡后，脉有间歇，起床颇觉心慌不适，走动时亦感心律甚乱。后吃饼干十片，芝麻糖两片，觉稍好。盖腹泻已两月，吃饭又少，营养不良所致。过去缺糖症状，不是这样，甚可虑也。晚记。

以上这段话，写在北京季同志寄赠的《日本古代随笔选》的包书纸上。报社大夫闻讯来诊，仍说心电图显示心脏很好，根据我的口述，只劝我继续吃治腹泻的药，并多吃一些补品。

我也就忘记了心脏的事。有一天，同一位同志谈话，有两句不入耳的话，我听了以后，忽然觉得心肌狠狠扯动了两下。这种现象过去没有，随即停止了谈话。

二月四日下午记：心脏发病，坐卧不安，浑身无力，不能持重，不能扫地、搬书，甚至不能看书阅报，这才真正成了一个心脏病人。从前天起，贴条子谢来访者。

以上这段话，写在山东邓同志寄赠的一本《谈龙录》的包书纸上。

报社医生又赶来，给了一些治心脏病的药，并特别照顾，给买了西洋参、蜂王精等补品。因为外边传说，我自己舍不得花钱买这些东西。

从此，就每天按时服药，太阳升上来，就坐在窗下，嘴里含几片花旗参，慢慢咀嚼着，缅怀往事。朋友们婉言劝告，应该住院，千万不要把病耽误了。我则想：病没得正，会自痊，如果得正，则无所谓耽误。

有一位姓李的老同事，老邻居，进城初期当记者，专跑医院，认识很多专家，一九五六年我得脑病，常带我去看病。这次，他很关心，又知道我这些年不愿到医院，甚至也不愿找医生，近似讳病忌医，就拿了我近日做的心电图，去拜访专家，问问要紧不要紧。不久，就又热心地来和我详细谈了专家的看法和意见。我说："代我谢谢专家。看起来，你的面子还真大，不带病人去，人家还会和你谈得这么详细。真不简单。这就像看稿子一样，如果有人不带作品叫我看，只来和我谈情节，我是不会和他谈的。"

老李说："我劝你去做一次心流图，不是心电图。我最近做过一回，自己能看到自己的心脏和血液循环，清清楚楚。好极了。"

我说："你知道，我神经衰弱，在电视节目上，我看见给别人做那个，心里还不舒服，何况自己去看自己？我受不了。专家讲的，我都明白，这就够了。写文章，可以写得明快一些，对于生活，对于自己的病，我是个朦胧派。"

老李苦笑着走了。

芸斋主人曰：心脑相连，古人以心为人体之主，非无因也。余所用商务民国四年出版之学生字典，心部共收字一百六十九。可略见人生情感之事，均与心脏有关。有人以钟摆喻心脏，亦有道理。然自念一生，颠沛流离，忧患相仍，心为百感交集之地，经七十余年之冲撞磨损，即钢铁所铸，亦当千疮百孔，破败不堪，况乃血肉之躯乎！也真难为它了，它也的确应该停下来，休息休息了。

病莫大于心疾，哀莫大于心死。这是无可奈何的。

一九九一年三月二十五日记

## 忆梅读《易》

经验证明：人在极度绝望和无聊的时候，会异想天开，做出出其不意的事情来。

当我住牛棚的晚期，旧同事老李接任棚长，对我比较宽厚。过去，我在棚里，是最受虐待的。因此，我的心里，松快一些。每天晚上开完会，老李把热在炉上的半饭盒棒子粥喝进肚里，我也把烤好的半个棒子面饼子嚼完，有时就围在他的铺盖前，说几句闲话。有一次，我说我要写一篇小说，第一句是：梅，对我是无缘的。

我看周围的人，对我的话，没有什么兴趣，就转身睡觉去了。第二天晚上开会，竟有一个人，批判我的这个想法，并说：

"这样开头的小说太多了，有什么新鲜！"

这个人，是我们进城时惟一留用的人员。他虽然在我手下工作过一段时间，而且我还是支部书记（一生中只有这一次，也不明白那时人们为什么选我），对他为了什么能被留用，以及他的来历和底细，并没有任何了解。

"文革"开始,他是最早站出来革命的三个干部中的一个。每次开批斗会,他总是坐在革命群众的前排,并随时发言插话。当时革命,既以进城老干部为对象,留用人员当然就被看做响当当,很出了一阵风头。后来不知为了什么,也进了牛棚,但仍以特殊身份,备受优待,因此气焰不减。

平心而论,他的发言,还是和我讨论创作上的问题,并没有给我加什么罪名。因为,他一向自称是搞艺术的。但据我所知,说他理论家吧,并没有写出过像样的文章;说他是画家吧,又没有见他发表过什么作品。我到他的宿舍去过,倒是有一些美术方面的书,墙上还挂着一张裱好的,他画的国画,是一只鸭子和两根芦苇。据我看,还只能说是作业,谈不上创作。当然,如果他以后成为名人,也可以拿出去展览。

其实,并非这位人士的批评,把我的文思打断。那时,我怎么能够写小说?脑子里想的是生死大关,家破人亡的问题,这些带有浪漫意思的往事,哪里容我多想,很快就忘记了。那天晚上的几句闲话,只能说是我的一闪之念,那时不正在狠斗一闪念吗?它不斗自消了。

直到一九八二年,我写《病期琐事——太湖》一文时,我才又写到,一九五八年,在大箕山养病期间,我曾三次,一个人雇一只小船,去无锡那有名的梅园访梅。有一次,遇到下雨,我一个人在园中,留连了整整一个上午,并在梅园后院一大间放农具的房子里,惆怅地望着满园落泪一样的梅花,追索往事。

我生在北方,只见过杏花,没见过梅花。我以为杏花开放,是北方田野最美丽的点缀。一片火红,灿烂夺目。梅花名声更大,但我三次去梅园,不是早了,就是迟了,不然就是遇到下雨。

所以,我那小说的开头就说:梅,对我是无缘的。

事实是,梅对我是有缘的,是我负了心。我给她写了一封信,她很快就回信,一口答应了。我很快又反悔,这对她的伤害太大了。我一生也不能原谅自己。

关于这段经过,我曾写进《善闇室纪年——在延安》一节中,发表在《江城月刊》上。后来编入集子时,责任编辑是一位女同志,她认为,既然没成为事实,现在还提它做甚?为了照顾我的名声,好心地给删了去。其实是不必要的。

我一生中,做过很多错事,鲁莽事,荒唐事。特别是轻举妄动的事,删不胜删。中国有一部经书——《易》。我晚年想读一下,但终于不能读懂。我只能如此解释它:易,就是变易之易,就是轻易之易。再说得浅近一些:易,既然是卦,就是世事和人事,都容易变卦之意。

变卦,对英雄豪杰来说,有时还有利有弊,有幸有不幸,有祸有福。对于弱者,就只能有伤痛,有灾难,有死亡。以上这些言词,当然都是在我将死之年,对我的不稳定性格的一种诠释。

梅,是我的学生,就在她答应和我缔结同心之时,也只是在延河边上,共同散步十分钟。临别时,我还保持老师的严肃习惯,连她的手也没有握一下。

所以她以后,也能原谅我。当我的老伴去世以后,她曾托人把她的已经失去丈夫的妹妹介绍给我,我没有应允。后来,她又告诉她在天津的弟弟，有合适的，给我找个做伴的人。她还不大了解，我不只是一个凡夫俗子，而且智能低下，像我这样的人，也只能孤独地生活下去，不能再和别人同居了。但因为她对我的关心，我也不断想起往事，并关心她晚年的生活，像这样宽厚待人的人，一定会是幸福无量的。

原谅是由于信任。当时，她虽恨我多变，但不会怀疑我是成心戏弄她。我们是共过患难的，一同走到延安去的。大家都已离家七八年，战事还不知何日结束，自己和家人的生死存亡，也难以断定。当我在河边和她谈将来，谈文学，谈英语（她学的是英语），她只简单地回答：我不想那么多，我只想结婚！那时她恐怕也有二十七八岁了。

日本投降以后，我们又走回晋察冀，但不在一个队，偶尔见面，都不好意思再说话，互相回避，以为从此就生分了。

进城以后，命运却安排她，三番几次，陪同她的爱人，到我住的院里拜访她爱人的一位朋友，而我和他们这位朋友，住的是近邻。最后一次，大家也都进入中年，儿女成行了，她一个人又来了。以前，我曾向老伴谈到过这件事，我征求了老伴的意见后，去看望她。屋里只有我们两人，她丝毫没有表示怨恨。也可能是因为我的变卦，才促成了她目前的幸福生活——这也是易经。

直到去年，她的爱人去世，她派她的弟弟，通知了这一不幸。我本来并不认识她的爱人，也托她弟弟，送了一个花圈，并向她表示慰问。

闲话间，她弟弟很关心我的生活，并说：

"如果再找老伴，最好找一个过去有过一段感情的人。"

我说：

"我太老了，脾气又太怪，过去有过感情的人，现在恐怕也相处不来了。爱情和青春同在，尚且有时靠不住。老了，就什么也谈不上了。"

太史公曰："盖孔子晚而喜易。易之为术，幽明远矣，非通人达才，孰能注意焉？"《易》曰："乐则行之，忧则违之。"

前者说明：《易》是老年人才知道喜欢的书。因为人的一生，经历了很多事，很难得到解释。《易》这玩意儿，能识时达变，怎么解释，也能通畅，所以就得到圣人的喜欢了。

后面两句，是《易经》原文，也能懂得，但做起来就难了。实际是常常反其道而为之。因为这是现实，有时不容你选择。有时你会自愿这样去做。等到醒悟过来，人已经老了，或者就要死了。

一九九一年四月十五日写讫

时大病初愈，此作，颇不利于养生

# 无 题

他逝世了。紧锁的双眉，额上的皱纹，并没有因为死，而得到舒展。他是一名老战士，说他因为忧国忧民，死不瞑目，当然也不为无理。但近年来，最使他痛苦和不安的，是时时刻刻泛上心头的忏悔之情。不是对革命、对工作的忏悔，这些方面，他完全可以说是问心无愧的。他是对自己壮年远行，背井离乡，抛舍老父老母，青春发妻，幼小儿女，一生之中，对他们没有尽到应尽的责任而忏悔，痛苦。

在朋友们看来，他一直是谨小慎微的恂恂君子，在事业上的成绩，也还可以，并被说成是功成名就。这些，当然是就他生前而言，至于以后如何评论，那自然是另外一回事了。

去年，他还分到一套比较高级的住宅，脱离了旧居的冬季寒冷、夏季漏雨，以及周围卑劣小人的干扰之苦。新住宅区，除去现任官吏之外，还有不少和他年纪相当的老人。其中有些人面孔较熟，并常听到乡音。

他从去年八月份搬来，每天见到，有一群农民模样的民工，平整土地，换土栽树栽花，他的楼前空地，设计了一处庭院公园，有树木、山石，有花廊、石桌、石凳，花砖铺地，所费不赀。

因是楼群，当然也谈不上安静。楼外施工，室内装修，每天电钻、电焊，斧锯之声不断。每天接送官员的汽车，一辆接一辆，楼群中路又窄，他总是错过上下班时间，再下楼散步。

对于这些，他都无系于心，他知道，多好的住处，或多坏的住处，对他这种年岁的人，都是最后的逆旅，前一站就阴阳易界，是小小的木盒了。

他终于进入了木盒。

他对小木盒，并没有什么美好的感情。他尤其害怕，在那种更密集的住宅区，遇到在二十年前，先他赴冥的老伴。在那里，她已经获得彻底解放，观念已经完全更新，她可以没有任何顾忌，摆脱一切束缚，向他提出生前忍耐多年的责难，他将无言答对，无地自容。

这就是，为什么他死了以后，脸上仍然表现极大愁苦的原因。

芸斋悼之曰：禅语有：何所闻而来？何所见而去？云云。过去视为机锋；今日细想，实是废话。佛书多类此。然自晋至唐，为之舍家苦行者有之，为之断肢自焚者有之，后人难以想象。社会思潮之形成与变异，时代使然也。

君历世近八十年，当有所闻见矣。其中，有欲闻或不欲闻，有欲见或不欲见。或不得不闻，不得不见者，均系人生现实，非关佛书禅语。况君离家出走，非为佛门清净也，更非迷信所致。

当时民族处于危亡,非抗日不足以图存。全国青年,风纵云合,高歌以赴,万死不辞,亦可谓先天下之忧而乐矣。当今,处开放之时,国家强盛,人民富足。重驿来游,商贾满路。万民欢腾,而君似又有所戚戚。小我之悲,无乃有失大公之初衷乎?无以名之,谓君为后天下之乐而忧,可矣!

一九九一年七月二十日晨促成之

# 清明随笔

# 清明随笔

—— 忆邵子南同志

邵子南同志死去有好几年了。在这几年里,我时常想起他,有时还想写点什么纪念他,这或者是因为我长期为病所困苦的缘故。

实际上,我和邵子南同志之间,既谈不上什么深久的交谊,也谈不上什么多方面的了解。去年冯牧同志来,回忆那年鲁艺文学系,从敌后新来了两位同志,他的描述是:"邵子南整天呱啦呱啦,你是整天一句话也不说……"

我和邵子南同志的性格、爱好,当然不能说是完全相反,但确实有很大的距离,说得更具体一些,就是他有些地方,实在为我所不喜欢。

我们差不多是同时到达延安的。最初,我们住在鲁艺东山紧紧相邻的两间小窑洞里。每逢夜晚,我站在窑洞门外眺望远处的景色,有时一转身,望见他那小小的窗户,被油灯照得通明。我知道他是一个人在写文章,如果有客人,他那四川口音,就会声闻户外的。

后来，系里的领导人要合并宿舍，建议我们俩合住到山下面一间窑洞里，那窑洞很大，用作几十人的会场都是可以的，但是我提出了不愿意搬的意见。

这当然是因为我不愿意和邵子南同志去同住，我害怕受不了他那整天的聒噪。领导人没有勉强我，我仍然一个人住在小窑洞里。我记不清邵子南同志搬下去了没有，但我知道，如果领导人先去征求他的意见，他一定表示愿意，至多请领导人问问我……我知道，他是没有这种择人而处的毛病的。并且，他也绝不会因为这些小事，而有丝毫的芥蒂，他也是深知道我的脾气的。

所以，他有些地方，虽然不为我所喜欢，但是我很尊敬他，就是说，他有些地方，很为我所佩服。

印象最深的是他那股子硬劲，那股子热情，那说干就干、干脆爽朗的性格。

我们最初认识是在晋察冀边区。边区虽大，但同志们真是一见如故，来往也是很频繁的。那时我在晋察冀通讯社工作，住在一个叫三将台的小村庄，他在西北战地服务团工作，住在离我们三四里地的一个村庄，村名我忘记了，只记住如果到他们那里去，是沿着河滩沙路，逆着淙淙的溪流往上走。

有一天，是一九四〇年的夏季吧，我正在高山坡上一间小屋里，帮着油印我们的刊物《文艺通讯》。他同田间同志来了，我带着两手油墨和他们握了手，田间同志照例只是笑笑，他却高声地说："久仰——真正的久仰！"

我到边区不久，也并没有什么可仰之处，但在此以前，我已经读过他写的不少诗文。所以当时的感觉，只是：他这样说，是有些居高临下的情绪的。从此我们就熟了，并且相互关心起来。那时都是这样的，特别是做一样工作的同志们，虽然不在一个机关，虽然有时为高山恶水所阻隔。

我有时也到他们那里去，他们在团里是一个文学组。四五个人住在一间房子里，屋里只有一张桌子，放着钢板蜡纸，墙上整齐地挂着各人的书包、手榴弹。炕上除去打得整整齐齐准备随时行动的被包，还放着油印机，堆着刚刚印好还待折叠装订的诗刊。每逢我去了，同志们总是很热情地说："孙犁来了，打饭去！"还要弄一些好吃的菜。他们都是这样热情，非常真挚，这不只对我，对谁也是这样。他们那个文学组，给我留下了非常好的印象。主要是，我看见他们生活和工作得非常紧张，有秩序，活泼团结。他们对团的领导人周巍峙同志很尊重，相互之间很亲切，简直使我看不出一点"诗人""小说家"的自由散漫的迹象。并且，我感到，在他们那里，有些部队上的组织纪律性——在抗日战争期间，我很喜欢这种味道。

我那时确实很喜欢这种军事情调。我记得：一九三七年冬季，冀中区刚刚成立游击队。有一天，我在安国县，同当时在政治部工作的阎、陈两位同志走在大街上。对面过来一位领导人，小阎整整军装，说："主任！我们给他敬个礼。"临近的时候，素日以吊儿郎当著称的小阎，果然郑重地向主任敬了礼。这一下，在我看来，真是给那个县城增加了不少抗日的气氛，事隔多年，还活泼地留在我的印象里。

因此，在以后人们说到邵子南同志脾气很怪的时候，简直引不起我什么联想，说他固执，我倒是有些信服。

那时，他们的文学组编印《诗建设》，每期都有邵子南同志的诗，那用红绿色油光纸印刷的诗传单上，也每期有他写的很多街头诗。此外，他写了大量的歌词，写了大型歌剧《不死的老人》。战斗、生产他都积极参加，有时还登台演戏，充当配角，帮助布景卸幕等等。

我可以说，邵子南同志在当时所写的诗，是富于感觉，很有才华的。虽然，他写的那个大型歌剧，我并不很喜欢。但它好像也为后来的一些歌剧留下了不小的影响，例如过高的调门和过多的哭腔。我所以不喜欢它，是觉得这种形式，这些咏叹调，恐怕难为群众所接受，也许我把群众接受的可能性估低和估窄了。

当时，邵子南同志好像是以主张"化大众"，受到了批评，详细情形我不很了解。他当时写的一些诗，确是很欧化的。据我想，他在当时主张"化大众"，恐怕是片面地从文艺还要教育群众这个性能上着想，忽视了群众的斗争和生活，他们的才能和创造，才是文艺的真正源泉这一个主要方面。不久，他下乡去了，在阜平很小的一个村庄，担任小学教师。在和群众一同战斗一同生产的几年，并经过学习党的文艺政策之后，邵子南同志改变了他的看法。我们到了延安以后，他忽然爱好起中国的旧小说，并发表了那些新"三言"似的作品。

据我看来，他有时好像又走上了一个极端，还是那样固执，以致在作品表现上有些模拟之处。而且，虽然在形式上大众化了，但因为在情节上过分喜好离奇，在题材上多采用传说，从而减弱了作品内容的现实意义。这与以前忽视现实生活的"欧化"，势将异途而同归。如果再过一个时期，我相信他会再突破这一点，在创作上攀登上一个新的境界。

他的为人，表现得很单纯，有时甚至叫人看着有些浅薄而自以为是，这正是他的可爱、可以亲近之处。他的反映性很锐敏很强烈，有时爱好夸夸其谈，不叫他发表意见是很困难的。他对待他认为错误和恶劣的思想和行动，不避免使用难听刺耳的语言，但在我们相处的日子，他从来也没有对同志或对同志写的文章，运用过虚构情节或绕弯暗示的"文艺"手法。

在延安我们相处的那一段日子里，他很好说这样两句话："你走你的阳关道，我走我的独木桥。"有时谈着谈着，甚至有时是什么也没谈，就忽然出现这么两句。邵子南同志是很少坐下来谈话的，即使是闲谈，他也总是在屋子里来回走动着。这两句话他说得总是那么斩钉截铁，说时的神气也总是那么趾高气扬。说完以后，两片薄薄的缺乏血色的嘴唇紧紧一闭，简直是自信到极点了。

我不知道他为什么好说这样两句话，有时甚至猜不出他又想到什么或指的是什么。作为警辟的文学语言，我也很喜欢这两句话。在一个问题上，独抒己见是好的，在一种事业上，勇于尝试也是好的。但如果要处处标新立异，事事与众不同，那也会成为一种虚无吧。邵子南同志特别喜爱这两句话，大概是因为它十分符合他那一种倔强的性格。

他的身体很不好,就是在我们都很年轻的那些年月,也可以看出他的脸色憔悴,先天的营养不良和长时期神经的过度耗损,但他的精神很焕发。在那年夏天,我们初次见面的时候,他留给我的印象是:挺直的身子,黑黑的头发,明朗的面孔,紧紧闭起的嘴唇。灰军装,绿绑腿,赤脚草鞋,走起路来,矫健而敏捷。这种印象,直到今天,在我眼前,还是栩栩如生。他已经不存在了。

关于邵子南同志,我不了解他的全部历史,我总觉得,他的死是党的文艺队伍的一个损失,他的才华灯盏里的油脂并没枯竭,他死得早了一些。因为我们年岁相当,走过的路大体一致,都是少年贫困流浪,苦恼迷惑,后来喜爱文艺,并由此参加了革命的队伍,共同度过了不算短的那一段艰苦的岁月。在晋察冀的山前山后,村边道沿,不只留有他的足迹,也留有他那些热情的诗篇。村女牧童也许还在传唱着他写的歌词。在这里,我不能准确估量邵子南同志写出的相当丰富的作品对于现实的意义,但我想,就是再过些年,也不见得就人琴两无音响。而他那从事文艺工作和参加革命工作的初心,我自认也是理解一些的。他在从事创作时,那种勤勉认真的劲头,我始终更是认为可贵,值得我学习的。在这篇短文里,我回忆了他的一些特点,不过是表示希望由此能"以逝者之所长,补存者之不足"的微意而已。

今年春寒,写到这里,夜静更深,窗外的风雪,正在交织吼叫。记得那年，我们到了延安，延安丰衣足食，经常可以吃到肉，按照那里的习惯，一些头蹄杂碎，是抛弃不吃的。有一天，邵子南同志在山沟里拾回一个庞大的牛头，在我们的窑洞门口，架起大块劈柴，安上一口大锅，把牛头原封不动地煮在里面，他说要煮上三天，就可以吃了。

我不记得我和他分享过这顿异想天开的盛餐没有。在那黄昏时分，在那寒风凛冽的山头，在那熊熊的火焰旁边，他那兴高采烈的神情，他那高谈阔论，他那爽朗的笑声，我好像又看到听到了。

一九六二年四月一日于天津

# 远的怀念

一九三八年春天,我在本县参加抗日工作,认识了人民自卫军政治部的宣传科长林扬。他是七七事变后,刚刚从北平监狱里出来,就参加了抗日武装部队的。他很弱,面色很不好,对人很和蔼。他介绍我去找路一,说路正在组织一个编辑室,需要我这样的人。路住在侯町村,初见面,给我的印象太严肃了:他坐在一张太师椅上,冬天的军装外面,套了一件那时乡下人很少见到的风雨衣,腰系皮带,斜佩一把大盒子枪,加上他那黑而峻厉的面孔,颇使我望而生畏。我清楚地记得,第一次和诗人远千里见面,是在他那里,由他介绍的。

远高个子,白净文雅,书生模样,这种人我是很容易接近的,当然印象很好。

第二年,我转移到山地工作。一九四一年秋季,我又跟随路从山地回到冀中。路是很热情爽快的人,我们已经很熟很要好了。

在我县郝村,又见到了远,他那时在梁斌领导的剧社工作,是文学组长,负责几种油印小刊物的编辑工作。我到冀中后,帮助编辑《冀中一日》,当地做文艺工作的同志,很多人住在郝村,在一个食堂吃饭。

这样,和远见面的机会就很多。他每天总是笑容满面的,正在和本剧团一位高个的女同志恋爱。每次我给剧团团员讲课的时候,他也总是坐在地下,使我深受感动并且很不安。

就在这个秋天,冀中军区有一次反"扫荡"。我跟随剧团到南边几个县打游击,后又回到本县。滹沱河发了水,决定暂时疏散,我留本村。远要到赵庄,我给他介绍了一个亲戚做堡垒户,他把当时穿不着的一条绿色毛线裤留给了我。

一九四五年,日本投降后,我从延安回到冀中,在河间又见到了远。他那时挂着双拐,下肢已经麻痹了。精神还是那样好,谈笑风生。我们常到大堤上去散步,知道他这些年的生活变化,如不坚强,是会把他完全压倒的。"五一"大"扫荡"以后,他在地洞里坚持报纸工作,每天清晨,从地洞里出来,透透风。洞的出口在野外,他站在园田的井台上,贪馋地呼吸着寒冷新鲜的空气。看着阳光照耀的、尖顶上挂着露珠的麦苗,多么留恋大地之上啊!

我只有在地洞过一夜的亲身体验,已经觉得窒息不堪,如同活埋在坟墓里。而他是要每天钻进去工作,在萤火一般的灯光下,刻写抗日宣传品,写街头诗,一年,两年。后来,他转移到白洋淀水乡,长期在船上生活战斗,受潮湿,得了全身性的骨质增生病。最初是整个身子坏了,起不来,他很顽强,和疾病斗争,和敌人斗争,现在居然可以同我散步,虽然借助双拐,他也很高兴了。

他还告诉我：他原来的爱人，在"五一"大"扫荡"后，秋夜蹚水转移，掉在旷野一眼水井里牺牲了。

我想起远留给我的那条毛线裤，是件女衣，可能是牺牲了的女同志穿的，我过路以前扔在家里。第二年春荒，家里人拿到集上去卖，被一群汉奸女人包围，几乎是讹诈了去。

她的牺牲，使我受了启发，后来写进长篇小说的后部，作为一个人物的归结。

进城以后，远又有了新的爱人。腿也完全好了，又工作又写诗。有一个时期，他是我的上级，我私心庆幸有他这样一个领导。一九五二年，我到安国县下乡，路经保定，他住在旧培德中学的一座小楼上，热情地组织了一个报告会，叫我去讲讲。

我爱人病重，住在省医院的时候，他曾专去看望了她，惠及我的家属，使她临终之前，记下我们之间的友谊。

听到远的死耗，我正在干校的菜窖里整理白菜。这个消息，在我已经麻木的脑子里，沉重地轰击了一声。夜晚回到住处，不能入睡。

后来，我的书籍发还了，所有现代的作品，全部散失，在当作文物保管的古典书籍里，却发见了远的诗集《三唱集》。这部诗集出版前，远曾委托我帮助编选，我当时并没有认真去做。远明知道我写的字很难看，却一定要我写书面，我就兴冲冲写了。现在面对书本，既惭愧有负他的嘱托，又感激他对旧谊的重视。

我把书郑重包装好，写上了几句话。

远是很聪明的，办事也很干练，多年在政治部门工作，也该有一定经验。他很乐观，绝不是忧郁病患者。对人对事，有相当的忍耐力。他的记忆力之强，曾使我吃惊，他能够背诵五四时代和三十年代的诗，包括李金发那样的诗。远也很爱惜自己的羽毛，但他终于被林彪、"四人帮"迫害致死。

他在童年求学时，后来在党的教育下，便为自己树立人生的理想，处世的准则，待人的道义，艺术的风格等等。循规蹈矩，孜孜不倦，取得了自己的成就。我没有见过远当面骂人，训斥人；在政治上、工作上，也看不出他有什么非分的想法，不良的作风。我不只看见他的当前，也见过他的过去。

他在青年时是一名电工，我想如果他一直爬在高高的电线杆上，也许还在愉快勤奋地操作吧。

现在，不知他魂飞何处，或在丛莽，或在云天，或徘徊冥途，或审视谛听，不会很快就随风流散，无处召唤吧。历史和事实都会证明：这是一个美好的，真诚的，善良的灵魂。他无负于国家民族，也无负于人民大众。

一九七六年十二月七日夜记

# 伙伴的回忆

## 忆侯金镜

一九三九年，我在阜平城南庄工作。在一个初冬的早晨，我到村南胭脂河边盥洗，看见有一支队伍涉水过来。这是一支青年的、欢乐的、男男女女的队伍，是从延安来的华北联大的队伍，侯金镜就在其中。

当时，我并不认识他。我也还不认识走在这个队伍中间的许多戏剧家、歌唱家、美术家。

一九四一年，晋察冀文联成立以后，我认识了侯金镜。他是联大文艺学院文学系的研究人员。他最初给我的印象是：老成稳重，说话洪亮而短促。脸色不很好，黄而有些浮肿。和人谈话时，直直地站在那里，胸膛里的空气总好像不够用，时时在倒吸着一口凉气。

这个人可以说是很严肃的，认识多年，我不记得他说过什么玩笑话，更不用说相互之间开玩笑了。这显然和他的年龄不相当，很快又结了婚，他就更显得老成了。

他绝不是未老先衰，他的精力很是充沛，工作也很热心。在一些会议上发言，认真而有系统。他是研究文艺理论的，但没有当时一些青年理论家常有的那种飞扬专断的作风，也不好突出显示自己。这些特点，给我留下了好的印象，觉得他是可以亲近的。但接近的机会究竟并不太多，所以终于也不能说是我在晋察冀时期的最熟识的朋友。

然而，友情之难忘，除去童年结交，就莫过于青年时代了。晋察冀幅员并不太广，我经常活动的，也就是几个县，如果没有战事，经常往返的，也就是那几个村庄，那几条山沟。各界人士，我认识得少；因为当时住得靠近，文艺界的人，却几乎没有一个陌生。阜平号称穷山恶水，在这片炮火连天的土地上，汇集和奔流着来自各方的、兄弟般的感情。

以后，因为我病了，有好些年，没有和金镜见过面。一九六〇年夏天，我去北京，他已经在《文艺报》和作家协会工作，他很热情，陪我在八大处休养所住了几天，又到颐和园的休养所住了几天。还记得他和别的同志曾经陪我到香山去玩过。这当然是大家都知道我有病，又轻易不出门，因此牺牲一点时间，同我到各处走走看看的。

这样，谈话的机会就多了些，但因为我不善谈而又好静，所以金镜虽有时热情地坐在我的房间，看到我总提不起精神来，也就无可奈何地走开了。只记得有一天黄昏，在山顶，闲谈中，知道他原是天津的中学生，也是因为爱好文艺，参加革命的。他在文学事业上的初步尝试，比我还要早。另外，他好像很受五四初期启蒙运动的影响，把文化看得很重。他认为现在有些事，所以做得不够理想，是因为人民还缺乏文化的缘故。当时我对他这些论点，半信半疑，并且觉得是书生之见，近于迂阔。他还对我谈了中央几个文艺刊物的主编副主编，在几年之中，有几人犯了错误。因为他是《文艺报》的副主编，担心犯错误吧，也只是随便谈谈，两个人都一笑完事。我想，金镜为人既如此慎重老练，又在部队做过政治工作，恐怕不会出什么娄子吧。

在那一段时间，他的书包里总装着一本我写的《白洋淀纪事》。他几次对我说："我要再看看。"那意思是，他要写一篇关于这本书的评论，或是把意见和我当面谈谈。他每次这样说，我也总是点头笑笑。他终于也没有写，也没有谈。这是我早就猜想到的。对于朋友的作品，是不好写也不好谈的。过誉则有违公论，责备又恐伤私情。

他确实很关心我，很细致。在颐和园时，我偶然提起北京什么东西好吃，他如果遇到，就买回来送给我。有时天晚了，我送客人，他总陪我把客人送到公园的大门以外。在夜晚，公园不只道路曲折，也很空旷，他有些不放心吧。

此后十几年，就没有和金镜见过面。

最后听说：金镜的干校在湖北。在炎热的夏天，他划着小船在湖里放鸭子，他血压很高，一天晚上，劳动归来，脑溢血死去了。他一直背着"反党"的罪名，因为他曾经指着在"文化大革命"期间报刊上经常出现的林彪形象，说了一句："像个小丑！"

金镜死后不久,林彪的问题就暴露了。

我没有到过湖北,没有见过那里的湖光山色,只读过范仲淹描写洞庭湖的文章。我不知道金镜在的地方,是否和洞庭湖一水相通。我现在想到:范仲淹所描写的,合乎那里天人的实际吗?他所倡导的先忧后乐的思想,能对在湖滨放牧家禽的人,起到安慰鼓舞的作用吗? 金镜曾信服地接受过他那不以物喜,不以己悲的劝诫吗?

在历史上,不断有明哲的语言出现,成为一些人立身的准则,行动的指针。但又不断有严酷的现实,恰恰与此相反,使这些语言,黯然失色,甚至使提倡者本身头破血流。然而人民仍在觉醒,历史仍在前进,炎炎的大言,仍在不断发光,指引先驱者的征途。我断定,金镜童年,就在纯洁的心灵中点燃的追求真理的火炬,即使不断遇到横加的风雨,也不会微弱,更不会熄灭的。

## 忆郭小川

一九四八年冬季,我在深县下乡工作。环境熟悉了,同志们也互相了解了,正在起劲,有一天,冀中区党委打来电话,要我回河间,准备进天津。我不想走,但还是骑上车子去了。

我们在胜芳集中,编在《冀中导报》的队伍里。从冀热辽的《群众日报》社也来了一批人,这两家报纸合起来,筹备进城后的报纸出刊。小川属于《群众日报》,但在胜芳,我好像没有见到他。早在延安,我就知道他的名字,因为我交游很少,也没得认识。

　　进城后，在伪《民国日报》的旧址，出版了《天津日报》。小川是编辑部的副主任，我是副刊科的副科长。我并不是《冀中导报》的人，在冀中时，却常常在报社住宿吃饭，现在成了它的正式人员，并且得到了一个官衔。

　　编辑部以下有若干科，小川分工领导副刊科，是我的直接上司。小川给我的印象是：一见如故，平易坦率，热情细心，工作负责，生活整饬。这些特点，在一般文艺工作者身上是很少见的。所以我对小川很是尊重，并在很长时间里，我认为小川不是专门写诗，或者已经改行，是能做行政工作，并且非常老练的一名干部。

　　在一块工作的时间很短，不久他们这个班子就原封转到湖南去了。小川在《天津日报》期间，没有在副刊上发表过一首诗，我想他不是没有诗，而是谦虚谨慎，觉得在自己领导下的刊物上发表东西，不如把版面让给别人。他给报社同志们留下的印象，是很好的，很多人都不把他当诗人看待，甚至不知道他能写诗。

　　后来，小川调到中国作家协会工作。在此期间，我病了几年，联系不多。当我从外地养病回来，有一次到北京去，小川和贺敬之同志把我带到前门外一家菜馆，吃了一顿饭。其中有两个菜，直到现在，我还认为，是我有生以来，吃到的最适口的美味珍品。这不只是我短于交际，少见世面，也因为小川和敬之对久病的我，无微不至地关怀照顾，才留下了如此难以忘怀的印象。

　　我很少去北京，如果去了，总是要和小川见面的，当然和他的职位能给予我种种方便有关。

我时常想，小川是有作为的，有能力的。一个诗人，担任这样一个协会的秘书长，上上下下，里里外外都来得，我认为是很难的。小川却做得很好，很有人望。

我平素疏忽，小川的年龄，是从他逝世后的消息上，才弄清楚的。他参加革命工作的时候，还不到二十岁。他却能跋山涉水，入死出生，艰苦卓绝，身心并用，为党为人民做了这样多的事，实事求是评定起来，是非常有益的工作。他的青春，可以说是没有虚掷，没有浪过。

他的诗，写得平易通俗，深入浅出，毫不勉强，力求自然，也是一代诗风所罕见的。

很多年没有见到小川，大家都自顾不暇。后来，我听说小川发表了文章，不久又听说受了"四人帮"的批评。我当时还怪他，为什么在这个时候，急于发表文章。

前年，有人说在辉县见到了他，情形还不错，我很高兴。我觉得经过这几年，他能够到外地去做调查，身体和精神一定是很不错的了。能够这样，真是幸事。

去年，粉碎了"四人帮"，大家正在高兴，忽然传来小川不幸的消息。说他在安阳招待所听到好消息，过于兴奋，喝了酒，又抽烟，当夜就出了事。起初，我完全不相信，以为是传闻之误，不久就接到了他的家属的电报，要我去参加为他举行的追悼会。

我没有能够去参加追悼会。自从一个清晨，听到陈毅同志逝世的广播，怎么也控制不住热泪以后，一听到广播哀乐，就悲不自胜。小川是可以原谅我这体质和神经方面的脆弱性的。但我想如果我不写一点什么纪念他,就很对不起我们的友情。我已经有十几年没有写作的想法了,现在拿起笔来,是写这样的文字。

我对小川了解不深,对他的工作劳绩,知道得很少,对他的作品,也还没有认真去研究,生怕伤害了他的形象。

一九五一年吧,小川曾同李冰、俞林同志,从北京来看我,在我住的院里,拍了几张照片。这一段胶卷,长期放在一个盒子里。前些年,那么乱,却没人过问,也没有丢失。去年,我托人洗了出来,除了我因为不健康照得不好以外,他们三个人照得都很好,尤其是小川那股英爽秀发之气,现在还跃然纸上。

啊,小川,
你的诗从不会言不由衷,
而是发自你肺腑的心声。
你的肺腑,
像高挂在树上的公社的钟,
它每次响动,
都为的是把社员从梦中唤醒,
催促他们拿起铁铲锄头,
去到田地里上工。
你的诗篇,长的或短的,
像大大小小的星斗,
展布在永恒的夜空,

人们看上去，它们都有一定的光亮，
　一定的方位，
就是儿童，
也能指点呼唤它们的可爱的名称。
它们绝不是那转瞬即逝的流星
　——乡下人叫作贼星，
拖着白色的尾巴，从天空划过，
人们从不知道它的来路，
也不关心它的去踪。
你从不会口出狂言，欺世盗名，
你的诗都用自己的铁锤，
在自己的铁砧上锤炼而成。
雨水从天上落下，
种子用两手深埋在土壤中。
你的诗是高粱玉米。
它比那伪造的琥珀珊瑚贵重。
你的诗是风，
不是转蓬。
泉水呜咽，小河潺潺，大江汹涌！

一九七七年一月三日改讫

附：删去的文字

　　我在一九七七年一月间所写的回忆侯、郭的文章，现在看起来简直是空空如也，什么尖锐突出的内容也没有的。在有些人看来，是和他们的高大形象不相称的。这当然归罪于我的见薄识小。
　　就是这样的文章，在我刚刚写出以后，我也没有决定就拿去发表的。先是给自己的孩子看了看，以为新生一代是会有先进的见解的，孩子说，没写出人家的政治方面的大事情。基于同样原因，又请几位青年同事看了，意见和我的孩子差不多，只是有一位赞叹了一下纪郭文章中提到的名菜，这也很使我不能"神旺"。春节到了，老朋友们或拄拐，或相扶，哼唉不停地来看我了，我又拿出这些稿子给他们看，他们看过不加可否，大概深知我的敝帚自珍的习惯心理。
　　不甘寂寞。过了一些日子，终于大着胆子把稿子寄到北京一家杂志社去了。过了很久，退了回来，信中说：关于他们，决定只发遗作，不发纪念文章。
　　我以为一定有"精神"，就把稿子放进抽屉里去了。
　　有一天，本地一个大学的学报来要稿，我就拿出稿子请他们看看，他们说用。我说北京退回来的，不好发吧，没有给他们。
　　等到我遇见了退稿杂志的编辑，他说就是个纪念规格问题，我才通知那个学报拿去。
　　你看，这时已经是一九七七年的春天了，揪出"四人帮"已经很久，我的精神枷锁还这样沉重。

尚不止此。稿子每经人看过一次，表现不满，我就把稿子再删一下，这样像砍树一样，谁知道我砍掉的是枝叶还是树干！

这样就发生了一点误会。学报的一位女编辑把稿子拿回去研究了一下，又拿回来了。领导上说，最好把纪侯文章中，提到的那位女的，少写几笔。她在传达这个意见的时候，嘴角上不期而然地带出了嘲笑。

她的意思是说：这是纪念死者的文章，是严肃的事。虽然你好写女人，已成公论，也得看看场合呀！

她没有这样明说，自然是怕我脸红。但我没有脸红，我惨然一笑。把她送走以后，我把那一段文字删除净尽，寄给《上海文艺》发表了。

在结集近作散文的时候，我把删去的文字恢复了一些。但这一段没有补进去。现在把有关全文抄录，另成一章。

在我养病期间，侯关照机关里的一位女同志，到车站接我，并送我到休养所。她看天气凉，还多带了一条干净的棉被。下车后，她抱着被子走了很远的路。休息下来，我只是用书包里的两个小苹果慰劳了她。在那几年里，我这样麻烦她，大概有好几次，对她非常感激。我对她说：我恳切地希望她能到天津玩玩，我要很好地招待她。她一直也没有来。

她爽朗而热情。她那沉稳的走路姿势，她在沉思中，偶尔把头一仰,浓密整齐的黑发向旁边一摆,秀丽的面孔,突然显得严肃的神情,给人留下特殊深刻的印象。

是一九六六年秋季吧。形势一天比一天紧张,我同中层以上干部,已经被集中到一处大院里去了。

这是一处很有名的大院,旧名张园,为清末张之洞部下张彪所建。宣统就是从这里逃去东北,就位"满洲国""皇帝"的。孙中山先生从南方到北方来和北洋军阀谈判,也在这里住过。大楼堂皇富丽,有一间房子,全用团龙黄缎裱过,是皇帝的卧室。

一天下午,管带我们的那个小个子,通知我有"外调"。这是我第一次接待外调。我向传达室走去,很远就望见,有一位女同志靠在大门旁的墙壁上,也在观望着我。我很快就认出是北京那位女同志。

我在她眼里变成了什么样子,我没有去想。她很消瘦,风尘仆仆,看见我走近,就转身往传达室走,那脚步已经很不像我们在公园的甬路上漫步时的样子了。同她来的还有一位男同志。

传达室里间,放着很多车子,有一张破桌,我们对面坐下来。

她低着头,打开笔记本,用一只手托着脸,好像还怕我认出来。

他们调查的是侯。问我在和侯谈话的时候,侯说过哪些反党的话。我说,他没有说过反党的话,他为什么要反党呢?

不知是为什么情绪所激动,我回答问题的时候,竟然慷慨激昂起来。在以后,我才体会到:如果不是她对我客气,人家会立刻叫我站起来,甚至会进行武斗。几个月以后,我在郊区干校,就遇到两个穿军服的非军人，调查田的材料，因为我抄着手站着，不回答他们提出的问题，就把我的手抓破了，不得不到医务室进行包扎。

现在，她只是默默地听着，然后把本子一合，望望那个男的，轻声对我说：

"那么，你回去吧。"

当天下午，在楼房走道上，又遇到她一次，她大概是到专案组去，谁也没有说话。

在天津，我和她就这样见了一面，不能尽地主之谊。这可以说是近年来一件大憾事。她同别人一起来，能这样宽恕地对待我，是使我难忘的，她大概还记得我的不健康吧。

在我处境非常困难的时候，每天那种非人的待遇，我常常想用死来逃避它。一天，我又接待一位外调的，是歌舞团的女演员。她只有十七八岁，不只面貌秀丽，而且声音动听。在一间小屋子里，就只我们两人，她对我很是和气。她调查的是方。我和她谈了很久，在她要走的时候，我竟恋恋不舍，禁不住问：

"你下午还来吗？"

回答虽然使我失望，但我想，像这位女演员，她以后在艺术上，一定能有很高的造诣。因为在这种非常时期，她竟然能够保持正常表情的面孔和一颗正常跳动的心，就证明她是一个非常不平凡的人物。

我也很怀念她。

或有人问：方彼数年间，林彪、"四人帮"倒行逆施，使夫妇生离，亲子死别者，以千万计。其所遭荼毒，与德高望重成正比例。你不从大处落笔，却喋喋于男女邂逅，朋友私情之间，所见不太渺小了吗？是的，林彪、"四人帮"伤天害理，事实今天自然已经大明。但在那些年月，我失去自由，处于荆天棘地之中，转身防有鬼伺，投足常遇蛇伤。昼夜苦思冥想：这是为了什么？为什么要这样做呢？这合乎马克思、恩格斯的阶级斗争学说吗？这是通向共产主义的正确途径吗？惶惑迷惘不得其解，深深有感于人与人关系的恶劣变化。所以，即使遇到一个歌舞演员的宽厚，也就像在沙漠跋涉中，遇到一处清泉，在噩梦缠绕时，听到一声鸡唱。感激之情，就非同一般了。

一九七八年除夕

# 回忆何其芳同志

在三十年代初,当我开始写作的时候,何其芳同志在文学方面,已经有了一定的成就。他经常在北方的著名文艺刊物上发表文章,在风格上,有自己独特的地方。他的散文集《画梦录》,还列入当时《大公报》表扬的作品之中。但是,我对他这一时期作品的印象,已经很淡漠,那时文艺界有所谓京派海派之分,我当时认为他的作品属于京派,即讲求文字,但没有什么革命性,我那时正在青年,向往的是那些热辣辣的作品。

一九三八年秋冬之间,我在冀中军区举办的抗战学院担任文艺教官——那是一个军事性质的学院,所以这样称呼。我参加抗日工作不久,家庭观念还很深,这个学院设在深县旧州,离我家乡不远,有时就骑上车子回家看看,那时附近很多县城还在我们手中,走路也很安全。

在进入冬季的时候,形势就紧张起来,敌人开始向冀中进攻,有些县城,已被占领。那时冀中的子弟兵刚刚建立不久,在武器上、作战经验上,甚至队伍成分上,一时还不能适应这种紧急的局面，学院已经准备打游击。我回家取些衣物，天黑到家不久，听说军队要在我家的房子招待客人，我才知道村里驻有队伍。

第二天上午，有一群抗战学院的男女同学，到我家里来看望，我才知道，所谓军队的客人就是他们，他们是来慰问一二〇师的。

这真使我喜出望外。一二〇师，是我向往已久的英雄队伍，是老八路、老红军，而更使我惊喜不已的是我们村里驻的就是师部，贺龙同志就住在西头。我听了后，高兴得跳起来，说：

"我能跟你们去看看吗？"

"可以。"带队的男同学说，"回头参谋长给我们报告目前形势，你一同去听听吧。"

我跟他们出来，参谋长就住在我三祖父家的南屋里。那是两间很破旧的土坯房，光线也很暗，往常过年，我们是在这里供奉家谱的。参谋长就是周士第同志，他穿一身灰色棉军装，英俊从容。地图就挂在我们过去悬挂家谱那面墙壁上，周士第同志指着地图简要地说明了敌人的企图，和我军的对策。然后，我的学生，向他介绍了我。参谋长高兴地说：

"啊，你是搞文艺的呀，好极了，我们这里有两位作家同志呢，我请他们来你们见见。"

在院子里，我见到了当时随一二〇师出征的何其芳同志和沙汀同志。

他两位都是我景仰已久的作家，沙汀同志的《法律外航线》，是我当时喜爱的作品之一。

他们也都穿着灰布军装，风尘仆仆。因为素不相识，他们过去也不知道我的名字，我记得当时谈话很少。给我的印象，两位同志都很拘谨，也显得很劳累，需要养精蓄锐，准备继续行军，参谋长请他们回去休息，我们就告辞出来了。

周士第同志是那样热情，他送我们出来，我看到，这些将军们，对文艺工作很重视，对从事这种工作的人，是非常喜欢和爱护的。在短短的时间里，给我留下深刻的印象。他请两位作家来和我们相见，不仅因为我们是同行，在参谋长的心中，对于他的部队中有这样两个文艺战士，一定感到非常满意。他把两位请出来，就像出示什么珍藏的艺术品一样，随后就又赶快收进去了。

我回到学院，学院已经开始疏散，打游击。我负责一个游动剧团，到乡下演出几次，敌人已经占了深县县城，我们就编入冀中区直属队里。我又当了一两天车子队长，因为夜间骑车不便，就又把车子坚壁起来，徒步行军。

这样，我们才真正开始了游击战争的生活。首先是学习走路的本领，锻炼这两条腿——革命的重要本钱。每天，白天进村隐蔽，黄昏集合出发。于是十里，五十里，一百里，最多可以走一百四十里。有时走在平坦的路上，有时走在结有薄冰的河滩上。我们不知道，我们前边有多少人，也不知道后边有多少人，在黑夜中，我们只是认准前边一个人绑在背包后面的白色标志，认准设在十字路口的白色路标。行军途中，不准吸烟，不准咳嗽，紧紧跟上。路过村庄，有狗的吠叫声，不到几天，这点声音也消灭了，群众自动把狗全部打死，以利我们队伍的转移前进。

我们与敌人周旋在这初冬的、四野肃杀的、广漠无边的平原之上，而带领我们前进、指挥我们战斗的，是举世闻名、传奇式的英雄贺龙同志。他曾为国家立下汗马功劳，我们对他向往已久。我刚进入革命行列，就能得到他的领导，感到这是我终生的光荣。所以，我在《风云初记》一书中，那样热诚地向他歌颂。

这次行军，对于冀中区全体军民，都是一次大练兵，教给我们在敌人后方和敌人作战的方法。特别是对冀中年轻的子弟兵，是一种难得的宝贵的言传身教。

何其芳和沙汀同志当然也在队伍中间。不过，他们一定在我们的前面，他们更靠近贺龙同志。最近，读到沙汀同志一篇文章，其中说到当时硝烟弥漫的冀中区，我们是一同经受了这次极其残酷、极其英勇、极其光荣的战斗洗礼。

一九四四年夏天，我从晋察冀边区到了延安，在鲁迅艺术学院文学系工作和学习。当时，何其芳同志也在那里，他原是文学系的主任，现在休养，由舒群同志代理主任。所以我和他谈话的机会还是不很多。他显然已记不得我们在冀中的那次会见，我也没有提过。我住在东山顶上一排小窑洞里，他住在下面一层原天主教堂修筑的长而大的砖石窑洞里，距离很近，见面的机会是很多的。

在敌后，我已经有机会读到他参加革命以后的文章，是一篇他答《中国青年》社记者的访问。文字锋利明快，完全没有了《画梦录》那种隐晦和梦幻的风格。在过去，我总以为他是沉默寡言的，到了延安一接近，才知道他是非常健谈的，非常热情的，他是个典型的四川人。并且像一位富有粉笔生涯的教师，对问题是善于争论的，对学生是诲人不倦的，对工作是勇于任事的。所以，并未接触，而从一时的文章来判定一个人，常常是不准确的。

在全国解放以后，有些老熟人，反而很少见面了。我和何其芳同志就是这样，相忘于江湖。最近读了他的两篇遗作，深深感到：他确是一个真正的书生，也是一个真正的学者。他的工作，他的文字，我是很难赶得上，学得来的。他既有很深的基本功，一生又好学不倦，为革命做了很多很好的工作。

一九七七年十一月

## 回忆沙可夫同志

沙可夫同志逝世，已经很久了。从他逝世那天，我就想写点什么，但是，心情平静不下来，也不知道该从哪里说起。

我对沙可夫同志有两点鲜明印象：第一，他的作风非常和蔼可亲，从来没有对他领导的这些文艺干部疾言厉色；第二，他很了解每个文艺干部的长处，并能从各方面鼓励他发挥这个专长。遇到有人不了解这个同志的优点所在的时候，他就尽心尽力地替这个干部进行解释。

这好像是很简单的事，但沙可夫同志是坚持不懈，并且是非常真诚、非常热心地做去的。

当时，晋察冀边区是一个战斗非常紧张，生活非常艰苦的地区。但就在这里，聚集了不少从各路而来，各自抱负不凡的文艺青年。

在这些诗人、小说家、美术家、音乐家和戏剧家的队伍前面，走着沙可夫同志。他的生活和他的作风一样，非常朴素。他也有一匹马吧，但在我的印象里，他很少乘骑，多半是驮东西。

更没有见过，当大家都艰于举步的时刻，他打马飞驰而过的场面。饭菜和大家一样。只记得有一个时期，因为他有胃病，管理员同志缝制了一个小白布口袋，装上些稻米，塞到我们的小米锅里，煮熟了倒出来送给他吃。我所以记得这点，只是因为觉得这种"小灶"太简单，它反映了我们当时的生活，实在困难。

这些琐事，是他到边区文联工作以后，我记得的。文联刚刚成立的时候，他住在华北联大，我那时从晋察冀通讯社调到文联工作，最初和他见面的机会很少。事隔几年之后，有一次在冀中，据一位美术理论家提供材料，说沙可夫同志当时关心我，就像关心一个"贵宾"一样。我想这是不合事实的，因为我从来也没有当"贵宾"的感觉。但我相信，沙可夫同志是关心我的，因为在和他认识以后，给我的这种印象是很深刻的。

当然，沙可夫同志也很关心这位美术理论家。他在那时负责的工作相当重要。

我很明白：领导文艺队伍和从事文艺创作是两回事。从事创作不妨有点洁癖，逐字逐句，进行推敲，但领导文艺工作，就得像大将用兵一样。因此，任用各种各样的人，我从来也不把它看作是沙可夫同志的缺点，这正是他的优点。在当时，人才很缺，有一技之长，就是财宝。而有些青年，在过去或是现在，确实是发挥了很大作用的。

我只是说，当时沙可夫同志领导的这个队伍，真是像俗话所说，"宁带千军万马，不带十样杂耍"，是很复杂的，很难带好的，并且是常常发生"原则的分歧"的。什么理论问题，都曾经有过一番争论。在争论的时候，大都是盛气凌人，自命高深的。我记得，有一次是关于民族形式之争。在文联工作的一些同志，倾向于"新酒新瓶"，在另外一处地方，则倾向于"旧瓶新酒"。我是倾向于"新酒新瓶"的，在《晋察冀日报》上，写了一篇短文，其中有一句大意是："有过去的遗产，还有将来的遗产。"这竟引起了当时两位戏剧家的气愤，在开会以前，主张先不要进行讨论，以为"有很多人连文艺名词还没弄清"，坚持"应该先编印一本文艺词典"。事隔二十年，不知道这两位同志编纂出这部辞书没有？我当时的意思只是说，艺术形式是逐渐发展的，遗产也是积累起来的。

周围站立着这样多的怒目金刚，沙可夫同志总是像慈悲的菩萨一样坐在那里，很少发言，甚至在面部表情上，也很难看出他究竟左袒哪一方。他叫大家尽量把意见说出来。他明白：现在这些青年，都只是在学习的路上工作，也可以说是在工作的路上学习。谁的意见也不会成为定论，谁的文章也不会成为经典的。但在他做结论的时候，却会使人感到：这次会确实开得有收获，使持各种意见的同志都心平气和下来，走到团结的道路上去，正确执行着党在当时规定的政策。

沙可夫同志在发言的时候，既无锋利惊人之辞，也无叱咤凌厉之态，他只是平平淡淡地讲着，忠实地简直是没有什么发挥地反复说明党的政策。他在文艺问题上，有一套正确的、系统的见解，从不看风使舵。总结工作中的成绩和缺点的时候，实事求是。每次开会，我都有这样一个感觉：他传达着党的文艺方针和政策，就像他从事翻译那样忠实。

是的,沙可夫同志是把他从事翻译的初心,运用到工作里来的。他对文艺干部的领导,是主张多让他们学习。在边区,他组织多次大型的、古典话剧的演出。凡是真正有价值的文学作品,不分古今中外,不管是什么流派,他都帮助大家学习。有些同志,一时爱上了什么,他也不以为怪,他知道这是会慢慢地充实改变的。实际也是这样。例如故去的邵子南同志,当时是以固执欧化著称的,但后来他以同样固执的劲头,又爱上了中国的"三言"。此外,当时对《草叶集》爱不释手的人,后来也许会主张"格律";喜欢马雅可夫斯基跳动短句的人,也许后来又喜欢了字句的修长和整齐。

在当时那种一切都是从困难中产生的环境里,他珍爱同志们的哪怕是小小的成果。凡有创作,很少在他那里得不到鼓励,更谈不到什么"通不过"了。当然,那时文艺和战争、生产密切结合,好像也很少出现什么有害的作品。当时文联出版一种油印的刊物,叫作《山》,版本的大小和厚薄,就像最早期的《译文》一样,用洋粉连纸印刷。编辑部设在牛栏村东头,一间长不到一丈,宽不到四尺,堆满农具,只有个一尺见方的小窗子的房子里。编辑和校对就是我一个人。沙可夫同志领导这个刊物,真是"放手",我把稿子送给他看,很少有不同的意见。他不但为这刊物写发刊词,翻译了重要的理论文章,为了鼓励我们创作,他还写了新诗。

我已经忘记这刊物出了多少期,但它确实曾经刊登了一些切实的理论和作品，著名作家梁斌同志的纸贵洛阳的《红旗谱》的前身，就曾经连续在这个刊物上发表。那时冀中平原的战斗，尤其频繁艰苦，同志们得不到休息的机会和学习的机会，有时到山里来开会，沙可夫同志总是很好地招待，给他们学习的时间和写作的时间。他们有些作品，也发表在这个刊物上。

我和沙可夫同志虽然相处有一二年的时间，但接触和谈话并不很多。我只是一个普通的干部，有些会议并不一定要我去参加。加以我的习性孤独，也很少主动到他那里闲谈。最初，我只知道他在七七事变以前，翻译过很多文学作品，在当时起了很大的革命和文学的推动作用，至于他学过戏剧，是到山里以后，才知道一些。关于他曾经学过音乐，并从事革命工作那么长久，是他死后从讣文上我才知道。这当然是由于我的孤陋寡闻，但也证明沙可夫同志，不只在仪表上，非常温文儒雅，在内心里也是非常谦虚谨慎。他好像从来也没有对人夸耀：他做过什么，或是学过什么，或是什么比你们知道得多……

是一九四二年吧，文联的机关取消，分配我到《晋察冀日报》社去工作，当时，我好像不愿去当编辑，愿意下乡。我记得在街上遇到沙可夫同志，我把这个意见提了，那一次他很严肃地只说了三个字："工作么！"我没有再说，就背上背包走了。这时我已入了党。

从此以后，好像就很少见到他。一九四四年，我们先后到了延安，有一天，他来到鲁艺负责同志的窑洞里，把我叫去，把我在敌后的工作情况，向那位负责同志谈了。送出我来，还问我：

是不是把家眷接到延安来？这或者是因为他看到在那里工作的同志，差不多都有配偶，觉得我生活得有些寂寞吧。

全国胜利以后，在一次文艺大会上，休息时我到他的座位那里，谈了几句。他问我近几年写了什么东西，又劝我注意身体，这或者是因为他看出我的身体已经不大好了吧。

一九五九年夏天，我养病到北戴河，一天黄昏，我在海边散步，看见他站在一块岩石上钓鱼，我跑了过去。他一边钓着鱼，一边问了问我的病的情形。当时我看他精神很好，身体外表也很好。在他脚下有处水槽，里面浮动着两只海蟹。但他说的话很少，我就告辞走了。这或者是因为他正在集中精神钓鱼，也或者是因为他自己知道自己的病情，不愿意多说话耗费精神吧。

从此，就再没见过面。

关于沙可夫同志，在他生前，既然接近比较少，多少年来我也没有从别人那里打听过他的生平。关于他的工作，事实和成效俱在，也毋庸我在这里称道。关于他的著述，以后自然有地方要编辑出版。我对于他的记述，真是大者不知，小者不详。整理几点印象，就只能写成这样一篇短文。

一九六二年三月十一日于北京<br>
一九七八年三月改

## 悼画家马达

听到马达终于死去了,脑子又像被击中一棒,半夜醒来,再也不能入睡了。青年时代结交的战斗伙伴,相继凋谢,实在使人感怆不已。

只是在今年初,随着党中央不断催促落实政策,流落在西郊一个生产大队的马达,被记忆了起来。报社也三番两次去找他采访,叫他写些受"四人帮"迫害的材料。报社同志回来对我说:

马达住在那个生产大队临大道的尘土飞扬、人声嘈杂、用破席支架起来的防震棚里,另有一间住房,也很残破。客人们去了,他只有一个小板凳,客人照顾他年老有病,让他坐着,客人们随手拾块破砖坐下来。

马达用两只手抱着头,半天不说话。最后,他说:

"我不能说话,我不能激动,让我写写吧。"

在临分别的时候,他问起了我:

"他还在原来的地方住吗? 我就是和他谈得来,我到市里要去看他。"

我在延安住的时间很短,也就是一年半的时间。原来是调去学习的,很快日本投降了,就又随着工作队出来。在延安,我在鲁艺做一点工作,马达在美术系。虽说住在一个大院落里,我不记得到过他的窑洞,他也没有到过我的窑洞。听说他的窑洞修整得很别致,他利用土方,削成了沙发、茶几、盆架、炉灶等等。我们同在一个小食堂里吃饭,每天要见三次面,有什么话都可以说清楚的。马达沉默寡言,认识这么些年,他没有什么名言谠论、有风趣的话或生动的表情,留在我的印象里。

从延安出发,到张家口的路上,我和马达是一个队。我因为是从敌后来的,被派作了先遣,每天头前赶路。我有一双从晋察冀穿到延安去的山鞋,现在又把它穿上,另外,还拿上我从敌后山上砍伐来的一根六道木棍。

这次行军,非常轻松,除去过同蒲路,并没有什么敌情。后来,我又兼给女同志们赶毛驴,每天跟在一队小毛驴的后面,迎着西北高原的瑟瑟秋风,听着骑在毛驴背上的女歌手们的抒情,可以想见我的心情之舒畅了。

我在延安是单身,自己生产也不行,没有任何积蓄。有些在延安住久的同志,有爱人和小孩,他们还自备了一些旅行菜。我在延安遇到一次洪水暴发,把所有的衣被,都冲到了延河里去,自己如果不是攀住拴马的桩子,也险些冲进去。组织上照顾我,发给我一套单衣。第二天早晨,水撤了,在一辆大车的车脚下,发见了我的衣包，拿到延河边一冲洗，这样我就有了两套单衣。行军途中，我走一程，就卖去一件单衣，补充一些果子和食物。这种情况当然也是一时的权宜之计，不很正规的。

中午到了站头，我们总是蹲在街上吃饭。马达也是单身，但我不记得和他蹲在一起共进午餐的情景。只有要在一个地方停留几天，要休整了，我才有机会和他见面，留有印象的，也只有一次。

在晋、陕交界，是个上午，我从住宿的地方出来，要经过一个磨棚，我看到马达正站在那里，聚精会神地画速写。有两位青年妇女在推磨，我没有注意她们推磨的姿态，我只是站在马达背后，看他画画。马达用一支软铅笔在图画纸上轻轻地、敏捷地描绘着，只有几笔，就出现了一个柔婉生动，非常美丽的青年妇女形象。这是素描，就像在雨雾里见到的花朵，在晴空里望到的钩月一般。我确实惊叹画家的手艺了。

我很爱好美术，但手很笨，在学校时，美术一课，总是勉强交卷。从这一次，使我对美术家，特别是画家，产生了肃然起敬的感情。

马达最初，是在上海搞木刻的。那一时代的木刻，是革命艺术的一支突出的别动队。我爱好革命文学，也连带爱好了木刻，青年时曾买了不少这方面的作品。我一直认为在《鲁迅全集》里，鲁迅同一群青年木刻家的照相中，排在后面，胸前垂着西服领带，面形朴实厚重的，就是马达。但没有当面问过他。马达那时已是一个革命者，而那时的革命，并不是在保险柜里造反，是很危险的生涯。关于他那一段历史，我也没有和他谈起过。

行军到了张家口，我和一群画家，住在一个大院里。我因为一路赶驴太累了，有时间就躺下来休息。忽然有人在什么地方发现了一堆日本人留下的烂纸，画家们蜂拥而出，去捡可以用来画画的纸片。在延安，纸和颜料的困难，给画家带来了很大的不便。我写文章，也是用一种黄色的草纸。他们只好拿起木刻刀对着梨木板干，木刻艺术就应运而生地得到了长足的发展。他们见到了纸张，这般兴奋，正是表现了他们为了革命工作的热情。

在张家口住了几天，我就和在延安结交的文艺界的朋友们分道扬镳，回到冀中去了。

进天津之初，我常在多伦道一家小饭铺吃饭，在那里有时遇到马达。后来我的家口来了，他还到我住的地方来访一次，从那时起，我觉得马达，在交际方面，至少比我通达一些。又过了那么一段时间，领导上关心，在马场道一带找了一处房，以为我和马达性格相近，职业相当，要我们搬去住在一起。这一次，因为我犹豫不决，没有去成。不久，在昆明路，又给我们找了一处，叫我住楼上，马达住楼下。这一次，他先搬了进去。我的老伴把厨房厕所都打扫干净了，顺路去看望一个朋友，听到一些不利的话，回来又不想搬了。为了此事，马达曾找我动员两次，结果我还是没搬，他就和别人住在一起了。

我是从农村长大的，安土重迁。主要是我的惰性大，如果不是迫于形势，我会为自己画地为牢，在那里站着死去的。马达是在上海混过的,他对搬家好像很有兴趣。

从这一次,我真切地看到,马达是诚心实意愿意和我结为邻居的。古人说,百金买房,千金买邻,足见择邻睦邻的重要性。但是,马达对我恐怕还是不太了解,住在一起,他或者也会大感失望的。我在一切方面,主张调剂搭配。比如,一个好动的,最好配上一个好静的,住房如此,交朋友也是如此。如果两个人都好静,都孤独,那不是太寂寞了吗?当然这也只是我个人的看法。

他搬进新居,我没有到他那里去过。据老伴说,他那屋里净是一些奇奇怪怪的东西,他也穿着奇怪的衣服,像老和尚一样。他那年轻的爱人,对我老伴称赞了他的画法。这可能是我老伴从农村来,少见多怪。她大概是走进了他的工作室,那种奇异的服装,我想是他的工作服吧。

在刚刚进城那些年,劝业场楼上还有很多古董铺,我常常遇见马达坐在里面。后来听说他在那里买了不少乌七八黑的,确实说,是人弃我取,一般人不愿意要的东西。他花大价钱买了来。屋里摆满了这种什物,加上一个年老沉默的人,在其中工作,的确会给人一种不太爽朗的感觉。

在艺术风格上,进城以后,他爱上了砖刻。我外行地想,至少在工作材料上,比起木刻更原始一层。他刻出的一些人物形象,信而好古,好像并不为当代的广大群众所喜闻乐见。

他很少出来活动。从红尘十丈的长街上,退避到笼子一样的房间里,这中间,可能有他力不从心的难言之隐吧。对现实生活越来越陌生，越陌生就越不习惯。以为生活像田园诗似的，人都像维纳斯似的，笑都像蒙娜丽莎似的，一接触实际，就要碰壁。他结婚以后，青春做伴，可能改变了生活的气氛。

古往今来，一些伟大的画师，以怪僻的习性，伴随超人的成绩。但是，所谓独善其身或是洁身自好，只能说是一句空话，是与现实生活矛盾的，也是不可能的。你脱离现实，现实会去接近你。

一九六六年冬季，有一群人，闯进了他的住宅，翻箱倒柜。马达俯在他出生不久的儿子身上，安静地对进来的人说：

"你们，什么东西也可以拿去，不要吓着我的小孩！"

他在六十多岁时，才有了这个孩子。

接着就是全家被迫迁往郊区。"四人帮"善于巧立名目，借刀杀人，加给他的罪名是：资产阶级反动权威。

这十几年，当然我们没有见过面。就是最近，他也没得到我这里来过，市里的房子迟迟解决不了，他来办点事，还要赶回郊区。我因为身体不好，也没有能到医院看望他。这都算不得什么，谈不上什么遗憾的。

我一直相信，马达在郊区，即使生活多么困难和不顺利，他是可以过得去的。因为，他曾经长时期度过更艰难困苦的生活。听说他在农村教了几个徒弟，这些徒弟帮他做一些他力所不及的劳动。当然，他遭遇的是精神上的折磨和人格的被侮辱。我也断定，他可以活下来，因为他是能够置心澹定，自贵其生的。他确实活过来了,在农村画了不少画,并见到了"四人帮"及其体系的可耻破灭。

一九七八年四月二十二日

# 谈赵树理

山西自古以来,就是多才多艺之乡。在八年抗日战争期间,作为敌后的著名抗日根据地,在炮火烽烟中,绽放了一枝奇异的花,就是赵树理的小说创作。

赵树理的小说,以其故事的通俗性,人物性格的鲜明,特别是语言的地方色彩,引起了各个抗日根据地军民的注意。他的几种作品,不胫而走,油印、石印、铅印,很快传播。

抗日战争刚刚结束,我在冀中区读到了他的小说:《小二黑结婚》《李有才板话》和《李家庄的变迁》。

我当即感到,他的小说,突破了前此一直很难解决的,文学大众化的难关。

在他以前,所有文学作者,无不注意通俗传远的问题。五四白话文学的革命,是破天荒地向大众化的一次进军。几经转战,进展好像并不太大,文学作品虽然白话了,仍然局限在少数读者的范围里。理论上的不断探讨,好像并不能完全解决大众化的实践问题。

文学作品能不能通俗传远，作家的主观愿望固然是一种动力，但是其他方面的条件，也很重要。多方面的条件具备了，才能实现大众化，主要是现实生活和现实斗争的需要，政治的需要。在这两项条件之外，作家的思想锻炼，生活经历，艺术修养和写作才能，都是缺一不可的必要条件。

我曾默默地循视了一下赵树理的学习、生活和创作的道路。因为和他并不那么熟悉，有些只是以一个同时代人的猜测去进行的。

据王中青的一篇回忆记载：一九二六年赵树理"在长治县山西省立第四师范学校念书。他平易近人，说话幽默，是一个很有风趣的人。他勤奋好学，博览群书，向当时上海左翼作家的作品学习，向民间传统艺术学习。他那时就可谓是一位博学多识，多才多艺的青年文艺作者"。

这段回忆出自赵树理的幼年同学，后来的战友，当然是非常可信的。其中提到的许多史实，都对赵树理以后的创作，有直接的关系。但是，即使赵树理当时已具备这些特点，如果没有遇到抗日战争，没有能与这一伟大历史环境相结合，那么他的前途，他的创作，还是很难预料的。

在学校，他还是一个文艺爱好者，毕业以后，按照当时一般的规律，他可以沉没乡塾，也可以老死户牖。即使他才情卓异，能在文学上有所攀登，可以断言，在创作上的收获，也不会达到我们现在所能看到的高度。

创作上的真正通俗化，真正为劳苦大众所喜见乐闻，并不取决于文学形式上。如果只是那样,这一问题,早已解决了。也不单单取决于文学的题材。如果只是写什么的问题,那也很早就解决了。它也不取决于对文学艺术的见解,所学习的资料。在当时有见识,有修养的人才多得很,但并没有出现赵树理型的小说。

这一作家的陡然兴起,是应大时代的需要产生的,是应运而生,时势造英雄。

当赵树理带着一支破笔,几张破纸,走进抗日的雄伟行列时,他并不是一名作家。他同那些刚放下锄头,参加抗日的广大农民一样,并没有觉得自己有任何特异的地方。他觉得自己能为民族解放献出的,除去应该做的工作,就还有这一支笔。

他是大江巨河中的一支细流,大江推动了细流,汹涌前去。

他的思想,他的所恨所爱,他的希望,只能存在于这一巨流之中,没有任何分散或格格不入之处。

他同身边的战士,周围的群众,休戚与共,亲密无间。

他要写的人物,就在他的眼前,他要讲的故事,就在本街本巷。他要宣传、鼓动,就必须用战士和群众的语言,用他们熟悉的形式,用他们的感情和思想。而这些东西,就在赵树理的头脑里,就在他的笔下。

如果不是这样,作家是不会如此得心应手,唱出了时代要求的歌。

正当一位文艺青年需要用武之地的时候,他遇到了最广大的场所,最丰富的营养,最有利的条件。

是的,每个时代都有它自己的歌手。但是,歌手的时代,有时要成为过去。这一条规律,在中国文学史上,特别显著。

随着抗日战争的胜利,土地改革的胜利,解放战争的胜利,随着全国解放的胜利锣鼓,赵树理离开乡村,进了城市。

全国胜利,是天大的喜事。但对于一个作家来说,问题就不这样简单了。

从山西来到北京,对赵树理来说,就是离开了原来培养他的土壤,被移置到了另一处地方,另一种气候、环境和土壤里。对于花木,柳宗元说:"其土欲故"。

他的读者群也变了,不再完全是他的战斗伙伴。

这里对他表示了极大的推崇和尊敬,他被展览在这新解放的,急剧变化的,人物复杂的大城市里。

不管赵树理如何恬淡超脱,在这个经常遇到毁誉交于前,荣辱战于心的新的环境里,他有些不适应。就如同从山地和旷野移到城市来的一些花树,它们当年开放的花朵,颜色就有些暗淡了下来。

政治斗争的形势,也有变化。上层建筑领域,进入了多事之秋,不少人跌落下来。作家是脆弱的,也是敏感的。他兢兢业业,惟恐有什么过失,引来大的灾难。

渐渐也有人对赵树理的作品提出异议。这些批评者,不用现实生活去要求、检验作品,只是用几条杆棒去要求、检验作品。他们主观唯心地反对作家写生活中所有,写他们所知,而责令他们写生活中所无或他们所不知。于是故事越来越假,人物越来越空。他们批评赵树理写的多是落后人物或中间人物。吹捧者欲之升天，批评者欲之入地。对赵树理个人来说，升天入地都不可能。他所实践的现实主义传统，只要求作家创造典型的形象，并不要求写出"高大"的形象。他想起了在抗日根据地工作时，那种无忧无虑，轻松愉快的战斗心情。他经常回到山西，去探望那里的人们。

他的创作迟缓了，拘束了，严密了，慎重了。因此，就多少失去了当年的青春泼辣的力量。

很长时期，他专心致志地去弄说唱文学。赵树理从农村长大，他对于民间艺术是非常爱好，也非常精通的。他根据田间的长诗《赶车传》改编的《石不烂赶车》鼓词，令人看出，他不只对赶车生活知识丰富，对鼓词这一形式，也运用自如。这是赵树理一篇得意的作品。

这一时期，赵树理对于民间文艺形式，热爱到了近于偏执的程度。对于五四以后发展起来的各种新的文学形式，他好像有比一比看的想法。这是不必要的。民间形式，只是文学众多形式的一个方面。它是因为长期封建落后，致使我国广大农民，文化不能提高，对城市知识界相对而言的。任何形式都不具有先天的优越性，也不是一成不变，而是要逐步发展，要和其他形式互相吸收、互相推动的。

流传民间的通俗文艺，也型类不一，神形各异。文艺固然应该通俗，但通俗者不一定皆得成为文艺。赵树理中后期的小说，读者一眼看出，渊源于宋人话本及后来的拟话本。作者对形式好像越来越执着,其表现特点为:故事行进缓慢,波澜激动幅度不广,且因过多罗列生活细节,有时近于卖弄生活知识。遂使整个故事铺摊琐碎,有刻而不深的感觉。中国古典小说的白描手法,原非完全如此。

进城不久,是一九五〇年的冬季吧,有一天清晨,赵树理来到了我在天津的狭小的住所。我们是初次见面,谈话的内容,现在完全忘记了,但他留给我的印象是很清楚的。他恂恂如农村老夫子,我认为他是一个典型的农民作家。

因为是同时代,同行业,加上我素来对他很是景仰,他的死亡,使我十分伤感。他是我们这一代的优秀人物。他的作品充满了一个作家对人民的诚实的心。

林彪、"四人帮"当然不会放过他。在林彪、"四人帮"兴妖作怪的那些年月,赵树理在没有理解他们的罪恶阴谋之前,最初一定非常惶惑。在既经理解之后,一定是非常痛恨的。他们不只侮辱了他,也侮辱了他多年来为之歌颂的,我们的党、国家和人民。

天生妖孽,残害生民。在林彪、"四人帮"鼓动起来的腥风血雨之中,人民长期培养和浇灌的这一株花树,凋谢死亡。这是文学艺术的悲剧。

经济、政治、文艺,自古以来,就形成了一种非常固定,非常自然的关系。任何改动其位置,或变乱其关系的企图,对文艺的自然生成,都是一种灾难。

文艺的自然土壤,只能是人民的现实生活和斗争,植根于这种土壤,文艺才能有饱满的生机。使它离开这个土壤,插进多么华贵的瓶子里，对它也只能是伤害。

林彪、"四人帮"这些政治野心家，用实用主义对待文艺。他们一时把文艺捧得太高，过分强调文艺的作用，几乎要和政治，甚至和经济等同起来。历史已经残酷地记载：在他们这样做的时候，常常是为他们在另一个时候，过分贬低文艺，惩罚文艺，甚至屠宰文艺，包藏下祸心。

一九七八年十一月十一日

# 夜　思

最近为张冠伦同志开追悼会，我只送了一个花圈，没有去。近几年来，凡是为老朋友开追悼会，我都没有参加。知道我的身体、精神情况的死者家属，都能理解原谅，事后，还都带着后生晚辈，来看望我。这种情景，常常使我热泪盈眶。

这次也同样。张冠伦同志的家属又来了，他的儿子和孙子，还有他的妻妹。

一进门，这位白发的老太太就说：

"你还记得我吗？"

"啊，要是走在街上……"我确实一时想不起来，只好嗫嚅着回答。

"常智，你还记得吧？"

"这就记起来了，这就记起来了！"我兴奋起来，热情地招扶她坐下。

她是常智同志的爱人。一九四三年，我在山地华北联大高中班教书时，常智是数学教员。这一年冬天，我们在繁峙高山上，坚持了整整三个月的反"扫荡"。第二年初，刚刚下得山来，就奉命做去延安的准备。

我在出发前一天的晚上，忽然听说常智的媳妇来了，我也赶去看了看。那时她正在青春，又是通过敌占区过来，穿着鲜艳，容貌美丽。我们当时都惋惜，我们当时所住的，山地农民家的柴草棚子，床上连张席子也没有，怎样来留住这样花朵般的客人。女客人恐怕还没吃晚饭，我们也没有开水，只是从老乡那里买了些红枣，来招待她。

第二天，当我们站队出发时，她居然也换上我们新发的那种月白色土布服装，和女学生们站在一起，跟随我们出发了。一路上，她很能耐劳苦，走得很好。她是冀中平原的地主家庭出身吧，从小娇生惯养，这已经很不容易了。

比翼而飞，对常智来说，老婆赶来，一同赴圣地，这该是很幸福的了。但在当时，同事们并不很羡慕他。当时确实顾不上这些，以为是累赘。

这些同事，按照当时社会风习，都已结婚，但因为家庭、孩子的拖累，是不能都带家眷的，虽然大家并不是不思念家乡的。

这样，我们就一同到了延安，她同常智在那里学自然科学。现在常智同她在武汉工作，也谈了谈这些年来经历的坎坷。


至于张冠伦同志，则是我一九四五年抗日战争结束后，回到冀中认识的。当时，杨循同志是《冀中导报》的秘书长，我常常到他那里食宿，因此也认识了他手下的人马。在他领导下，报社有一个供销社，还有一个造纸厂，张冠伦同志是厂长。

纸厂设在饶阳县张岗。张冠伦同志是一位热情、厚道的人，在外表上又像农民又像商人，又像知识分子，三者优点兼而有之，所以很能和我接近。我那时四下游击，也常到他的纸厂住宿吃饭。管理伙食的是张翔同志。

他的纸厂是一个土纸厂，专供《冀中导报》用。在一家大场院里，设有两盘高大的石碾，用骡拉。收来的烂纸旧书，堆放在场院西南方向的一间大厦子里。

我对破书烂纸最有兴趣，每次到那里，我都要蹲在厦子里，刨拣一番。我记得在那里我曾得到一本石印的《王圣教》和一本石印的《书谱》。

解放战争后期，是在河间吧，张冠伦同志当了冀中邮政局的负责人。他告诉我，土改时各县交上的书，堆放在他们的仓库里面。我高兴地去看了看，书倒不少，只是残缺不全。我只拣了几本亚东印的小说，都是半部。

这次来访的张冠伦的儿子，已经四十多岁了，他说：

"在张岗，我上小学，是孙伯伯带去的。"

这可能是在土改期间。那时，我们的工作组驻在张岗，我和小学的校长、教师都很熟。

土改期间，我因为家庭成分，又因为所谓"客里空"问题，在报纸上受过批判，在工作组并不负重要责任，有点像后来的靠边站。土改会议后，我冒着风雪，到了张岗。我先到理发店，把长头发剪了去。理发店胖胖的女老板很是奇怪，不明白我当时剪去这一团烦恼丝的心情。后来我又在集市上，买了一双大草鞋，向房东老大娘要了两块破毡条垫在里面，穿在脚下。每天蹒跚漫步于冰冻泥泞的张岗大街之上，和那里的农民，建立了非常难能可贵的情谊。

农村风俗淳厚，对我并不歧视。同志之间，更没有像后来的所谓划清界限之说。我在张岗的半年时间里，每逢纸厂请客、过集日吃好的，张冠伦同志，总是把我叫去解馋。

现在想来，那时的同志关系，也不过如此。我觉得这样也就可以了，留下的印象是很深的，值得追念的。进城以后，相互之间的印象，就淡漠了。"文化大革命"期间，我们的命运大致相同。他后来死去了。

看到有这么多好同志死去，不知为何，我忽然感慨起来：在那些年月，我没有贴出一张揭发检举老战友的大字报，这要感谢造反派对我的宽容。他们也明白：我足不出户，从我这里确实挖不出什么新的材料。我也不想使自己舒服一些，去向造反派投递那种卖友求荣的小报告，也不曾向我曾经认识的当时非常煊赫的权威、新贵，请求他们的援助与哀怜。我觉得那都是可耻的，没有用处的。

我忍受自己在劫的种种苦难，只是按部就班地写我自己的检查，写得也很少很慢。现在，有些文艺评论家，赞美我在文字上惜墨如金。在当时却不是这样，因为我每天只交一张字大行稀的交代材料，屡遭管理人的大声责骂，并扯着那一页稿纸，当场示众。后来干脆把我单独隔离，面前放一马蹄表，计时索字。

古人说，一死一生，乃见交情。其实，这是不够的。又说，使生者死，死者复生，大家相见，能无愧于心，能不脸红就好了。朋友之道，此似近之。我对朋友，能做到这一点吗？我相信，我的大多数朋友，对我是这样做了。

我曾告诉我的孩子们：

"你们看见了，我因为身体不好，不能去参加朋友们的追悼会。等我死后，人家不来，你们也不要难过。朋友之交，不在形式。"

新近，和《文艺报》的记者谈了一次话，很快就收到一封青年读者来信，责难我不愿回忆和不愿意写"文化大革命"的事，是一种推诿。文章是难以写得周全的，果真是如此吗？我的身体、精神的条件，这位远地的青年，是不能完全了解的。我也想到，对于事物，即使认识相同，因为年纪和当时处境的差异，有些感受和想法，也不会完全相似的。很多老年人，受害最深，但很少接触这一重大主题，我是能够理解的。我也理解，接触这一主题最多的青年同志们的良好用心。

但是，年老者逐渐凋谢，年少者有待成熟，这一历史事件在文学史上的完整而准确的反映，恐怕还需要一段时间吧？

一九八〇年一月三十日夜有所思，凌晨起床写讫

## 悼念李季同志

已经是春天了,忽然又飘起雪来。十日下午,我一个人正在后面房间,对存放的柴米油盐,做季节性的调度。外面送来了电报。我老眼昏花,脑子迟钝,看到电报纸上李季同志的名字,一刹那间,还以为是他要到天津来,像往常一样,预先通知我一下。

绝没想到,他竟然逝去了。前不久,冯牧同志到舍下,我特别问起他的身体,冯还说:有时不好,工作一忙,反倒好起来了。我当时听了很高兴。

李季同志死于心脏病。诗人患有心脏病,这就是致命所在。患心脏病的人,不一定都是热情人;而热情人最怕得这种病。特别是诗人。诗人的心,本来就比平常的人跳动得快速、急骤、多变、失调。如果自己再不注意控制,原是很危险的。

一九七八年秋季,李季同志亲自到天津来,邀我到北京去参加一个会。我有感于他的热情,不只答应,而且坚持一个星期,把会开了下来。当我刚到旅馆,还没有进入房间,已经是晚上八点多钟了,就听到李季同志在狭窄嘈杂的旅馆走道里,边走边大声说：

"我把孙犁请了来，不能叫他守空房啊，我来和他做伴！"

他穿着一件又脏又旧的军大衣，右腿好像有了些毛病，但走路很快，谈笑风生。

在会议期间，我听了他一次发言。内容我现在忘了，他讲话的神情，却深深印在我的记忆里。他很激动，好像和人争论什么，忽然，他脸色苍白，要倒下去。他吞服了两片药，还是把话讲完了。

第二天，他就病了。

在会上，他还安排了我的发言。我讲得很短，开头就对他进行规劝。我说，大激动、大悲哀、大兴奋、大欢乐，都是对身体不利的。但不如此，又何以作诗？

在我离京的前一天晚上，他还带病到食堂和我告别，我又以注意身体为赠言。

这竟成最后一别。李季同志是死于工作繁重，易动感情的。

李季同志的诗作《王贵与李香香》，开一代诗风，改编为唱词剧本，家喻户晓，可以说是不朽之作。他开辟的这一条路，不能说后继无人，但没有人能超越他。他后来写的很多诗，虽也影响很大，但究竟不能与这一处女作相比拟。这不足为怪，是有很多原因，也可以说是有很多条件使然的。

《王贵与李香香》，绝不是单纯的陕北民歌的编排，而是李季的创作，在文学史上，这是完全新的东西，是长篇乐府。这也绝不是单凭采风所能形成的，它包括集中了时代精神和深刻的社会面貌。李季幼年参加革命，在根据地，是真正与当地群众，血肉相连，呼吸相通的。是认真地研究了民间文学的内容和形式的。他不是天生之才，而是地造之才，是大地和人民之子。

很多年来，他主要是担任文艺行政工作，而且逐渐提级，越来越繁重。这对工作来说，自然是需要，是不得已；对文艺来说，总是一个损失。当然，各行各业，都要有领导，并且需要精通业务的人去领导。不过，实践也证明，长期以来，把作家放在行政岗位，常常是得不偿失的。当然，这也只是一种估计。李季同志，是能做行政工作，成绩显著，颇孚众望的。在文艺界，号称郭、李。郭就是郭小川同志。

据我看来，无论是小川，还是李季同志，他们的领导行政，究竟还是一种诗人的领导，或者说是天才的领导。他们出任领导，并不一定是想，把自己的"道"或"志"，布行于天下。只是当别人都推托不愿干时，担负起这个任务来。而诗人气质不好改，有时还是容易感情用事。适时应变的才干，究竟有限。

因为文艺行政工作，是很难做好，使得人人满意的。作家、诗人，自己虽无领导才干，也无领导兴趣，却常常苛求于人，评头论足。热心人一旦参加领导行列，又多遇理论是非之争，欲罢不能，愈卷愈脱不出身来，更无法进行创作。当然也有人，拿红铅笔，打电话惯了，尝到了行政的甜头，也就不愿再去从事那种消耗神经，煎熬心血，常常是费力不讨好的创作了。如果一帆风顺，这些人也就正式改行，从文途走上仕途。有时不顺利，也许就又弃官重操旧业。这都是正常现象。

李季做得还算够好的,难能可贵的。他的特点是,心怀比较开朗,少畛域观念,十分热情,能够团结人,在诗这一文艺领域里,有他自己广泛的影响。

自得噩耗,感情抑郁,心区也时时感到压迫和疼痛。为了驱赶这种悲伤,我想回忆一下同李季在青年时期的交往。

可惜,我同他是在五十年代初期,一次集体出国时,才真正熟起来。那时,我已经是中年了。对于出国之行,我既没有兴趣,并感到非常劳累。那种紧张,我曾比之于抗日战争时期的反"扫荡"。特别是一早起,团部传出:服装、礼节等等应注意事项。起床、盥洗、用饭,都很紧迫。我生性疏懒,动作迟缓,越紧张越慌乱。而李季同志,能从容不迫,好整以暇。他能利用蹲马桶时间:刷牙、刮脸、穿袜子、结鞋带。有一天,忽然通知:一律西服,我却不会结领带,早早起来,面对镜子,正在为难之际,李季同志忽然推门进来,衣冠楚楚,笑着说:

"怎么样,我就知道你弄不好这个。"

然后熟练地代我结好了,就像在战争时代,替一个新兵打好被包一样。

人之相知,贵相知心。对于李季同志,我不敢说是相知,更不敢说是知己。但他对于我,有一点最值得感念,就是他深深知道我的缺点和弱点。我一向不怕别人不知道我的长处,因为这是无足轻重的。我最担心的是别人不知道我的短处,因为这就谈不上真正的了解。在国外，有时不外出参观，他会把旅馆的房门一关，向同伴们提议：请孙犁唱一段京戏。在这个代表团里，好像我是惟一能唱京戏的人。

每逢有人要我唱京戏，我就兴奋起来，也随之而激动起来。李季又说：

"不要激动，你把脸对着窗外。"

他如此郑重其事，真是欣赏我的唱腔吗？人要有自知之明，直到现在我也不敢这样相信。他不过是看着我，终日一言不发，落落寡合，找机会叫我高兴一下，大家也跟着欢笑一场而已。

他是完全出于真诚的，正像他前年要我去开会时说的：

"非我来，你是不肯出山的！"

难道他这是访求山野草泽，志在举逸民吗？他不过是要我出去活动活动，与多年不见面的朋友们会会而已。

在会上，他又说：

"你不常参加这种场合，人家不知道你是什么观点，讲一讲吧。"

也是这个道理。

他是了解我的，了解我当时的思想、感情的，他是真正关心我的。

他有一颗坚强的心，他对工作是兢兢业业的，对创作是孜孜不倦的。他有一颗热烈的心，对同志，是视如手足，亲如兄弟的。他所有的，是一颗诗人的赤子之心，天真无邪之心。这是他幼年参加革命时的初心,是他从根据地的烽烟炮火里带来的。因此,我可以说,他的这颗心从来没有变过,也是永远不会停止跳动的。

一九八〇年三月十四日

# 大星陨落

—— 悼念茅盾同志

看到茅盾同志逝世的消息,心情十分沉重,惆怅不已,感触也很多。

我和茅盾同志并不熟识,只听过他的一次报告,但一直读他的书。记得我在上初中的时候,就读到他为商务印书馆学生国学丛书选注的一本《庄子》,署名沈德鸿。随后,读到他主持编辑的《小说月报》。这个文学刊物,在当时最有权威,对中国新文学发展所起的作用,也少有刊物能和它相比。直到今天,人们对它的印象,还是很深的。它所登的,都是当时第一流的作品,选择严格,都是现实主义的作品。每期还有评论文章以及国内外文坛消息。它的内容和版式,在很长时间,成为中国文学刊物的典型。那两本《俄国文学专号》,过了很多年,人们见到,还非常珍视。

不久,我读到他写的反映北伐战争的三部曲,即《幻灭》《动摇》《追求》,使我见到了中国第一次大革命时期,知识分子的群像。

他的长篇《子夜》出版时，我已经在读高中，这部作品，奠定了中国新的长篇小说的基础。作家视野的宽广，人物性格的鲜明，描写手法的高超，直到今天，也很难说有谁已经超越了它。我曾按照当时流行的阶级分析的方法，写了一篇读后记。

他的短篇《春蚕》《林家铺子》《残冬》，在《文学》上发表时，我就读过了，非常爱好。

他的译作，在《译文》上我经常读到，后来结集为《桃园》，我又买了一本。

他的理论文章，我也很爱读。他有丰富的创作经验，古今中外的知识又渊博，社会实践阅历很深。他对作品的评价分析，都从艺术分析入手，用字不多，能说到关键的地方，能说到要害，能使人心折意服。他对我的作品，也说过几句话。那几句话，不是批评，但有规诫的成分；不是捧场，但有鼓励的成分；使作者乐于接受，读者乐于引用。文艺批评，说大道理是容易的，能说到"点"上，是最难的。

最近一二年，我又读了他发表的回忆录，知道了他参加革命的全部历程。不久以前，我还想：茅盾同志如果少参加一些实际工作，他留给我们的创作成果，会比现在更多吧。这种想法是片面的。正是他长期参加了革命的实际工作，他才能在创作上有这样大的建树。他的创作，都与这些革命实践有关。实际的革命工作，是他从事革命文艺工作的坚实基础。至于过多的行政工作，对他的创作是否有利，当然可以另作别论。

茅盾同志在文学创作、中国古典文学的研究、介绍外国文学作品、编辑刊物、文艺理论这几个方面,都很有成就,很有修养,对我们这一代作家,有极大的影响。他对中国新文学事业,功绩卓著。在先辈开辟的道路上,我们只有加倍努力,奋勇前进。

系以韵语,借抒悲怀:

大星陨落,黄钟敛声。哲人虽逝,犹存典型,遗产丰美,玉振金声。荆榛易布,大木难成,小流作响,大流无声。文坛争竞,志趣不同,风标高下,或败或成。艺途多艰,风雨不停,群星灿灿,或暗或明。文艺之道,忘我无私,人心所系,孜孜求之。丝尽蚕亡,歌尽蝉僵,不死不止,不张不扬。作者恢宏,其艺自高,作者狭隘,其作嚣嚣。少年矫健,逐浪搏风,一旦失据,委身泥中。文贵渊默,最忌轻浮,饰容取悦,如蝇之逐。大树根深,其质乃坚,高山流水,其声乃清,我辈所重,五四遗风。

一九八一年四月一日晚

## 亡人逸事

### 一

旧式婚姻，过去叫作"天作之合"，是非常偶然的。据亡妻言，她十九岁那年，夏季一个下雨天，她父亲在临街的梢门洞里闲坐，从东面来了两个妇女，是说媒为业的，被雨淋湿了衣服。她父亲认识其中的一个，就让她们到梢门下避避雨再走，随便问道：

"给谁家说亲去来？"

"东头崔家。"

"给哪村说的？"

"东辽城。崔家的姑娘不大般配，恐怕成不了。"

"男方是怎么个人家？"

媒人简单介绍了一下，就笑着问：

"你家二姑娘怎样？不愿意寻吧？"

"怎么不愿意。你们就去给说说吧，我也打听打听。"她父亲回答得很爽快。

就这样,经过媒人来回跑了几趟,亲事竟然说成了。结婚以后,她跟我学认字,我们的洞房喜联横批,就是"天作之合"四个字。她点头笑着说:

"真不假,什么事都是天定的。假如不是下雨,我就到不了你家里来!"

## 二

虽然是封建婚姻,第一次见面却是在结婚之前。订婚后,她们村里唱大戏,我正好放假在家里。她们村有我的一个远房姑姑,特意来叫我去看戏,说是可以相相媳妇。开戏的那天,我去了,姑姑在戏台下等我。她拉着我的手,走到一条长板凳跟前。板凳上,并排站着三个大姑娘,都穿得花枝招展,留着大辫子。姑姑叫着我的名字,说:

"你就在这里看吧,散了戏,我来叫你家去吃饭。"

姑姑的话还没有说完,我看见站在板凳中间的那个姑娘,用力盯了我一眼,从板凳上跳下来,走到照棚外面,钻进了一辆轿车。那时姑娘们出来看戏,虽在本村,也是套车送到台下,然后再搬着带来的板凳,到照棚下面看戏的。

结婚以后,姑姑总是拿这件事和她开玩笑,她也总是说姑姑会出坏道儿。

她礼教观念很重。结婚已经好多年,有一次我路过她家,想叫她跟我一同回家去。她严肃地说：

"你明天叫车来接我吧，我不能这样跟着你走。"我只好一个人走了。

## 三

她在娘家，因为是小闺女，娇惯一些，从小只会做些针线活；没有下场下地劳动过。到了我们家，我母亲好下地劳动，尤其好打早起，麦秋两季，听见鸡叫，就叫起她来做饭。又没个钟表，有时饭做熟了，天还不亮。她颇以为苦。回到娘家，曾向她父亲哭诉。她父亲问：

"婆婆叫你早起，她也起来吗？"

"她比我起得更早。还说心疼我，让我多睡了会儿哩！"

"那你还哭什么呢？"

我母亲知道她没有力气，常对她说：

"人的力气是使出来的，要伸懒筋。"

有一天，母亲带她到场院去摘北瓜，摘了满满一大筐。母亲问她：

"试试，看你背得动吗？"

她弯下腰，挎好筐系猛一立，因为北瓜太重，把她弄了个后仰，沾了满身土，北瓜也滚了满地。她站起来哭了。母亲倒笑了，自己把北瓜一个个捡起来，背到家里去了。

我们那村庄，自古以来兴织布，她不会。后来孩子多了，穿衣困难，她就下决心学。从纺线到织布，都学会了。我从外面回来，看到她两个大拇指，都因为推机杼，顶得变了形，又粗、又短，指甲也短了。

后来，因为闹日本，家境越来越不好，我又不在家，她带着孩子们下场下地。到了集日，自己去卖线卖布。有时和大女儿轮换着背上二斗高粱，走三里路，到集上去粜卖。从来没有对我叫过苦。

几个孩子，也都是她在战争的年月里，一手拉扯成人长大的。农村少医药，我们十二岁的长子，竟以盲肠炎不治死亡。每逢孩子发烧，她总是整夜抱着，来回在炕下走。在她生前，我曾对孩子们说：

"我对你们，没负什么责任。母亲把你们弄大，可不容易，你们应该记着。"

## 四

一位老朋友、老邻居，近几年来，屡次建议我写写"大嫂"。因为他觉得她待我太好，帮助太大了。老朋友说：

"她在生活上，对你的照顾，自不待言。在文字工作上的帮助，我看也不小。可以看出，你曾多次借用她的形象，写进你的小说。至于语言，你自己承认，她是你的第二源泉。当然，她瞑目之时，冰连地结，人事皆非，言念必不及此，别人也不会作此要求。但目前情况不同，文章一事，除重大题材外，也允许记些私事。你年事已高，如果仓促有所不讳，你不觉得是个遗憾吗？"

我唯唯，但一直拖延着没有写。这是因为，虽然我们结婚很早，但正像古人常说的：相聚之日少，分离之日多；欢乐之时少，相对愁叹之时多耳。我们的青春，在战争年代中抛掷了。以后，家庭及我，又多遭变故，直至最后她的死亡。我衰年多病，实在不愿再去回顾这些。但目前也出现一些异象：过去，青春两地，一别数年，求一梦而不可得。今老年孤处，四壁生寒，却几乎每晚梦见她，想摆脱也做不到。按照迷信的说法，这可能是地下相会之期，已经不远了。因此，选择一些不太使人感伤的片断，记述如上。已散见于其他文字中者，不再重复。就是这样的文字，我也写不下去了。

我们结婚四十年，我有许多事情，对不起她，可以说她没有一件事情是对不起我的。在夫妻的情分上，我做得很差。正因为如此，她对我们之间的恩爱，记忆很深。我在北平当小职员时，曾经买过两丈花布，直接寄至她家。临终之前，她还向我提起这一件小事，问道：

"你那时为什么把布寄到我娘家去啊？"

我说：

"为的是叫你做衣服方便呀！"

她闭上眼睛，久病的脸上，展现了一丝幸福的笑容。

一九八二年二月十二日晚

## 母亲的记忆

母亲生了七个孩子,只养活了我一个。一年,农村闹瘟疫,一个月里,她死了三个孩子。爷爷对母亲说:

"心里想不开,人就会疯了。你出去和人们斗斗纸牌吧!"

后来,母亲就养成了春冬两闲和妇女们斗牌的习惯;并且常对家里人说:

"这是你爷爷吩咐下来的,你们不要管我。"

麦秋两季,母亲为地里的庄稼,像疯了似的劳动。她每天一听见鸡叫就到地里去,帮着收割、打场。每天很晚才回到家里来。她的身上都是土,头发上是柴草。蓝布衣裤汗湿得泛起一层白碱,她总是撩起裎子的大襟,抹去脸上的汗水。她的口号是:"争秋夺麦!""养兵千日,用兵一时!"一家人谁也别想偷懒。

我生下来,就没有奶吃。母亲把馍馍晾干了,再粉碎煮成糊喂我。我多病,每逢病了,夜间,母亲总是放一碗清水在窗台上，祷告过往的神灵。母亲对人说："我这个孩子，是不会孝顺的，因为他是我烧香还愿，从庙里求来的。"

家境小康以后，母亲对于村中的孤苦饥寒，尽力周济，对于过往的人，凡有求于她，无不热心相帮。有两个远村的尼姑，每年麦秋收成后，总到我们家化缘。母亲除给她们很多粮食外，还常留她们食宿。我记得有一个年轻的尼姑，长得眉清目秀。冬天住在我家，她怀揣一个蝈蝈葫芦，夜里叫得很好听，我很想要。第二天清早，母亲告诉她，小尼姑就把蝈蝈送给我了。

抗日战争时，村庄附近，敌人安上了炮楼。一年春天，我从远处回来，不敢到家里去，绕到村边的场院小屋里。母亲听说了，高兴得不知给孩子什么好。家里有一棵月季，父亲养了一春天，刚开了一朵大花，她折下就给我送去了。父亲很心痛，母亲笑着说："我说为什么这朵花，早也不开，晚也不开，今天忽然开了呢，因为我的儿子回来，它要先给我报个信儿！"

一九五六年，我在天津，得了大病，要到外地去疗养。那时母亲已经八十多岁，当我走出屋来，她站在廊子里，对我说：

"别人病了往家里走，你怎么病了往外走呢！"

这是我同母亲的永诀。我在外养病期间，母亲去世了，享年八十四岁。

一九八二年十二月

## 父亲的记忆

父亲十六岁到安国县（原先叫祁州）学徒，是招赘在本村的一位姓吴的山西人介绍去的。这家店铺的字号叫永吉昌，东家是安国县北段村张姓。

店铺在城里石牌坊南。门前有一棵空心的老槐树。前院是柜房，后院是作坊——榨油和轧棉花。

我从十二岁到安国上学，就常常吃住在这里。每天掌灯以后，父亲坐在柜房的太师椅上，看着学徒们打算盘。管账的先生念着账本，人们跟着打，十来个算盘同时响，那声音是很整齐很清脆的。打了一通，学徒们报了结数，先生把数字记下来，说：去了。人们扫清算盘，又聚精会神地听着。

在这个时候，父亲总是坐在远离灯光的角落里，默默地抽着旱烟。

我后来听说，父亲也是先熬到先生这一席位，念了十几年账本，然后才当上了掌柜的。

夜晚，父亲睡在库房。那是放钱的地方，我很少进去，偶尔从撩起的门帘缝望进去，里面是很暗的。父亲就在这个地方，睡了二十几年，我是跟学徒们睡在一起的。

父亲是一九三七年，七七事变以后离开这家店铺的，那时兵荒马乱，东家也换了年轻一代人，不愿再经营这种传统的老式的买卖，要改营百货。父亲守旧，意见不合，等于是被辞退了。

父亲在那里，整整工作了四十年。每年回一次家，过一个正月十五。先是步行，后来骑驴，再后来是由叔父用牛车接送。我小的时候，常同父亲坐这个牛车。父亲很礼貌，总是在出城以后才上车，路过每个村庄，总是先下来，和街上的人打招呼，人们都称他为孙掌柜。

父亲好写字。那时学生意，一是练字，一是练算盘。学徒三年，一般的字就写得很可以了。人家都说父亲的字写得好，连母亲也这样说。他到天津做买卖时，买了一些旧字帖和破对联，拿回家来叫我临摹，父亲也很爱字画，也有一些收藏，都是很平常的作品。

抗战胜利后，我回到家里，看到父亲的身体很衰弱。这些年闹日本，父亲带着一家人，东逃西奔，饭食也跟不上。父亲在店铺中吃惯了，在家过日子，舍不得吃些好的，进入老年，身体就不行了。见我回来了，父亲很高兴。有一天晚上，一家人坐在炕上闲话，我絮絮叨叨地说我在外面受了多少苦，担了多少惊。父亲忽然不高兴起来，说："在家里，也不容易！"回到自己屋里，妻抱怨说："你应该先说爹这些年不容易！"

那时农村实行合理负担，富裕人家要买公债，又遇上荒年，父亲不愿卖地，地是他的性命所在，不能从他手里卖去分毫。他先是动员家里人卖去首饰、衣服、家具，然后又步行到安国县老东家那里，求讨来一批钱，支持过去。他以为这样做很合理，对我详细地描述了他那时的心情和境遇，我只能默默地听着。

父亲是一九四七年①五月去世的。春播时，他去耪耧，出了汗，回来就发烧，一病不起。立增叔到河间，把我叫回来。我到地委机关，请来一位医生，医术和药物都不好，没有什么效果。

父亲去世以后，我才感到有了家庭负担。我旧的观念很重，想给父亲立个碑，至少安个墓志。我和一位搞美术的同志，到店子头去看了一次石料，还求陈肇同志给撰写了一篇很简短的碑文。不久就土地改革了，一切无从谈起。

父亲对我很慈爱，从来没有打骂过我。到保定上学，是父亲送去的。他很希望我能成材，后来虽然有些失望，也只是存在心里，没有当面斥责过我。在我教书时，父亲对我说："你能每年交我一个长工钱，我就满足了。"我连这一点也没有做到。

父亲对给他介绍工作的姓吴的老头，一直很尊敬。那老头后来过得很不如人，每逢我们家做些像样的饭食，父亲总是把他请来，让在正座。老头总是一边吃，一边用山西口音说："我吃太多呀，我吃太多呀！"

一九八四年四月二十七日<br>
上午寒流到来，夜雨泥浆

---

① 应为一九四六年。

## 悼念田间

昨天是星期日，心情烦乱，吃罢晚饭，院子里安静些了，开门到台阶上站立。紧邻李夫，从屋里出来，告诉我：

"田间逝世了。"

"你从哪里得来的消息？"我大吃一惊。

李夫回屋，取来一张当天的《今晚报》，他是这家报纸的总编辑。

消息是不会错的，田间确是不在了。我回到屋里，开灯看了这段消息。我一夜辗转不安，我还能为他做些什么呢？前一个月，张学新来，说他害病，我写了一张明信片给葛文，没得到回复，我还以为她忙。

一九四〇年，我在晋察冀通讯社，认识田间，他虽然比我小几岁，已经是很有名的诗人，我很尊重他。他对我们这些文学爱好者，如邓康、康濯、曼晴，也有一种特殊的感情，主动把我们写的东西，介绍到大后方去。我的稿子并没有得到发表，但记得他那认真的，诚挚的情谊。不久，他调到晋察冀文协，把我和邓康带去，作为他的助手。我们一同工作了不算短的时间。一九四二年整风以后，他到盂县下乡，我也调动了工作。

一九四四年春天，我随大队去延安，经过盂县，他在道路旁边等候我作别。是个有霜雪的早晨，天气很冷，我身上披着，原是他坚壁起来的一件日本军用皮大衣，他当记者时的胜利品，羊皮上有一大片血迹。取这件衣服，我并没告诉他，他看见后，也没说什么。这件衣服，我带到延安，被一次山洪冲走了。

在文协工作时，他见我弄不到御寒的衣物，还给过我一件衣服。是他在大后方带来的驼色呢子大衣，我曾穿回冀中，因为颜色和形式，在当时实在不伦不类，妻子给我加了黑粗布面子，做成了一件短夹袄。

那时，吃不上好东西，他用大后方寄来的稿费，请我们在滹沱河畔的一家小饭馆，吃过鱼。又有一次他卖掉一条毛毯，请我们吃了一顿包子。

这些事，我在什么文章里记过了。

田间的足迹，留在晋察冀的艰难的山路上。他行军时的一往无前的姿态，一直留在我的心中。他总是走在我们的前面。他的诗，也留在晋察冀的各个村落和山头上。抗战八年，田间在诗人中，是一个勇敢的，真诚的，日以继夜，战斗不息的战士。近年来，可能有人对他陌生，甚至忘怀。但是，他那遍布山野村庄，像子弹一样呼啸的诗，不会沉寂。

田间是一个诗人，他成名很早，好像还没有领会人情世故，就出名了，他一直像个孩子。在山里，他要去结婚了，棉裤后面那块一尺见方的大补丁，翻了下来，一走一忽闪，像个小门帘。房东大娘把他叫了回来，给他缝上。他也不说什么，只是天真地笑了笑，就走了。

后来，他当了盂县县委宣传部长，后来又当了雁北地委秘书长，我都很奇怪，他能做行政工作吗？但听说都干得不错。

他天真，他对人真诚。解放后，我每次到北京，他总到我住的地方看我。我到他那里去，他总是拉我到街上，吃点什么。那几年，他兴致很好，穿着、住处，都很讲究。

一九五六年以后，因为我闹病，很少见到他。一九七五年，我和别人去逛八达岭，到他家看了看，他披着一件油垢不堪的大棉袄，住在原来是厨房的小屋里。因为人多，说了几句话，我向他要了两盒烟，就出来了。一九七八年，我到北京开了一个星期的会，他虽然有家，却和我在旅馆里同住。除去在山里，这算是我们相处时间最长的一次了。但也没有多少话好说了。

坦诚地说，我并不喜欢他这些年写的那些诗。我觉得他只在重复那些表面光彩的词句或形象。比如花呀，果呀，山呀，海呀，鹰呀，剑呀。我觉得他的诗，已经没有了《给战斗者》那种力量。但我没有和他谈过这些，我觉得那是没有用处的，也没有必要。时代产生自己的诗人，但时代也允许诗人，按照自己的意愿，走完自己的道路。

我不自量，我觉得我是田间的一个战友。抗日战争，敌后文艺工作，不只别人，连我自己，也渐渐淡漠了。但现在，我和田间,是生离死别,不能不想到一些往事。我早晨四点钟起来,写这篇零乱颠倒的文章,眼里饱含泪水。

一九八五年九月二日

## 关于丁玲

### 一

三十年代初,我在保定读高中,那里有个秘密印刷厂,专翻印革命书籍,丁玲的早期小说也在内,我读了一些,她是革命作家,又是女作家,这是容易得到年轻人的崇拜的。过了二年,我在北平流浪,有一次在地摊上买了几期《北斗》杂志,这也是丁玲主编的,她的著名小说《水》,就登在上面。这几期杂志很完整,也很干净。我想是哪个穷学生,读过以后忍痛卖了。我甚至想,也许是革命组织,故意以这种方式,使这家刊物,广为流传。我保存了很多年,直到抗日战争或土地改革时,才失掉了。

### 二

不久,丁玲被捕,《现代》杂志上登了她几张照片,我都剪存了,直到我认识了丁玲,还天真地写信问过她,要不要寄她保存。丁玲没有复信，可能是以为我既然爱好它，就自己保存吧。上海良友图书公司，出版了她的小说《母亲》，我很想买一本，因为经济困难作罢，但借来读过了。同时我读了沈从文写的《记胡也频》和《记丁玲》，后者被删了好多处。

## 三

一九四四年，我在延安。有一次严文井同志带我和邵子南去听周恩来同志的讲话。屋子不大，人也不多，我第一次见到了丁玲。她坐在一条板凳上，好像感冒了，戴着口罩，陈明同志给她倒了一杯开水。我坐在地上，她那时还不认识我。

一九四八年秋天，她到了冀中，给我写了一封信。那时我正在参加土改，有两篇文章，受了批评。她在信中安慰了我几句，很有感情。

## 四

一九五〇年，我到北京开会，散会后同魏巍到丁玲家去。她请晋察冀边区的几个青年作家吃饭，饭菜很丰盛，饭后，我第一次吃到了哈密瓜。

也是这年冬季，我住在北京文学研究所，等候出差。丁玲是那里的负责人。星期六下午，同院的人都回家去了。丁玲来了，找谁谁不在。我正在房子里看书，听到传达室的人说：

"孙犁……"

丁玲很快回答说：

"孙犁回天津去了。"

传达室的人不说话了，我也就没有出去。我不好见人，丁玲也可能从接触中，了解到我这一弱点。

## 五

又过了几年，北京召开批判丁、陈的大会，天津也去了几个人，我在内。大家都很紧张。在小组会上确定谁在大会发言时，有人推我。我想：你对他们更熟悉，更了解，为什么不上？我以有病辞。当时中宣部一位负责人说：

"他身体不好，就算了吧。"

直到现在，我还记得这句为我排忧解难的好话。

我真病了。一九五七年住进北京的红十字会医院，严重神经衰弱。丁玲托人给我带来一封信，还给我介绍了一位湖南医学院的李大夫，进院看病。当年夏季，我转到小汤山疗养，在那里，从广播上听到了丁玲的不幸遭际。

从此，中断信息很多年。前几年，她到天津来了一次，到家来看了我，我也到旅舍去看望了她和陈明同志。不久我见到了中央给她做的很好的结论，我很高兴。

## 六

丁玲,她在三十年代的出现,她的名望,她的影响,她的吸引力,对当时的文学青年来说,是能使万人空巷的,举国若狂的。这不只因为她写小说,更因为她献身革命。风云兴会,作家离不开时代。后来的丁玲,屡遭颠踬,社会风尚不断变化,虽然创作不少衰,名声不少减,比起三十年代,文坛上下,对她的热情与瞩望,究竟是有些程度上的差异了。

一颗明亮的,曾经子夜高悬,几度隐现云端,多灾多难,与祖国的命运相伴随,而终于不失其光辉的星,陨落了。

谨记私人交往过从,以寄哀思。

一九八六年三月七日下午二时写讫

# 黄　叶

又届深秋，黄叶在飘落。我坐在门前有阳光的地方。邻居老李下班回来，望了望我。想说什么，又走过去。但终于转回来，告诉我：一位老朋友，死在马路上了。很久才有人认出来，送到医院，已经没法抢救了。

我听了很难过。这位朋友[①]，是老熟人，老同事。一九四六年，我在河间认识他。

他原是一个乡村教师，爱好文学，在《大公报》文艺版发表过小说。抗战后，先在冀中七分区办油印小报，负责通讯工作。敌人"五一"大扫荡以后，转入地下。白天钻进地道里，点着小油灯，给通讯员写信，夜晚，背上稿件转移。

他长得高大、白净，作风温文，谈吐谨慎。在河间，我们常到野外散步。进城后，在一家报社共事多年。

他喜欢散步。当乡村教师时，黄昏放学以后，他好到田野里

---

① 指李麦，曾任天津日报社副总编辑、中共天津市委宣传部副部长，著有《余晖集》。

散步。抗日期间，夜晚行军，也算是散步吧。现在年老退休，他好到马路上散步，终于跌了一跤，死在马路上。

马路上车水马龙，行人熙熙攘攘，但没有人认识他。不知他来自何方，家在何处，躺了很久，才有一个认识他的人。

那条马路上树木很多，黄叶也在飘落，落在他的身边，落在他的脸上。

他走的路，可以说是很多很长了，他终于死在走路上。这里的路好走呢，还是夜晚行军时的路好走呢？当然是前者。这里既平坦又光明，但他终于跌了一跤。如果他是一个舞场名花，或是时装模特，早就被人认出来了。可惜他只是一个离休老人，普普通通，已经很少有人认识他了。

我很难过。除去悼念他的死，我对他还有一点遗憾。

他当过报社的总编，当过市委的宣传部长，但到老来，他愿意出一本小书——文艺作品。老年人，总是愿意留下一本书。一天黄昏，他带着稿子到我家里，从纸袋里取出一封原已写好的，给我的信。然后慢慢地说：

"我看，还是亲自来一趟。"

这是表示郑重。他要我给他的书，写一篇序言。

我拒绝了。这很出乎他的意料，他的脸沉了下来。

我向他解释说：我正在为写序的事苦恼，也可以说是正在生气。前不久，给一位诗人，也是老朋友，写了一篇序。结果，我那篇序，从已经铸版的刊物上，硬挖下来。而这家刊物，远在福州，是我连夜打电报，请人家这样办的。因为那位诗人，无论如何不要这篇序。

其实，我只是说了说，他写的诗过于雕琢。因此，我已经写了文章声明，不再给人写序了。

对面的老朋友，好像并不理解我的话，拿起书稿，告辞走了。并从此没有来过。

而我那篇声明文章，在上海一家报社，放了很长时间，又把小样，转给了南方一家报社，也放了很久。终于要了回来，在自家报纸发表了。这已经在老朋友告辞之后，所以还是不能挽回这一点点遗憾。

不久，出版那本书的地方，就传出我不近人情，连老朋友的情面都不顾的话。

给人写序，不好。不给人写序，也不好。我心里很别扭。

我终觉是对不起老朋友的。对于他的死，我倍觉难过。

北风很紧，树上的黄叶，已经所剩无几了。太阳转了过去，外面很冷，我掩门回到屋里。

一九八七年十月十九日

## 悼曾秀苍

前些日子，听法清说老曾病重，我请邹明和田晓明去看望他一次。回来说，还很清醒。今天法清又来，说是昨晚，老曾过去了。

时值冬初，最近已经有三四个老朋友相继过去了。

听到老曾的逝世，我很悲痛，想写几句话。但在房间里转了好久，总觉得没有什么话好说了。他没有给人留下过感人至深或轰轰烈烈的印象。

因为他这个人，不好交际，更不会出风头。你和他说话，他从来不会和你辩论。你和他走路，他总是落在后面。他虽然写了几部很有功力的小说，但在文坛上，并无赫赫之名，也没有报刊登他的照片和吹捧他的文章。他的住所，非常冷落，更形不成什么诱人的沙龙。一些青年男女，甚至可以不知他是何许人也。

但他是我们的一个很好的朋友，我很尊重他的才学、修养和知识。他的字，写得娟秀无比，他的诗，写得委婉，富有风情。他对朋友，有求必应，应必有信，做事认真，一丝不苟。

他自幼家境不好，上了几年中学，就当小学教师，投稿，考入报社当练习生。他是旧社会培养出来的文人，他只相信，收获是耕耘而来。他知道职业的艰难，应尽的职责。他知道吃饭不易，要努力工作。

　　他的习惯就是工作，为了工作，求取知识。这就是生活。他习惯清苦，并不知道什么叫时髦，什么叫人间的享受。有一次，他把一个用了多年的笔洗送给我，说：

　　"我还有一个好的，已经换上用了，我也该享受享受了。"

　　换用一个新笔洗，对他就是享受。

　　有一次，我送给他两锭旧墨，他马上复信，非常感激，好像受宠若惊。我想：如果他突然得到诺贝尔奖金，他就会活不下去了。这种人是不能大富大贵的。

　　正因为如此，他是安分守己的，按部就班的，不作非分之想的。过去，没有从大锅里捞取稠饭自肥；现在，更不会向国家仓库伸手自富。他做梦也不会以权谋私。

　　别人看来，他是一个不入时的，微弱渺小的，封闭型的人物。但是，不久就会证明，在编辑出版部门，他能做的，他已经做过的工作，其精确程度，其出色部分，后继不一定有人，或者有人，不一定能够达到。

一九八七年十一月五日下午

# 悼曼晴

最近，使我难过的事，是听到曼晴逝世的消息。

曼晴，在我心中，够得上是一个好人。一个忠厚的人，一个诚实的人，一个负责的人。称之为朋友，称之为战友，称之为同志，都是当之无愧的。

曼晴像一个农民。我同他的交游，已写在《吃粥有感》一文，和为他的诗集写的序言之中。文中记述，一九四〇年冬季反"扫荡"时，我同他结伴，在荒凉、沉寂和恐怖的山沟里活动的情景：一清早上山，拔几个胡萝卜充饥；夜晚，背靠背宿在羊群已经转移的空羊圈里。就在这段时间，我们联名发表了两篇战斗通讯。

这也可以说是战斗。实际上，既没有战斗部队掩护，也没有地方干部带路。我们没有携带任何武器，游而不击，"流窜"在这一带的山头、山谷。但也没有遇到过敌人，或是狼群，只遭到一次疯狂的轰炸。

一想起曼晴，就会想起这段经历。后来，我们还写了充满浪漫蒂克情调的诗和小说。

以上这些情景，随着时间的推移，伴着一代人的消亡，已经逐渐变成遥远的梦境，褪色的传奇，古老的童话，和引不起兴趣的说教。

我很难说清，自己当前的心情。曼晴就不会想这么多，虽然他是诗人，曼晴是一个很实际的人，从不胡思乱想。

抗日战争时期，曼晴编辑《诗建设》（油印），发表过我的诗作。解放战争时期，他编辑《石家庄日报》（小报），发表过我写的小说。"文革"以后，他在石家庄地区文联，编辑土里土气的刊物《滹沱河畔》。我的诗，当时没有地方发表，就给他寄去，他都给刊出了。后来，我请他为我的诗集，写一篇序言。文中他直率地说，他并不喜欢我那些没有韵脚的诗。

我不断把作品寄到他手中，是因为他可以信赖；他不喜欢我的诗，而热情刊登，是重视我们之间的友谊。

曼晴活了八十岁。这可以说是好人长寿，福有应得。他离休时，是地区文联主席，党组书记。官职不能算高，可也是他达到的最高职位了。比起显赫的战友，是显得寒酸了一些。但人们都知道，曼晴是从来不计较这些的。他为之奋斗的是诗，不是官位。

他在诗上，好像也没有走红运。晚年才出版了一本诗集，约了几个老朋友座谈了一下，他已经很是兴奋。不顾大病初愈，又爬山登高，以致旧病复发，影响了健康，直到逝世。

这又可以说，他为诗奋斗了一生，诗也给他带来了不幸。

一九八九年三月七日

论曰：友朋之道，实难言矣。我国自古重视朋友，列为五伦之一。然违反友道之事实，不只充斥于史记载籍，且泛滥于戏曲小说。圣人通达，不悖人情之常，只言友三益。直、谅、多闻之中，直最为重要。直即不曲，实事求是之义。历史上固有赵氏孤儿，刎颈之交等故事，然皆为传奇，非常人所能。士大夫只求知音而已。至于《打渔杀家》，倪荣赠了些银两，萧恩慨叹说：这才是我的好朋友啊！也只是江湖义气，不足为重。古人所说：一贵一贱，交情乃见；一死一生，乃见交情。以及：使生者死，死者复生，见面无愧于心等等，都是因世态而设想，发明警语，叹人情之冷暖多变也。旧日北京，官场有俗语：太太死了客满堂，老爷死了好凄凉，也是这个意思，虽然有轻视妇女的味道。然而，法尚且不责众，况人情乎？以"文革"为例：涉及朋友，保持沉默，已属难得；如责以何不为朋友辩解，则属不通。谈一些朋友的缺点，也在理应之例，施者受者，事后均无须介意。但如无中生有，胡言乱语，就有点不够朋友了。至于见利忘义，栽赃陷害，卖友求荣，则虽旁观路人，妇人孺子，亦深鄙之，以为不可交矣：人重患难之交，自亦有理。然古来又多可共患难，不可共安乐之人。此等人，多出自政治要求，权力之事，可不多赘。

余之交友，向如萍水相逢，自然相结，从不强求。对显贵者，有意稍逊避之；对失意者，亦不轻易加惠于人。遵淡如水之义，以求两无伤损。余与曼晴，性格相同，地位近似，一样水平，一路脚色，故能长期保持友谊，终其生无大遗憾也。

八日晨又记

# 记邹明

我和邹明,是一九四九年进城以后认识的。《天津日报》,由冀中和冀东两家报纸组成。邹明是冀东来的,他原来给首长当过一段秘书,到报社,分配到副刊科。我从冀中来,是副刊科的副科长。这是我参加革命十多年后,履历表上的第一个官衔。

在旧社会,很重视履历。我记得青年时,在北平市政府工务局,弄到一个书记的职位,消息传到岳父家,曾在外面混过事的岳叔说:"唉!虽然也是个职位,可写在履历上,以后就很难长进了。"

我的妻子,把这句话,原原本本地向我转述了。当时她既不知道,什么叫作履历,我也不通世故宦情,根本没往心里去想。

及至晚年,才知道履历的重要。曾有传说,有人对我的级别,发生了疑问,差一点没有定为处级。此时,我的儿子,也已经该是处级了。

我虽然当了副刊科的副科长,心里也根本没有把它当成一个什么官儿。在旧社会,我见过科长,那是很威风的。科长穿的是西装，他下面有两位股长，穿的是绸子长衫。科长到各室视察，谁要是不规矩，比如我对面一位姓方的小职员，正在打瞌睡，科长就可以用皮鞋踢他的桌子。但那是旧衙门，是旧北平市政府的工务局，同时，那里也没有副科长。科长，我也只见过那一次。

既是官职，必有等级。我的上面有：科长、编辑部正副主任、正副总编、正副社长。这还只是在报社，如连上市里，则又有宣传部的处长、部长、文教书记等等。这就像过去北京厂甸卖的大串山里红，即使你也算是这串上的一个吧，也是最下面，最小最干瘪的那一个了。但我当时并未在意。

我这副科长，分管文艺周刊，手下还有一个兵，这就是邹明。他是我的第一个下级，我对他的特殊感情，就可想而知了。

但是除去工作，我很少和他闲谈。他很拘谨，我那时也很忙。我印象里，他是福建人，他父亲晚年得子，从小也很娇惯。后来爱好文学，写一些评论文字，参加了革命。这道路，和我大致是相同的。

他的文章，写得也很拘谨，不开展，出手很慢，后来也就很少写了。他写的东西，我都仔细给他修改。

进城时，他已经有爱人孩子。我记得，我的家眷初来，还是住的他住过的房子。

那是一间楼下临街的，大而无当的房子，好像是一家商店的门脸。我们搬进去时，厕所内粪便堆积，我用了很大力气淘洗，才弄干净。我的老伴见我勇于干这种脏活儿，曾大为惊异。我当时确是为一大家子人，能有个栖身之处，奋力操劳。"文化大革命"

时，一些势利小人，编造无耻谰言，以为我一进报社，就享受什么特殊的待遇，是别有用心的。当时我的职位和待遇，比任何一个同类干部都低。对于这一点，我从来不会特别去感激谁，当然也不会去抱怨谁。

关于在一起工作时的一些细节，我都忘记了。可能相互之间，也有过一些不愉快。但邹明一直对我很尊重。在我病了以后，帮过我一些忙。我们家里，也不把他当作外人。当我在外养病三年，回家以后，老伴曾向我说过：她有一次到报社去找邹明，看见他拿着刨子，从木工室出来，她差一点没有哭了。又说：我女儿的朝鲜同学，送了很多鱿鱼，她不会做，都送给邹明了。

等到"文化大革命"开始，她在公共汽车上，碰到邹明，流着泪向他诉说家里的遭遇，邹明却大笑起来，她回来向我表示不解。

我向她解释说：你这是古时所谓妇人之恩，浅薄之见。你在汽车上，和他谈论这些事，他不笑，还能跟着你哭吗？我也有这个经验。一九五三年，我去安国下乡，看望了胡家干娘。她向我诉说了土改以后的生活，我当时也是大笑。后来觉得在老人面前，这样笑不好，可当时也没有别的方式来表示。我想，胡家干娘也会不高兴的。

从我病了以后，邹明的工作，他受"反右"的牵连，他的调离报社，我都不大清楚。"文化大革命"后期，有一次我从干校回来，在报社附近等汽车，邹明看见我，跑过来说了几句话。后来，我搬回多伦道，他还在山西路住，又遇见过几次，我约他到家来,他也总没来过。

"四人帮"倒台以后,报社筹备出文艺双月刊,人手不够。我对当时的总编辑石坚同志说,邹明在师范学院,因为口音,长期不能开课,把他调回来吧!很快他就调来了,实际是刊物的主编。

我有时办事莽撞,有一次回答丁玲的信,写了一句:我们小小的编辑部,于是外人以为我是文艺双月刊的主编。这可能使邹明很为难,每期还送稿子,征求我的意见,我又认为不必要,是负担。等到我明白过来,才在一篇文章中声明:我不是任何刊物的主编,也不是编委。这已经是几年以后了。

在我当选市作协主席后,我还推荐他去当副秘书长。后来,我不愿干了,不久,他也就被免掉了。

"文革"以后,有那么几年,每逢春季,我想到郊区农村转转,邹明他们总是要一辆车,陪我去。有人说我是去观赏桃花,那太风雅了。去了以后,我发见总是惊动区、村干部,又乱照相,也玩不好,大失本意,后来就不愿去了。最后一次,是到邹明下放过的农村去。到那里,村干部大摆宴席,喝起酒来,我不喝酒,也陪坐在炕上,很不自在。临行时,村干部装了三包大米,连司机,送我们每人一包。我严肃地对邹明说,这样不行。结果退了回去,当然弄得大家都不高兴,回来的路上,谁也没有说话。以后就再没有一同出过门。

邹明好看秘籍禁书,进城不久,他就借来了《金瓶梅》。他买的宋人评话八种,包括金主亮荒淫那一篇。他还有这方面的运气，我从街头买了一部《今古奇观》，因是旧书，没有细看就送给他了。他后来对我说，这部书你可错出手了，其中好些篇，是按古本三言二拍排印的，没有删节，非一般版本可比。说时非常得意。前些日子，山东一位青年，寄我一本五角丛书本的中外禁书目录，我也托人带给他了。在我大量买书那些年，有了重本，我总是送他的。

  曾有一次，邹明当面怏怏地说我不帮助人。当时，我不明白他指的什么方面，就没有说话。他说的是事实，在一些大问题上，我没有能帮助他。但我也并不因此自责。我的一生，不只不能在大事件上帮助朋友，同样也不能帮助我的儿女，甚至不能自助。因为我一直没有这种能力，并不是因为我没有这种感情。

  这些年，我写了东西，自己拿不准，总是请他给看一看。

  "老邹，你看行吗？有什么问题吗？"我对他的看文字的能力，是完全信赖的。

  他总是说好，没有提过反对的意见。其实，我知道，他对文、对事、对人，意见并不和我完全相同。他所以不提反对意见，是在他的印象里，我可能是个听不进批评的人。这怨自己道德修养不够，不能怪他。有一次，有一篇比较麻烦的作品，我请他看过，又像上面那样问他，他只是沉了沉脸说："好，这是总结性的！"

  我终于不明白，他是赞成，还是反对，最后还是把那篇文章发表了。

  另有一次，我几次托他打电话，给北京的一个朋友，要回一篇稿子。我说得很坚决，但就是要不回来，终于使我和那位朋友之间，发生了不愉快。我后来想，他在打电话时，可能变通了我的语气。因为他和那位同志，也是要好的朋友。

邹明喜欢洋玩意，他劝我买过一支派克水笔，在"文革"时，我专门为此挨了一次批斗。我老伴病了，他又给买了一部袖珍收音机，使病人卧床收听。他有机会就兴致勃勃地给我介绍新兴的商品，后来，弄得我总是笑而不答。

邹明除去上班，还要回家做饭，每逢临近做饭时间，他就告辞，我也总是说一句："又该回去做饭了？"

他就不再言语，红着脸走了，很不好意思似的。以后，我就不再说这句话了。

有一家出版社委托他编一本我谈编辑工作的书，在书后，他愿附上他早年写的经过我修改的一篇文章。我劝他留着，以后编到他自己的书里。我总是劝他多写一些文章，他就是不愿动笔，偶尔写一点，文风改进也不大。

他的资历、影响，他对作家的感情和尊重，他在编辑工作上的认真正直，在文艺界得到了承认。大批中青年作家，都是他的朋友。丁玲、舒群、康濯、魏巍，对他都很尊重，评上了高级职称，还得到了全国老编辑荣誉奖。奖品是一个花岗岩大花瓶，足有五公斤重。评委诸公不知如何设计的，既可作为装饰，又可运动手臂，还能显示老年人的沉稳持重。难为市作协的李中，从北京运回三个来，我和万力，各得其一。

邹明病了以后，正值他主编的刊物创刊十周年。他要我写一点意见，我写了。他愿意寄到《人民日报》先登一下，我也同意了。我愿意他病中高兴一下。

自从他病了以后,我长时间心情抑郁,若有所失。回顾四十年交往,虽说不上深交,也算是互相了解的了。他是我最接近的朋友,最亲近的同事。我们之间,初交以淡,后来也没有大起大落的波折变异。他不顺利时,我不在家。"文革"期间,他已不在报社。没有机会面对面地相互进行批判。也没有发现他在别的地方,用别的方式对我进行侮辱攻击。这就是很不容易,值得纪念的了。

我老了,记忆力差,对人对事,也不愿再多用感情。以上所记,杂乱无章,与其说是记朋友,不如说是记我本人。是哀邹明,也是哀我自己。我们的一生,这样短暂,却充满了风雨、冰雹、雷电,经历了哀伤、凄楚、挣扎,看到了那么多的卑鄙、无耻和丑恶,这是一场无可奈何的人生大梦,它的觉醒,常常在瞑目临终之时。

我和邹明,都不是强者,而是弱者;不是成功者,而是失败者。我们从哪一方面,都谈不上功成名遂,心满意足。但也不必自叹弗如,怨天尤人。有很多事情,是本身条件和错误所造成。我常对邹明说:我们还是相信命运吧!这样可以减少很多苦恼。邹明不一定同意我的人生观,但他也不反驳我。

我发现,邹明有时确是想匡正我的一些过失:我有时也确是把他当作一位老朋友,知心人,想听听他对我的总的印象和评价。但总是错过这种机会,得不到实现。原因主要在我不能使他免除顾虑。如果邹明从此不能再说话,就成了我终生的一大遗憾。此时此刻，朋友之间，像他这样了解我的人，实在不太多了。

邹明一生，官运也不亨通。我在小汤山养病时，有报社一位老服务员跟随我，他曾对我老伴说：报社很多人，都不喜欢邹明，就是孙犁喜欢他。他的官运不通，可能和他的性格有关，他脾气不好。在报社，第一阶段，混到了文艺部副主任，和我那副科长，差不多。第二阶段，编一本默默无闻，只能销几千份的刊物，直到今年十月一期上，才正式标明他是主编，随后他就病倒了。人不信命，可乎！

邹明好喝酒，饮浓茶，抽劣质烟。到我那里，我给他较好的烟，他总是说：那个没劲儿。显然，烟酒对他的病也都不利。

二三十年代，有那么多的青年，因为爱好文艺，从而走上了革命征途。这是当时社会大潮中的一种壮观景象。为此，不少人曾付出各式各样的代价，有些人也因此在不同程度上误了自身。幸运者少，悲剧者多。我现在想，如果邹明一直给首长当秘书，从那时就弃文从政、从军，虽不一定就位至显要，在精神和物质生活方面，总会比现在更功德圆满一些吧。我之想起这些，是因为也曾有一位首长，要我去给他当秘书，别人先替我回绝了，失去了做官的一次机会，为此常常耿耿于怀的缘故。

现在有的人，就聪明多了。即使已经进入文艺圈的人，也多已弃文从商，或文商结合；或以文沽名，而后从政；或政余弄文，以邀名声。因而文场芜杂，士林斑驳。干预生活，是干预政治的先声；摆脱政治，是醉心政治的烟幕。文艺便日渐商贾化、政客化、青皮化。

邹明比我可能好一些，但也不是一个聪明人。在一些问题上，在生活行动上，有些旧观念。他不会投政治之机，渔时代之利，因此也不会得风气之先。他一直不能成为一个时代的宠儿，耀眼的明星。他常常有点畸零之感，有些消极的想法。然又不甘把时间浪费，总想做些力所能及的事情。考核他几十年所作所为，我以为还都是于国家于人民有益的。但像这种工作方式，特别在目前局势来说，是吃不开的，不受重视的。除去业务，他没有其他野心；自幼家境富裕，也不把金钱看得那么重。他既不能攀援权要以自显，也不屑借重明星以自高。因此，他将永远是默默无闻的，再过些年，也许会被人忘记的。

很多外人，把邹明说成是我的"嫡系"，这当然有些过分。但长期以来，我确把他看作是自己的一个帮手。进入晚年，我还常想，他能够帮助我的孩子们，处理我的后事。现在他的情况如此，我的心情，是不用诉说的。

写于一九八九年十二月十一日

# 悼万国儒

前几天,张知行去世,得到消息,人已经火化,连个花圈也来不及送,心里很别扭。这件事还没有放下,昨天来了一位客人,又告诉我,万国儒也在前两天去世了。

这两位同志,都是天津的工人作家。近年,和我来往较多,在我的心目中,都是老实人。

我记得,原来和万国儒,并不太熟。"文化大革命"以后,他叫我给他的小说集写篇序,我写了。序中,好像还劝告他,不要只写车间,多读点书,各地走走看看等等。

这以后,国儒在创作上,就不很顺利。对他的作品,五十年代的热闹劲头,突然冷落下来。国儒想不通,生活得很落寞。

有些问题,第一次遇上,就容易想不通。比如国儒的小说,到底是写得好呢,还是写得不好?如果说,本来就没有什么意思,为什么在五六十年代,大家都异口同声地吹捧呢?如果说,实在是写得不错,为什么现在又到处遭到冷遇呢?

当然,也可以把小说比做服装,过时了,面料和款式,都不时兴,放到箱底去吧! 但文学作品,实在又不能和服饰之类相比。因为,如果是那样,就不会有永久性的作品了。

这只能从更大的范围,更多的事例,去寻找解答。从天地之间,社会之上,去寻求解答。

比如,在我们所处的时代,为什么有的话,今天奉为真理,明天就成了谬论;为什么有的人物,今天红得发紫,明天又由紫变黑? 如果还不明白,就可以再向大自然求教:天为什么有阴晴,地为什么有山水? 花为什么有开谢,树为什么有荣枯等等。

而国儒又好像缺乏这种哲学头脑,心里的烦闷,不能迎刃而解。作品受冷遇,必然意味着人也受冷遇,再加上随之而来的,一系列能影响敏感之心的问题,他的健康,就受到了严重的影响。

国儒是工人,但来自农村。基本上,还是农民的气质。称得上是忠诚、正直。这种气质是可贵的。可贵的,并不一定就值钱。

现在,各行各业,只有一种素质,是不够的。作家这一行,尤其如此。如果国儒听信我的劝告,不囿于农村、工厂,能常到开放地区转转,甚至干一阵子专业户,做点买卖。也不妨到各个水陆码头,与一些流氓鬼混相处一个时期。如有机会,还可进衙门官场,弄个头衔做做。如此,不只生活场景开拓了,心胸见闻也必随之开拓。熔各方经验于一炉,集多种素质于一身。其作品走红,等级提高,生活改善,必皆能操胜券。心广体胖,也不会遭癌症的侵袭了。

无奈国儒是个本分人,老实人,当然不会听信我这些信口开河的话。他仍然是下乡啊,下厂啊,照旧方式工作着。有时还从农村给我带来一些新棒子面、新稻米。这也是一个老实人的表现，他总以为我给他的书作了序，就要有些报答。

五十年代，中国文坛，曾先后有两颗新星出现：一个是工人万国儒，一个是农民谷峪。谷峪当时风头更健，曾当过八大候补代表，出国访问。其以后遭遇，比起国儒，就惨多了。前不久已死去。我想：国儒一定是知道的，自己会想开的。

看来，国儒的性格很固执。

他发现有病，进院手术之前，曾来看我一次。我深深理解他的用意，我沉重地对他说：

"国儒，砸锅卖铁，我们也要治病。人家送礼，我们也要送礼！国儒，我能对你有什么帮助吗？"

"没有，没有。"他照例坚强地说。

过去，他来了，我没有送过他，这次，我把他送到门外，并和他握了握手。

春节时，我居然接到他一封很乐观的信。还有暇关心身外的事，说听到一个消息，非常气愤，这是"有人要把水搅浑"，他要给上级写信等等。我给他回信说：十分惦念他的病，希望他什么也不要想。世界这样大，人口这样多，什么人也会有，什么事也会发生的，管得了那么多？

这也是国儒的忠诚老实之处。如果是我，我如果是一条鱼，看见有人把水搅浑了，我就赶紧躲开，游到远处去。如果躲不开，我就钻到泥里草里去。不然，就有可能被钓住，穿在柳条上，有被出卖的危险。我也不会给上级写信。

国儒一直不知道,他的病,已经是不治之症。还在关心文艺界的奇异现象,我敢说,他是抱恨终生了。

一九九〇年三月十三日上午

# 觅哲生

一九四四年春天，有一支身穿浅蓝色粗布便衣、男女混杂的小队伍，走在从阜平到延安、山水相连、风沙不断、漫长的路上。

这是由华北联大高中班的师生组成的队伍。我是国文教师，哲生是一个男生，看来比我小十来岁。哲生个子很高，脸很白。他不好说话，我没见过他和别的同学说笑，也不记得，他曾经和我谈过什么。我不知道他的籍贯、学历，甚至也不知道他确切的年龄。

我身体弱，行前把棉被拆成夹被，书包也换成很小的，单层布的。但我"掠夺"了田间的一件日军皮大衣，以为到了延安，如果棉被得不到补充，它就能在夜晚压风，白天御寒。路远无轻载。我每天抱着它走路，从左手换到右手，又从右手换到左手。这时，就会有一个青年走上来，从我手里把大衣接过去，又回到他的队列位置，一同前进。他身上背的东西，已经不少，除去个人的装备，男生还要分背一些布匹和粮食。到了宿营地，他才笑一笑，把皮大衣交给我。在行军路上，有时我回头望望，哲生总是沉默地走着,昂着头,步子大而有力。

　　到了延安,我们就分散了。我在鲁艺,他好像去了自然科学院。我不记得向他表示过谢意,那时,好像没有这些客套。不久,在一场水灾中,大衣被冲到延河里去了。

　　解放以后,我一直记着哲生。见到当时的熟人,就打听他。

　　越到晚年,我越想:哲生到哪里去了呢? 有时也想:难道他牺牲了吗? 早逝了吗?

一九九〇年七月十九日晨

# 记老邵[1]

## 一

阅报,老邵已于四月二日逝世,遗嘱不开追悼会,不留骨灰。噫!到底是看破红尘了。

我和老邵,也是进城以后才认识的。我们都是这家报纸的编委,一次开会,老邵曾提出,我写的长篇小说,是否不要在报纸上连载了,因为占版面太多。我告诉他,小说就要登完了。他就没有再说什么。

这可以说是我们第一次打交道。平日,我们虽然住在一个院里,是很少接近的。我不好接近人。

这样过了一二年,老邵要升任总编辑了。有一天上午,他邀我到劝业场附近,吃了一顿饭,然后又到冷饮店,吃了冰糕。结果,回来我就大泻一通,从此,就再也不敢吃冷食。

---

[1] 指邵红叶,曾任天津日报社总编辑。

我来自农村,老邵来自上海。战争期间,我们也不在一个山头。性格上的差异,就更不用说了。不过,他请我吃饭,这点人情,我还是领会得来的。他是希望我们继续合作,我不要到别处去。

其实,我并没有走的想法。那一个时期,不知为什么,我总感觉,我已经身心交瘁,就要不久于人世了。又拉扯着一大家子人,有个地方安身,有个地方吃饭,也就是了。

另外,对于谁当领导,我也有了一点经验:都差不多。如果我想做官,那确是要认真想一下。但我不想做官,只想做客,只要主人欢迎我,留我,那就不管是谁领导,都是一样的。

不久,我就病了。最初,老邵还给我开了不少介绍信,并介绍了各地的小吃,叫我去南方旅行。谁知道,我的病越来越重,结果在外面整整疗养了三年,才又回来。

## 二

一回到家,我们已经是紧邻。老邵过来看了我一下,我已经从老伴嘴里知道,他犯了什么"错误",正在家里"反省",轻易是不出来的。

不多日子,就又听说,老邵要下放搬家,我想我也应该去看看他。我走到他屋里,他正在收拾东西,迎面对我说:"你要住这房子吗?"

我听了心里不大高兴,就说:"我是来看你,我住这房子干什么？"

他的爱人也说："人家是来看你！"

老邵无可奈何地说："这房子好！"

我明白他的意思。这房子是总编辑住的，他不愿接任他的人住进来，宁可希望我住。我哪里有这种资格。

这时，有一位总务科的女同志，正在他的门口，监视着他搬家。老邵出来，说了一句什么，那位女同志就声色俱厉地说："这是我的责任！"

我先后看到过三任总编辑从这里搬家。两任是升迁，其中一位，所用的家具全部搬走。另一位，也是全部搬走，事先付了象征性的价钱，都有成群的人来帮忙。老邵是下放，情况当然就不同了。

## 三

其实，老邵在任上，是很威风的，人们都怕他。据说：他当通讯部长的时候，如果和两个科长商量稿件，就从来不是拿着稿子，走到他们那里去，而是坐在办公桌前，呼唤他们的名字，叫他们过来。升任总编以后，那派头就更大了。报社新盖了五层大楼，宿舍距大楼，步行不过五分钟。他上下班，总是坐卧车。那时卧车很少，不管车停在哪里，都很引人注目。大楼盖得很讲究，门窗一律菲律宾木。老邵的办公室，铺着大红地毯。墙上挂着名人字画。编辑记者的骨干，都是他这些年亲手训练出来的那批学生。据说，一听到走廊里老邵的脚步声，都急速各归本位，屏息肃然起来。

老邵是想做官，能做官，会做官的。行政能力，业务能力，都很强。谁都看出来，他不能久居人下。他的升任总编，据我想，可能和当时的一位市长有关。在一个场合，我曾看见老邵对这位市长，很熟识，也很尊敬，他们可能来自一个山头。至于老邵的犯"错误"，我因为养病在外，一直闹不清楚，也不愿去仔细打听。我想升官降职，总和上面有人无人，是有很大关系的。

## 四

自从老邵搬走以后，听说他在自行车厂工作，就没有见过面。"文化大革命"时，有一天晚上，报社又开批斗会，我和一些人，低头弯腰在前面站着，忽然听到了老邵回答问题的声音。那声音，还是那么响亮、干脆，并带有一些上海滩的韵味。最令人惊异的是，他的回答，完全不像批斗会上的那种单方认输的样子，而是像在自由讲坛上，那么理直气壮。有些话，不只是针锋相对，而且是以牙还牙的。一个革命群众把批判桌移到舞台上面去，想居高临下，压服他。说："你回答：为什么，我写的通讯，就不如某某人写的好？"

老邵的回答是："直到现在，我还是认为，你写的文章，不如某某！"

"有你这样回答问题的吗？"革命群众吼叫着。

于是武斗开始。这是预先组织、训练的一支小型武斗队，都是年轻人。一共八个人，小打扮，一律握拳卷袖，两臂抬起内弯，踏步前进。他们围着老邵转圈子，拳打脚踢，不断把老邵打倒。有一次，一个打手故意发坏，把老邵推到我身上，把我压在下面，一箭双雕。一霎时，会场烟尘腾起，噼啪之声不断。这是报社最火炽的一次武斗。老邵一直紧闭着嘴，一言不发。大会散了以后，我们又被带到三楼会议室，一个打手把食指塞到老邵的嘴里，用力抠拉，大概太痛苦了，我看见老邵的眼里，含着泪水。

还是自行车厂来了人，才把老邵带回去了。后来我想，老邵早调离报社，焉知非福？如果留在这里，以他的刚烈，会出什么事，是谁也不敢说的。这家报社，地处大码头，经过敌、伪、我三个时期，人员情况是非常复杂的。我都后悔，滞留在这个地方之非策了。

## 五

"文革"以后，老邵曾患半身不遂，他顽强锻炼，后来能携杖走路了。我还住在老地方，他的两位大弟子，也住在那里，当他去看望他们的时候，也顺便到我屋里坐坐。这时我已经搬到他住过的那间房里，不是我升任了总编，而是当时的总编，不愿意在那里住了。

谈话间，老邵还时常流露愿意做些事，甚至有时表示，愿意回报社。作为老朋友、老同事，我直截了当地对他说："算了吧，好好养养身体吧。五十年代，你当总编，培养了不少人，建立了机关秩序，作出了不少成绩。那是托人民的福，托党的福，托时代的福。那一个时期，是我们党，我们国家和我们报社的全盛时期。现在不同了。你以为你进报社，当总编，还能像过去一样，说一不二，实现你那一套家长式的统治吗？我保险你玩不转，谁也玩不转，谁也没办法。"

他也不和我争论，甚至有时称我说得对，听我的话等等。这就证明他已经不是过去的老邵了。

后来，又听说他犯了病，去外地疗养了一个时期。去年秋季，他回来后，又到我的新居，看望我一次，谈话间，又发牢骚，并责备我软弱，不敢写文章了。我说："我们还是睁一只眼，闭一只眼吧！"

他说："我正是这样做的。"

说完就大笑起来，他的爱人也笑了起来。我才知道，他的左眼，已经失明。我笑不出来，我心里很难过。

芸斋曰：老邵为人，心直口快，恃才傲物，一生人缘不太好。但工作负责严谨，在新闻界颇有名望，其所培养，不少报界英才。我谈不上对他有所了解，然近年他多次枉顾，相对以坦诚。他的逝世，使我黯然神伤，并愿意写点印象云。

一九九〇年四月十日写讫

# 记陈肇

老友陈肇,于一九九〇年十一月七日,病逝于北京。

自一九三八年,一同任职冀中抗战学院起,至一九四〇年,又一同在晋察冀通讯社工作止,我同他,可以说是朝夕相处,患难与共的。我在几篇回忆性的散文中,都曾写到过他。这里只能再记一些琐事。

他去世后,我在北京的女儿,前去吊唁,慰问了已经不能说话的陈伯母。肇公的两个孙女和两个外孙,叫我女儿转告,希望我能写一点什么。

我想,这些事,是我的责任,我一息尚存,当勉力为之。难道还需要孩子们对我进行嘱托吗?

陈肇,河北安平县人。他毕业于天津河北省第一师范。老辈人都知道,这个学校,是很难考入的,学生多是农村一些贫苦好学的子弟。他的家我去过,不过是个中农。他父亲很有过日子的远见,供他念书,叫二儿子务农,三儿子去当兵。毕业后,他执教于昌黎简师。

一九三八年的秋天，我和陈肇打游击，宿在他的家中，他已经和大嫂分别很久了，我劝他去团圆团圆，但他一定陪我睡。第二天天尚不亮，我们就离开了。陈肇对朋友如此认真，第一次给我留下深刻的印象。

一九六二年夏天，我去北京，住在锥把胡同的河北办事处。一天下午，我与一个原在青岛工作、当时在北京的女同志，约好去逛景山公园。我先到景山后街的公共汽车站去等她。在那里，正好碰上从故宫徒步走来的陈肇。他说：

"我来看你，你怎么站在这里？"

我说等一个人。他就站在路边和我说话。我看见他穿的衬衣领子破了，已经补上。

他一边和我谈话，一边注意停下来的汽车，下来的乘客。他忽然问：

"你等的是男的，还是女的？"

我说是女的。他停了一下说：

"那我就改日再到你那里去吧！"

说完，他就告别走了。我一回头，我等待的那位女同志，正在不远的地方站着。

在对待朋友上，我一直自认，远不能和陈肇相比。在能体谅人、原谅人方面，我和他的差距就更大了。

进城以后，他曾在国务院文办工作，后又调故宫博物院。一九五二年冬季，我到他的宿舍看望他，他穿着一件在山里穿过的满是油污的棉大衣。我说：

"怎么还穿这个？多么不相称！"

他严肃地望望我说：

"有什么不相称的？"

我就不能再往下说了。我在生活上，无主见，常常是入乡随俗，随行就市的。当时穿着一件很讲究的皮大衣。

他住的宿舍，也很不讲究，可以说是家徒四壁，放在墙角的床铺周围墙壁上，糊了一些旧画。被褥、枕头，还按三十年代当教员时的方式叠放着。写字桌上，空空如也，却放着一副新和阗玉镇纸，一个玉笔架。他说：

"三兄弟捎来的，我用不着，你拿去吧。"

这以后，他得到什么文具，只要他觉得不错，就郑重其事地捎给我用。

在故宫，他是副院长，就连公家的信纸、信封都不用，每次来信，都是自己用旧纸糊的信封。

有一次，我想托他在故宫裱张画，又有一次，想摘故宫一个石榴做种子。一想到他的为人，是一尘不染的，都未敢张口。

他多才多艺，他能画，能写字，能教音乐，能作诗，能写小说。这些，他从不自炫，都不大为人知道。我读书时，遇到什么格言警句，总是请他书写后，张挂座右。我还一直保存他早年画的一幅菊花，是他自己花钱，用最简易的方式裱装的。

琐事记毕，系以芜辞：

风云之起，一代肇兴。既繁萧曹，亦多樊滕。我辈书生，亦忝其成。君之特异，不忘初衷，从不伸手，更不邀功。知命知足，与世无争。身处繁华,如一老农。辛勤从政,默默一生。虽少显赫,亦得安宁。君之逝也,时逢初冬,衰草为悲,鸿雁长鸣。闻君之讣,老泪纵横!

一九九〇年十一月二十二日病起作

# 悼康濯

整整一个冬季，我被疾病折磨着，人很瘦弱，精神也不好，家人也很紧张。前些日子，柳溪从北京回来说：康濯犯病住院，人瘦得不成样子了，叫她把情况告诉我。我当即写了一封信，请他安心治疗，到了春暖，他的病就会好的。但因为我的病一直不见好，有点悲观，前几天忽然有一种预感：康濯是否能熬过这个漫长的冬季？

昨天，张学新来了，进门就说：告诉你一个不幸的消息，我没等他说完，就知道是康濯了。我的眼里，立刻充满了泪水。我很少流泪，这也许是因为我近来太衰弱了。

从一九三九年春季和康濯认识，到一九四四年春季，我离开晋察冀边区，五年时间，我们差不多是朝夕相处的。那时在边区，从事文学工作的，也就是那么几个人。

康濯很聪明，很活跃，有办事能力，也能团结人，那时就受到沙可夫、田间同志等领导人的重视。他在组织工作上的才能，以后也为周扬、丁玲等同志所赏识。

他和我是很亲密的。我的很多作品，发表后就不管了，自己贪轻省，不记得书包里保存过。他都替我保存着，不管是单行本，还是登有我的作品的刊物。例如油印的《区村和连队的文学写作课本》《晋察冀文艺》等，"文革"以后，他都交给了我，我却不拿着值重，又都糟蹋了。我记得这些书的封面上，都盖有他的藏书印章。实在可惜。

"文革"以前，我写给他的很多信件，他都保存着，虽然被抄去，后来发还，还是洋洋大观。而他写给我的那两大捆信，因为不断抄家，孩子们都给烧了，当时我并不知道。我总觉得，在这件事情上，对不住他。所以也不好意思过问，我那些信件，他如何处理。

一九五六年，我大病之后，他为我编了《白洋淀纪事》一书，怕我从此不起。他编书的习惯，是把时间倒排，早年写的编在后面。我不大赞赏这种编法，但并没有向他说过。

他和我的老伴，也说得来。孩子们也都知道他。一九五五年，全国清查什么"集团"，我的大女儿，在石家庄一家纱厂做工。厂里有人问她：你父亲和谁来往最多？女儿不知道是怎么回子事，想了想说：和康濯。康濯不是"分子"，她也因此平安无事。

他在晋察冀边区，做了很多工作，写了不少作品。那时的创作，现在，我可以毫不含糊地说，是像李延寿说的：潜思于战争之间，挥翰于锋镝之下。是不寻常的。它是当国家危亡之际，一代青年志士的献身之作，将与民族解放斗争史光辉永存，绝不会被数典忘祖的后生狂徒轻易抹掉。

至于全国解放之后，他在工作上，容有失误；在写作上，或有浮夸。待人处事，或有进退失据。这些都应该放在时代和环境中考虑。要知人论世，论世知人。

近些年，我们来往少了，也很少通信，有时康濯对天津去的人说：回去告诉孙犁给我写信，明信片也好。但我很少给他写信，总觉得没话可说，乏善可述。他也就很少给我写信，有事叫邹明转告。康濯记忆很好，比如抗日时期，我们何年何月，住在什么村庄，我都忘记了，他却记得很清楚。他所知文艺界事甚多，又很细心，是个难得的可备咨询的人才。

耕堂曰：战争时相扶相助，胜利后各奔前程，相濡相忘，时势使然。自建国以来，数十年间，晋察冀文学同人，已先后失去邵子南、侯金镜、田间、曼晴。今康濯又逝，环顾四野，几有风流云散之感矣！

一九九一年一月十九日下午

# 思念文会①

近日，时常想念文会，他逝世已有数年。想打听一下他的家属近状，也遇不到合适的人。

文会少年参军，不久任连队指导员。"文革"后期，我托他办事，已知他当年的连长，任某省军区司令。他如不转到地方工作，生前至少已成副军级无疑。

可惜他因爱好文艺，早早转业，到了地方文艺团体，这不是成全人的所在，他又多兼行政职务，写作上没有什么成绩。

文会进城不久就结了婚，妻子很美。家务事使他分心不小。老母多年卧床不起。因受刺激，文会神经曾一度失常。

文会为人正直热情，有指导员作风。外表粗疏，内心良善，从不存害人之心，即此一点，已属难得。

他常拿稿子叫我看。他的文字通顺，也有表现力。只是在创作上无主见，跟着形势走，出手又慢，常常是还没定稿，形势已

---

① 指艾文会，原名李更生、李永增，曾任天津市作家协会秘书长。

变,遂成废品。此例甚多,成为他写作的一个特点。

但他的用心是好的,出发点是真诚的,费力不讨好,也是真的。那时创作,都循正途——即政治,体验,创作。全凭作品影响,成功不易。

今天则有种种捷径,如利用公款,公职,公关,均可使自己早日成名。广交朋友,制造舆论,也可出名。其中高手,则交结权要、名流,然后采取国内外交互哄抬的办法,大出风头。作品如何,是另外一回事。

"文革"以后,文会时常看望我。我想到他读书不多,曾把发还书中的多种石印本送给他,他也很知爱惜。

文会先得半身不遂,后顽强锻炼,恢复得很好。不久又得病,遂不治,年纪不大,就逝去了。那时我心情不好,也没有写篇文章悼念他。现在却越来越觉得文会是个大好人,这样的朋友,已经很难遇到。

一九九一年七月二十三日下午

# 乡里旧闻

## 度春荒

　　我的家乡，邻近一条大河，树木很少，经常旱涝不收。在我幼年时，每年春季，粮食很缺，普通人家都要吃野菜树叶。春天，最早出土的，是一种名叫老鸹锦的野菜，孩子们带着一把小刀，提着小篮，成群结队到野外去，寻觅剜取像铜钱大小的这种野菜的幼苗。

　　这种野菜，回家用开水一泼，掺上糠面蒸食，很有韧性。

　　与此同时出土的是苣苣菜，就是那种有很白嫩的根，带一点苦味的野菜。但是这种菜，不能当粮食吃。

　　以后，田野里的生机多了，野菜的品种，也就多了。有黄须菜，有扫帚苗，都可以吃。春天的麦苗，也可以救急，这是要到人家地里去偷来。

　　到树叶发芽，孩子们就脱光了脚，在手心吐些唾沫，上到树上去。榆叶和榆钱，是最好的菜。柳芽也很好。在大荒之年，我吃过杨花。就是大叶杨春天抽出的那种穗子一样的花。这种东西，是不得已而吃之，并且很费事，要用水浸好几遍，再上锅蒸，味道是很难闻的。

在春天，田野里跑着无数的孩子们，是为饥饿驱使，也为新的生机驱使，他们漫天漫野地跑着，寻视着，欢笑并打闹，追赶和竞争。

春风吹来，大地苏醒，河水解冻，万物孳生，土地是松软的，把孩子们的脚埋进去，他们仍然欢乐地跑着，并不感到跋涉。

清晨，还有露水，还有霜雪，小手冻得通红，但不久，太阳出来，就感到很暖和，男孩子们都脱去了上衣。

为衣食奔波，而不大感到愁苦的，只有童年。

我的童年，虽然也常有兵荒马乱，究竟还没有遇见大灾荒，像我后来从历史书上知道的那样。这一带地方，在历史上，特别是新旧五代史上记载，人民的遭遇是异常悲惨的。因为战争，因为异族的侵略，因为灾荒，一连很多年，在书本上写着：人相食；析骨而焚；易子而食。

战争是大灾荒、大瘟疫的根源。饥饿可以使人疯狂，可以使人死亡，可以使人恢复兽性。曾国藩的日记里，有一页记的是太平天国战争时，安徽一带的人肉价目表。我们的民族，经历了比噩梦还可怕的年月！

日本帝国主义的侵略，以战养战，三光政策，是很野蛮很残酷的。但是因为共产党记取历史经验，重视农业生产，村里虽然有那么多青年人出去抗日，每年粮食的收成，还是能得到保证。党在这一时期，在农村实行合理负担的政策。地主富农，占有大部分土地，虽然对这种政策，心里有些不满，他们还是积极经营的。抗日期间，我曾住在一家地主家里，他家的大儿子对我说："你们在前方努力抗日，我们在后方努力碾米。"

在八年抗日战争中，我们成功地避免了"大兵之后，必有凶年"的可怕遭遇，保证了抗日战争的胜利。

一九七九年十二月

# 凤池叔

凤池叔就住我家的前邻。在我幼年时,他盖了三间新的砖房。他有一个叔父,名叫老亭。在本地有名的联庄会和英法联军交战时,他伤了一只眼,从前线退了下来,小队英国兵追了下来,使全村遭了一场浩劫,有一名没有来得及逃走的妇女,被鬼子轮奸致死。这位妇女,死后留下了不太好的名声,村中的妇女们说:她本来可以跑出去,可是她想发洋人的财,结果送了命。其实,并不一定是如此的。

老亭受了伤,也没有留下什么英雄的称号,只是从此名字上加了一个字,人们都叫他瞎老亭。

瞎老亭有一处宅院,和凤池叔紧挨着,还有三间土坯北房。他为人很是孤独,从来也不和人们来往。我们住得这样近,我也不记得在幼年时,到他院里玩耍过,更不用说到他的屋子里去了。我对他那三间住房,没有丝毫的印象。

但是,每逢从他那低矮颓破的土院墙旁边走过时,总能看到,他那不小的院子里,原是很吸引儿童们的注意的。他的院里,有几棵红枣树，种着几畦瓜菜，有几只鸡跑着，其中那只大红公鸡，特别雄壮而美丽，不住声趾高气扬地啼叫。

瞎老亭总是一个人坐在他的北屋门口。他呆呆地直直地坐着，坏了的一只眼睛紧紧闭着，面容愁惨，好像总在回忆着什么不愉快的事。这种形态，儿童们一见，总是有点害怕的，不敢去接近他。

我特别记得，他的身旁，有一盆夹竹桃，据说这是他最爱惜的东西。这是稀有植物，整个村庄，就他这院里有一棵，也正因为有这一棵，使我很早就认识了这种花树。

村里的人，也很少有人到他那里去。只有他前邻的一个寡妇，常到他那里，并且半公开的，在夜间和他做伴。

这位老年寡妇，毫不隐讳地对妇女们说：

"神仙还救苦救难哩，我就是这样，才和他好的。"

瞎老亭死了以后，凤池叔以亲侄子的资格，继承了他的财产。拆了那三间土坯北房，又添上些钱，在自己的房基上，盖了三间新的砖房。那时，他的母亲还活着。

凤池叔是独生子，他的父亲是怎样一个人，我完全不记得，可能死得很早。凤池叔长得身材高大，仪表非凡，他总是穿着整整齐齐的长袍，步履庄严地走着。我时常想，如果他的运气好，在军队上混事，一定可以带一旅人或一师人。如果是个演员，扮相一定不亚于武生泰斗杨小楼那样威武。

可是他的命运不济。他一直在外村当长工。行行出状元，他是远近知名的长工：不只力气大，农活精，赶车尤其拿手。他赶几套的骡马，总是有条不紊，他从来也不像那些粗劣的驭手，随便鸣鞭、吆喝，以至虐待折磨牲畜。他总是若无其事地把鞭子抱在袖筒里，慢条斯理地抽着烟，不动声色，就完成了驾驭的任务。这一点，是很得地主们的赏识的。

但是，他在哪一家也待不长久，最多二年。这并不是说他犯有那种毛病：一年勤，二年懒，三年就把当家的管。主要是他太傲慢，从不低声下气。另外，车马不讲究他不干，哪一个牲口不出色，不依他换掉，他也不干。另外，活当然干得出色，但也只是大秋大麦之时，其余时间，他好参与赌博，交结妇女。

因此，他常常失业家居。有一年冬天，他在家里闲着，年景又不好，村里的人都知道他没有吃的了，有些本院的长辈，出于怜悯，问他：

"凤池，你吃过饭了吗？"

"吃了！"他大声地回答。

"吃的什么？"

"吃的饺子！"

他从来也不向别人乞求一口饭，并绝对不露出挨饥受饿的样子，也从不偷盗，穿着也从不减退。

到过他的房间的人，知道他是家徒四壁，什么东西也卖光了的。

不知从哪里来了一个女的，藏在他的屋里，最初谁也不知道。一天夜间，这个妇女的本夫带领一些乡人，找到这里，破门而入。凤池叔从炕上跃起，用顶门大棍，把那个本夫，打了个头破血流，一群人慑于威势，大败而归，沿途留下不少血迹。那个妇女也待不住，从此不知下落。

凤池叔不久就卖掉了他那三间北房。土改时，贫民团又把这房分给了他。在他死以前，他又把它卖掉了，才为自己出了一个体面的、虽属光棍但谁都乐于帮忙的殡，了此一生。

一九七九年十二月

# 干 巴

在这个小小的村庄里,干巴要算是最穷最苦的人了。他的老婆,前几年,因为产后没吃的死去了,留下了一个小孩。最初,人们都说是个女孩,并说她命硬,一下生就把母亲克死了。过了两三年,干巴对人们说,他的孩子不是女孩,是个男孩,并给他起了个名字,叫小变儿。

干巴好不容易按照男孩子把他养大,这孩子也渐渐能帮助父亲做些事情了。他长得矮弱瘦小,可也能背上一个小筐,到野地里去拾些柴火和庄稼了。其实,他应该和女孩子们一块去玩耍、工作。他在各方面,都更像一个女孩子。但是,干巴一定叫他到男孩子群里去。男孩子是很淘气的,他们常常跟小变儿起哄,欺侮他:

"来,小变儿,叫我们看看,又变了没有?"

有时就把这孩子逗哭了。这样,他的性情、脾气,在很小的时候,就发生了变态:孤僻,易怒。他总是一个人去玩,到其他孩子不乐意去的地方拾柴、捡庄稼。

这个村庄，每年夏天，好发大水，水撤了，村边一些沟里、坑里，水还满满的。每天中午，孩子们好聚到那里凫水，那是非常高兴和热闹的场面。

每逢小变儿走近那些沟坑，在其中游泳的孩子们，就喊：

"小变儿，脱了裤子下水吧！来，你不敢脱裤子！"

小变儿就默默地离开了那里。但天气实在热，他也实在愿意到水里去洗洗玩玩。有一天，人们都回家吃午饭了，他走到很少有人去的村东窑坑那里，看看四处没有人，脱了衣服跳进去。这个坑的水很深，一下就没了顶，他喊叫了两声，没有人听见，这个孩子就淹死了。

这样，干巴就剩下孤身一人，没有了儿子。

他现在什么也没有了，他没有田地，也可以说没有房屋，他那间小屋，是很难叫作房屋的。他怎样生活？他有什么职业呢？

冬天，他就卖豆腐，在农村，这几乎可以不要什么本钱。秋天，他到地里拾些黑豆、黄豆，即使他在地头地脑偷一些，人们都知道他寒苦，也都睁一个眼，闭一个眼，不忍去说他。

他把这些豆子，做成豆腐，每天早晨挑到街上，敲着梆子，顾客都是拿豆子来换，很快就卖光了。自己吃些豆腐渣，这个冬天，也就过去了。

在村里，他还从事一种副业，也可以说是业余的工作。那时代，农村的小孩子，死亡率很高。有的人家，连生五六个，一个也养不活。不用说那些大病症，比如说天花、麻疹、伤寒，可以死人；就是这些病症，比如抽风、盲肠炎、痢疾、百日咳，小孩子得上了，也难逃个活命。

母亲们看着孩子死去了，掉下两点眼泪，就去找干巴，叫他帮忙把孩子埋了去。干巴赶紧放下活计，背上铁铲，来到这家，用一片破炕席或一个破席锅盖，把孩子裹好，夹在腋下，安慰母亲一句：

"他婶子，不要难过。我把他埋得深深的，你放心吧！"

就走到村外去了。

其实，在那些年月，母亲们对死去一个不成年的孩子，也不很伤心，视若平常。因为她们在生活上遇到的苦难太多，孩子们累得她们也够受了。

事情完毕，她们就给干巴送些粮食或破烂衣服去，酬谢他的帮忙。

这种工作，一直到干巴离开人间，成了他的专利。

一九七九年十二月

# 木匠的女儿

这个小村庄的主要街道，应该说是那条东西街，其实也不到半里长。街的两头，房舍比较整齐，人家过得比较富裕，接连几户都是大梢门。

进善家的梢门里，分为东西两户，原是兄弟分家，看来过去的日子，是相当势派的，现在却都有些没落了。进善的哥哥，幼年时念了几年书，学得文不成武不就，种庄稼不行，只是练就一笔好字，村里有什么文书上的事，都是求他。也没有多少用武之地，不过红事喜帖，白事丧榜之类。进善幼年就赶上日子走下坡路，因此学了木匠，在农村，这一行业也算是高等的，仅次于读书经商。

他是在束鹿旧城学的徒。那里的木匠铺，是远近几个县都知名的，专做嫁妆活。凡是地主家聘姑娘，都先派人丈量男家居室，陪送木器家具。只有内间的叫作半套，里外两间都有的叫作全套。原料都是杨木，外加大漆。

学成以后，进善结了婚，就回家过日子来了。附近村庄人家有些零星木活，比如修整梁木、打做门窗、成全棺材，就请他去做，除去工钱，饭食都是好的，每顿有两盘菜，中午一顿还有酒喝。闲时还种几亩田地，不误农活。

可是，当他有了一儿一女以后，他的老婆因为过于劳累，得肺病死去了。当时两个孩子还小，请他家的大娘带着，过不了几年，这位大娘也得了肺病，死去了。进善就得自己带着两个孩子，这样一来，原来很是精神利索的进善，就一下变得愁眉不展，外出做活也不方便，日子也就越来越困难了。

女儿是头大的，名叫小杏。当她还不到十岁，就帮着父亲做事了，十四五岁的时候，已经出息得像个大人。长得很俊俏，眉眼特别秀丽，有时在梢门口大街上一站，身边不管有多少和她年岁相仿的女孩儿，她的身条容色，都是特别引人注目的。

贫苦无依的生活，在旧社会，只能给女孩子带来不幸。越长得好，其不幸的可能就越多。她们那幼小的心灵，先是向命运之神应战，但多数终归屈服于它。在绝望之余，她从一面小破镜中，看到了自己的容色，她现在能够仰仗的只有自己的青春。

她希望能找到一门好些的婆家，但等她十七岁结了婚，不只丈夫不能叫她满意，那位刁钻古怪的婆婆，也实在不能令人忍受。她上过一次吊，被人救了下来，就长年住在父亲家里。

虽然这是一个不到一百户的小村庄，但它也是一个社会。它有贫穷富贵，有尊荣耻辱，有士农工商，有兴亡成败。

进善常去给富裕人家做活，因此结识了那些人家的游手好闲的子弟。其中有一家在村北头开油坊的少掌柜，他常到进善家来，有时在夜晚带一瓶子酒和一只烧鸡,两个人喝着酒,他撕一些鸡肉叫小杏吃。不久,就和小杏好起来。赶集上庙,两个人约好在背静地方相会,少掌柜给她买个烧饼裹肉,或是买两双袜子送给她。虽说是少女的纯洁,虽说是廉价的爱情,这里面也有倾心相与,也有引诱抗拒,也有风花雪月,也有海誓山盟。

女人一旦得到依靠男人的体验,胆子就越来越大,羞耻就越来越少。就越想去依靠那钱多的,势力大的,这叫作一步步往上依靠,灵魂一步步往下堕落。

她家对门有一位在县里当教育局长的,她和他靠上了,局长回家,就住在她家里。

一九三七年,这一带的国民党政府逃往南方,局长也跟着走了。成立了抗日县政府,组织了抗日游击队。抗日县长常到这村里来,有时就在进善家吃饭住宿。日子长了,和这一家人都熟识了,小杏又和这位县长靠上,她的弟弟给县长当了通讯员,背上了盒子枪。

一九三八年冬天,日本人占据了县城。屯集在河南省的国民党军队张荫梧部,正在实行曲线救国,配合日军,企图消灭八路军。那位局长,跟随张荫梧多年了,有一天,又突然回到了村里。他回到村庄不多几天,县城的日军和伪军,"扫荡"了这个村庄,把全村的男女老少集合到大街上,在街头一棵槐树上,烧死了抗日村长。日本人在各家搜索时,在进善的女儿房中,搜出一件农村少有的雨衣,就吊打小杏,小杏说出是那位局长穿的,日本人就不再追究,回县城去了。日本人走时,是在黄昏,人们惶惶不安地刚吃过晚饭，就听见街上又响起枪来。随后，在村东野外的高沙岗上，传来了局长呼救的声音。好像他被绑了票，要乡亲们快凑钱搭救他。深夜，那声音非常凄厉。这时，街上有几个人影，打着灯笼，挨家挨户借钱，家家都早已插门闭户了。交了钱，并没得买下局长的命，他被枪毙在高岗之上。

有人说，日本这次"扫荡"，是他勾引来的，他的死刑是"老八"执行的。他一回村，游击组就向上级报告了。可是，如果他不是迷恋小杏，早走一天，可能就没事……

日本人四处安插据点，在离这个村庄三里地的子文镇，盖了一个炮楼，形势一天比一天紧张，我们的主力西撤了。汉奸活跃起来，抗日政权转入地下，抗日县长，只能在夜间转移。抗日干部被捕的很多，有的叛变了。有人在夜里到小杏家，找县长，并向他劝降。这位不到二十岁的县长，本来是个纨绔子弟，经不起考验，但他不愿明目张胆地投降日本，通过亲戚朋友，到敌占区北平躲身子去了。

小杏的弟弟，经过一些坏人的引诱怂恿，带着县长的两支枪，投降了附近的炮楼，当了一名伪军。他是个小孩子，每天在炮楼下站岗，附近三乡五里，都认识他，他却坏下去得很快，敲诈勒索，以至奸污妇女。他那好吃懒做的大伯，也仗着侄儿的势力，在村中不安分起来。在一九四三年以后，根据地形势稍有转机时，八路军夜晚把他掏了出来，枪毙示众。

小杏在二十几岁上，经历了这些生活感情上的走马灯似的动乱、打击，得了她母亲那样致命的疾病，不久就死了。她是这个小小村庄的一代风流人物。在烽烟炮火的激荡中，她几乎还没有来得及觉醒，她的花容月貌，就悄然消失，不会有人再想到她。

进善也很快就老了。但他是个乐天派，并没有倒下去。一九四五年，抗日战争胜利，县里要为死难的抗日军民，兴建一座纪念塔，在四乡搜罗能工巧匠。虽然他是汉奸家属，但本人并无罪行。村里推荐了他，他很高兴地接受了雕刻塔上飞檐门窗的任务。这些都是木工细活，附近各县，能有这种手艺的人，已经很稀少了。塔建成以后，前来游览的人，无不对他的工艺啧啧称赞。

工作之暇，他也去看了看石匠们，他们正在叮叮当当，在大石碑上，镌刻那些抗日烈士的不朽芳名。

回到家来，他孤独一人，不久就得了病，但人们还常见他挂着一根木棍出来，和人们说话。不久，村里进行土地改革，他过去相好那些人，都被划成地主或富农，他也不好再去找他们。又过了两年，才死去了。

一九八〇年九月二十一日晨

# 老刁

老刁，河北深县人。他从小在外祖父家长大，外祖父家是安平县。他在保定育德中学读书时，就把安平人引为同乡。我比他低两年级，他对幼小同乡，尤其热情。他有一条腿不大得劲，长得又苍老，那时人们就都叫他老刁。

他在育德中学的师范班毕业以后，曾到安新冯村，教过一年书，后来到北平西郊的黑龙潭小学教书。那时我正在北平失业，曾抱着一本新出版的《死魂灵》，到他那里住了两天。

有一年暑假，我们为了找职业都住在保定母校的招待楼里，那是一座碉堡式的小楼。有一天，他同另一位同学出去，回来时，非常张皇，说是看见某某同学被人捕去了。那时捕去的学生，都是共产党。

过了几年，爆发了抗日战争。一九三九年春天，我同陈肇同志，要过路西去，在安平县西南地区，遇到了他。当听说他是安平县的"特委"时，我很惊异。我以为他还在北平西郊教书，他怎么一下子弄到这么显赫的头衔。那时我还不是党员，当然不便细问。因为过路就是山地,我同老陈把我们骑来的自行车交给他,他给了我们一人五元钱,可见他当时经济上的困难。

那一次,我只记得他说了一句:

"游击队正在审人打人,我在那里坐不住。"

敌人占了县城,我想可能审讯的是汉奸嫌疑犯吧。

一九四一年,我从山地回到冀中。第二年春季,我又要过路西去,在七地委的招待所,见到了他。当时他好像很不得意,在我的住处坐了一会儿就走了。这也使我很惊异,怎么他一下又变得这么消沉?

一九四六年夏天,抗日战争早已结束,我住在河间临街的一间大梢门洞里。有一天下午,我正在街上闲立着,从西面来了一辆大车,后面跟着一个人,脚一拐一拐的,一看正是老刁。我把他拦请到我的床位上,请他休息一下。记得他对我说,要找一个人,给他写个历史证明材料。他问我知道不知道安志诚先生的地址,安先生原是我们的中学时的图书馆管理员。我说,我也不知道他的住处,他就又赶路去了,我好像也忘记问他,是要到哪里去。看样子,他在一直受审查吗?

又一次我回家,他也从深县老家来看我,我正想要和他谈谈,正赶上我母亲那天叫磨扇压了手,一家不安,他匆匆吃过午饭就告辞了。我往南送他二三里路,他的情绪似乎比上两次好了一些。他说县里可能分配他工作。后来听说,他在县公安局三股工作,我不知道公安局的分工细则,后来也一直没有见过他。没过两年,就听说他去世了。也不过四十来岁吧。

我的老伴对我说过,抗日战争时期,我不在家,有一天老刁到村里来了,到我家看了看,并对村干部们说,应该对我的家庭,有些照顾。他带着一个年轻女秘书,老刁在炕上休息,头枕在女秘书的大腿上。老伴说完笑了笑。一九四八年,我到深县县委宣传部工作。县里开会时,我曾托区干部对老刁的家庭,照看一下。我还曾路过他的村庄,到他家里去过一趟。院子里空荡荡的,好像并没有找到什么人。

事隔多年,我也行将就木,觉得老刁是个同学又是朋友,常常想起他来,但对他参加革命的前前后后,总是不大清楚,像一个谜一样。

一九八〇年九月二十一日晚

# 菜 虎

东头有一个老汉，个儿不高，膀乍腰圆，卖菜为生。人们都叫他菜虎，真名字倒被人忘记了。这个虎字，并没有什么恶意，不过是说他以菜为衣食之道罢了。他从小就干这一行，头一天推车到滹沱河北种菜园的村庄趸菜，第二天一早，又推上车子到南边的集市上去卖。因为南边都是旱地种大田，青菜很缺。

那时用的都是独木轮高脊手推车，车两旁捆上菜，青枝绿叶，远远望去，就像一个活的菜畦。

一车水菜分量很重，天暖季节他总是脱掉上衣，露着油黑的身子，把绊带套在肩上。遇见沙土道路或是上坡，他两条腿叉开，弓着身子，用全力往前推，立时就是一身汗水。但如果前面是硬整的平路，他推得就很轻松愉快了，空行的人没法赶过他去。也不知道他怎么弄的，那车子发出连续的有节奏的悠扬悦耳的声音，—— 吱扭 —— 吱扭 —— 吱扭扭 —— 吱扭扭。他的臀部也左右有节奏地摆动着。这种手推车的歌，在我幼年的记忆中，留下了深刻的印象。这是田野里的音乐，是道路上的歌，是充满希望的歌。有时这种声音,从几里地以外就能听到。他的老伴,坐在家里,这种声音从离村很远的路上传来。有人说,菜虎一过河,离家还有八里路,他的老伴就能听见他推车的声音,下炕给他做饭,等他到家,饭也就熟了。在黄昏炊烟四起的时候,人们一听到这声音,就说:"菜虎回来了。"

有一年七月,滹沱河决口,这一带发了一场空前的洪水,庄稼全都完了,就是半生半熟的高粱,也都冲倒在地里,被泥水浸泡着。直到九、十月间,已经下过霜,地里的水还没有撤完,什么晚庄稼也种不上,种冬麦都有困难。这一年的秋天,颗粒不收,人们开始吃村边树上的残叶,剥下榆树的皮,到泥里水里捞泥高粱穗来充饥,有很多小孩到撤过水的地方去挖地梨,还挖一种泥块,叫作"胶泥沉儿",是比胶泥硬,颜色较白的小东西,放在嘴里吃。这原是营养植物的,现在用来营养人。

人们很快就干黄干瘦了,年老有病的不断死亡,也买不到棺木,都用席子裹起来,找干地方暂时埋葬。

那年我七岁,刚上小学,小学也因为水灾放假了,我也整天和孩子们到野地里去捞小鱼小虾,捕捉蚂蚱、蝉和它的原虫,寻找野菜,寻找所有绿色的、可以吃的东西。常在一起的,就有菜虎家的一个小闺女,叫作盼儿的。因为她母亲有痨病,长年喘嗽,这个小姑娘长得很瘦小,可是她很能干活,手脚利索,眼快;在这种生活竞争的场所,她常常大显身手,得到较多较大的收获,这样就会有争夺,比如一个蚂蚱、一棵野菜,是谁先看见的。

孩子们不懂事,有时问她:

"你爹叫菜虎,你们家还没有菜吃? 还挖野菜?"

她手脚不停地挖着土地,回答:

"你看这道儿,能走人吗? 更不用说推车了,到哪里去趸菜呀? 一家人都快饿死了!"

孩子们听了,一下子就感到确实饿极了,都一屁股坐在泥地上,不说话了。

忽然在远处高坡上,出现了几个外国人,有男有女,男的穿着中国式的长袍马褂,留着大胡子,女的穿着裙子,披着金黄色的长发。

"鬼子来了。"孩子们站起来。

作为庚子年这一带义和团抗击洋人失败的报偿,外国人在往南八里地的义里村,建立了一座教堂,但这个村庄没有一家在教。现在这些洋人是来视察水灾的。他们走了以后,不久在义里村就设立了一座粥厂。村里就有不少人到那里去喝粥了。

又过了不久,传说菜虎一家在了教。又有一天,母亲回到家来对我说:

"菜虎家把闺女送给了教堂,立时换上了洋布衣裳,也不愁饿死了。"

我当时听了很难过,问母亲:

"还能回来吗?"

"人家说,就要带到天津去呢,长大了也可以回家。"母亲回答。

可是直到我离开家乡,也没见这个小姑娘回来过。我也不知道外国人一共收了多少小姑娘，但我们这个村庄确实就只有她一个人。

菜虎和他多病的老伴早死了。

现在农村已经看不到菜虎用的那种小车，当然也就听不到它那种特有的悠扬悦耳的声音了。现在的手推车都换成了胶皮轱辘，推动起来，是没有多少声音的。

一九八〇年九月二十九日晨

# 光　棍

幼年时，就听说大城市多产青皮、混混儿，斗狠不怕死，在茫茫人海中成为谋取生活的一种道路。但进城后，因为革命声势，此辈已销声敛迹，不能见其在大庭广众之中，行施其伎俩。十年动乱之期，流氓行为普及里巷，然已经"发迹变态"，似乎与前所谓混混儿者，性质已有悬殊。

其实，就是在乡下，也有这种人物的。十里之乡，必有仁义，也必有歹徒。乡下的混混儿，名叫光棍。一般地，这类人幼小失去父母，家境贫寒，但长大了，有些聪明，不甘心受苦。他们先从赌博开始，从本村赌到外村，再赌到集市庙会。他们能在大戏台下，万人围聚之中，吆三喝四，从容不迫，旁若无人，有多大的输赢，也面不改色。当在赌场略略站住脚步，就能与官面上勾结，也可能当上一名巡警或是衙役。从此就可以包办赌局，或窝藏娼妓。这是顺利的一途。其在赌场失败者，则可以下关东，走上海，甚至报名当兵，在外乡流落若干年，再回到乡下来。

我的一个远房堂兄，幼年随人到了上海，做织布徒工。失业后,没有饭吃,他趸了几个西瓜到街上去卖,和人争执起来,他手起刀落,把人家头皮砍破,被关押了一个月。出来后,在上海青红帮内,也就有了小小的名气。但他究竟是一个农民,家里还有一点点恒产,不到中年就回家种地,也娶妻生子,在村里很是安分。这是偶一尝试,又返回正道的一例,自然和他的祖祖辈辈的"门风"有关。

在大街当中,有一个光棍名叫老索,他中年时官至县城的巡警,不久废职家居,养了一笼画眉。这种鸟儿,在乡下常常和光棍做伴,可能它那种霸气劲儿,正是主人行动的陪衬。

老索并不鱼肉乡里,也没人去招惹他。光棍一般并不在本村为非作歹,因为欺压乡邻,将被人瞧不起,已经够不上光棍的称号。但是,到外村去闯光棍,也不是那么容易。相隔一里地的小村庄,有一个姓曹的光棍,老索和他有些输赢账。有一天,老索喝醉了,拿了一把捅猪的长刀,找到姓曹的门上。声言:"你不还账,我就捅了你。"姓曹的听说,立时把上衣一脱,拍着肚脐说:"来,照这个地方。"老索往后退了一步,说:"要不然,你就捅了我。"姓曹的二话不说,夺过他的刀来就要下手。老索转身往自己村里跑,姓曹的一直追到他家门口。乡亲拦住,才算完事。从这一次,老索的光棍,就算"栽了"。

他雄心不死,他把希望寄托在下一代,他生了三个儿子,起名虎、豹、熊。姓曹的光棍穷得娶不上妻子,老索希望他的儿子能重新建立他失去的威名。

三儿子很早就得天花死去了,少了一个熊。大儿子到了二十岁，娶了一门童养媳，二儿子长大了，和嫂子不清不楚。有一天，弟兄两个打起架来，哥哥拿着一根粗大杠，弟弟用一把小鱼刀，把哥哥刺死在街上。在乡下，一时传言，豹吃了虎。村里怕事，仓促出了殡，民不告，官不究，弟弟到关东去躲了二年，赶上抗日战争，才回到村来。他真正成了一条光棍。那时村里正在成立农会，声势很大，村两头闹派性，他站在西头一派，有一天，在大街之上，把新任的农会主任，撞倒在地。在当时，这一举动，完全可以说成是长地富的威风，但一查他的三代，都是贫农，就对他无可奈何。我们有很长时期，是以阶级斗争代替法律的。他和嫂嫂同居，一直到得病死去。他嫂子现在还活着，有一年我回家，清晨路过她家的小院，看见她开门出来，风姿虽不及当年，并不见有什么愁苦。

这也是一种门风，老索有一个堂房兄弟名叫五湖。我幼年时，他在街上开小面铺，兼卖开水。他用竹簪把头发盘在头顶上，就像道士一样。他养着一匹小毛驴，就像大个山羊那么高，但鞍镫铃铛齐全，打扮得很是漂亮。我到外地求学，曾多次向他借驴骑用。

面铺的后边屋子里，住着他的寡嫂。那是一位从来也不到屋子外面的女人，她的房间里，一点光线也没有。她信佛，挂着红布围裙的迎门桌上，长年香火不断。这可能是避人耳目，也可能是忏悔吧。

据老年人说，当年五湖也是因为这个女人把哥哥打死的，也是到关东躲了几年，小毛驴就是从那里骑回来的。五湖并不像是光棍，他一本正经，神态岸然，倒像经过修真养性的人。乡人尝谓：如果当时有人告状，五湖受到法律制裁，就不会再有虎豹间的悲剧。

一九八〇年十月五日

## 外祖母家

外祖母家是彪冢村，在滹沱河北岸，离我们家有十四五里路。当我初上小学，夜晚温书时，母亲给我讲过这样一个故事：母亲姐妹四人，还有两个弟弟，母亲是最大的。外祖父和外祖母，只种着三亩当来的地，一家八口人，全仗着织卖土布生活。外祖母、母亲、二姨，能上机子的，轮流上机子织布。三姨、四姨，能帮着经、纺的，就帮着经、纺。人歇马不歇，那张停放在外屋的木机子，昼夜不闲着，这个人下来吃饭，那个人就上去织。外祖父除种地外，每个集日（郎仁镇）背上布去卖，然后换回线子或是棉花，赚的钱就买粮食。

母亲说，她是老大，她常在夜间织，机子上挂一盏小油灯，每每织到鸡叫。她家东邻有个念书的，准备考秀才，每天夜里，大声念书，声闻四邻。母亲说，也不知道他念的是什么书，只听着隔几句，就"也"一声，拉的尾巴很长，也是一念就念到鸡叫。可是这个人念了多少年，也没有考中。正像外祖父一家，织了多少年布，还是穷一样。

母亲给我讲这个故事，当时我虽然不明白，其目的是为了什么，但给我留下很深的印象，一生也没有忘记。是鼓励我用功吗？好像也没有再往下说；是回忆她出嫁前的艰难辛苦的生活经历吧。

这架老织布机，我幼年还见过，烟熏火燎，通身变成黑色的了。

外祖父的去世，我不记得。外祖母去世的时候，我记得大舅父已经下了关东。二舅父十几岁上就和我叔父赶车拉脚。后来遇上一年水灾，叔父又对父亲说了一些闲话，我父亲把牲口卖了，二舅父回到家里，没法生活。他原在村里和一个妇女相好，女的见从他手里拿不到零用钱，就又和别人好去了。二舅父想不开，正当年轻，竟悬梁自尽。

大舅父在关东混了二十多年，快五十岁才回到家来。他还算是本分的，省吃俭用，带回一点钱，买了几亩地，娶了一个后婚，生了一个儿子。

大舅父在关外学会打猎，回到老家，他打了一条鸟枪，春冬两闲，好到野地里打兔子。他枪法很准，有时串游到我们村庄附近，常常从他那用破布口袋缝成的挂包里，掏出一只兔子，交给姐姐。母亲赶紧给他去做些吃食，他就又走了。

他后来得了抽风病。有一天出外打猎，病发了，倒在大道上，路过的人，偷走了他的枪支。他醒过来，又急又气，从此竟一病不起。

我记得二姨母最会讲故事，有一年她住在我家，母亲去看外祖母，夜里我哭闹，她给我讲故事，一直讲到母亲回来。她的丈夫，也下了关东，十几年后，才叫她带着表兄找上去。后来一家人，在那里落了户。现在已经是人口繁衍了。

一九八二年五月三十日

## 瞎　周

我幼小的时候，我家住在这个村庄的北头。门前一条南北大车道，从我家北墙角转个弯，再往前去就是野外了。斜对门的一家，就是瞎周家。

那时，瞎周的父亲还活着，我们叫他和尚爷。虽叫和尚，他的头上却留着一个"毛刷"，这是表示，虽说剪去了发辫，但对前清，还是不能忘怀的。他每天拿一个小板凳，坐在门口，默默地抽着烟，显得很寂寞。

他家的房舍，还算整齐，有三间砖北房，两间砖东房，一间砖过道，黑漆大门。西边是用土墙围起来的一块菜园，地方很不小。园子旁边，树木很多。其中有一棵臭椿树，这种树木虽说并不名贵，但对孩子们吸引力很大。每年春天，它先挂牌子，摘下来像花朵一样，树身上还长一种黑白斑点的小甲虫，名叫"椿象"，捉到手里，很好玩。

听母亲讲，和尚爷，原有两个儿子，长子早年去世了。次子就是瞎周。他原先并不瞎，娶了媳妇以后，因为婆媳不和，和他父亲分了家，一气之下，走了关东。临行之前，在庭院中，大喊声言：

"那里到处是金子，我去发财回来，天天吃一个肉丸的、顺嘴流油的饺子，叫你们看看。"

谁知出师不利，到关东不上半年，学打猎，叫火枪伤了右眼，结果两只眼睛都瞎了。同乡们凑了些路费，又找了一个人把他送回来。这样来回一折腾，不只没有发了财，还欠了不少债，把仅有的三亩地，卖出去二亩。村里人都当作笑话来说，并且添油加醋，说哪里是打猎，打猎还会伤了自己的眼？是当了红胡子，叫人家对面打瞎的。这是他在家不行孝的报应，是生分畜类孩子们的样子！

为了生活，他每天坐在只铺着一张席子的炕上，在裸露的大腿膝盖上，搓麻绳。这种麻绳很短很细，是穿铜钱用的，就叫钱串儿。每到集日，瞎周拄上一根棍子，拿了搓好的麻绳，到集市上去卖了，再买回原麻和粮食。

他不像原先那样活泼了。他的两条眉毛，紧紧锁在一起，脑门上有一条直直立起的粗筋暴露着。他的嘴唇，有时咧开，有时紧紧闭着。有时脸上的表情像是在笑，更多的时候像是要哭。

他很少和人谈话，别人遇到他，也很少和他打招呼。

他的老婆，每天守着他，在炕的另一头纺线。他们生了一个男孩。岁数和我相仿。

我小时到他们屋里去过，那屋子里因为不常撩门帘，总有那么一种近于狐臭的难闻的味道。有个大些的孩子告诉我，说是如果在歇晌的时候，到他家窗前去偷听，可以听到他两口子"办事"。但谁也不敢去偷听，怕遇到和尚爷。

瞎周的女人，给我留下的印象，有些像鲁迅小说里所写的豆腐西施。她在那里站着和人说话，总是不安定，前走两步，又后退两步。所说的话，就是小孩子也听得出来，没有丝毫的诚意。她对人没有同情，只会幸灾乐祸。

和尚爷去世以前，瞎周忽然紧张了起来，他为这一桩大事，心神不安。父亲的产业，由他继承，是没有异议或纷争的。只是有一个细节，议论不定。在我们那里，出殡之时，孝子从家里哭着出来，要一手打幡，一手提着一块瓦，这块瓦要在灵前摔碎，摔得越碎越好。不然就会有许多说讲。管事的人们，担心他眼瞎，怕瓦摔不到灵前放的那块石头上，那会大煞风景，不吉利，甚至会引起哄笑。有人建议，这打幡摔瓦的事，就叫他的儿子去做。

瞎周断然拒绝了，他说有他在，这不是孩子办的事。这是他的职责，他的孝心，一定会感动上天，他一定能把瓦摔得粉碎。至于孩子，等他死了，再摔瓦也不晚。

他大概默默地做了很多次练习和准备工作，到出殡那天，果然，他一摔中的，瓦片摔得粉碎。看热闹的人们，几乎忍不住要拍手叫好。瞎周心里的洋洋得意，也按捺不住，形之于外了。

他什么时候死去的，我因为离开家乡，就不记得了。他的女人现在也老了，也糊涂了。她好贪图小利，又常常利令智昏。有一次，她从地里拾庄稼回来，走到家门口，遇见一个人，抱着一只鸡，对她说：

"大娘,你买鸡吗?"

"俺不买。"

"便宜呀,随便你给点钱。"

她买了下来,把鸡抱到家,放到鸡群里面,又撒了一把米。

等到儿子回来,她高兴地说:

"你看,我买了一只便宜鸡。真不错,它和咱们的鸡,还这样合群儿。"

儿子过来一看说:

"为什么不合群?这原来就是咱家的鸡么,你遇见的是一个小偷!"

她的儿子,抗日刚开始,也干了几天游击队,后来一改编成八路军,就跑回来了。他在集市上偷了人家的钱,被送到外地去劳改了好几年。她的孙子,是个安分的青年农民,现在日子过得很好。

一九八二年五月三十一日上午续写毕

## 楞起叔

楞起叔小时，因没人看管，从大车上头朝下栽下来，又不及时医治——那时乡下也没法医治，成了驼背。

他是我二爷的长子。听母亲说，二爷是个不务正业的人，好喝酒，喝醉了就搬个板凳，坐在院里拉板胡，自拉自唱。

他家的宅院，和我家只隔着一道墙。从我记事时，楞起叔就给我一个好印象——他的脾气好，从不训斥我们。不只不训斥，还想方设法哄着我们玩儿。他会捕鸟，会编鸟笼子，会编蝈蝈葫芦，会结网，会摸鱼。他包管割坟草的差事，每年秋末冬初，坟地里的草衰白了，田地里的庄稼早就收割完了，蝈蝈都逃到那混杂着荆棘的坟草里，平常捉也没法捉，只有等到割草清坟之日，才能暴露出来。这时的蝈蝈很名贵，养好了，能养到明年正月间。

他还会弹三弦。我幼小的时候，好听大鼓书，有时也自编自唱，敲击着破升子底，当作鼓，两块破犁铧片当作板。楞起叔给我伴奏，就在他家院子里演唱起来。这是家庭娱乐，热心的听众只有三祖父一个人。

因为身体有缺陷,他从小就不能掏大力气,但田地里的锄耪收割,他还是做得很出色。他也好喝酒,二爷留下几亩地,慢慢他都卖了。春冬两闲,他就给赶庙会卖豆腐脑的人家,帮忙烙饼。

这种饭馆,多是联合营业。在庙会上搭一个长洞形的席棚。棚口,右边一辆肉车,左边一个烧饼炉。稍进就是豆腐脑大铜锅。棚子中间,并排放着一些方桌、板凳,这是客座。

楞起叔工作的地方,是在棚底。他在那里安排一个锅灶,烙大饼。因为身残,他在灶旁边挖好一个二尺多深的圆坑,像军事掩体,他站在里面工作,这样可以免得老是弯腰。

帮人家做饭,他并挣不了什么钱,除去吃喝,就是看戏方便。这也只是看夜戏,夜间就没人吃饭来了。他懂得各种戏文,也爱唱。

因为长年赶庙会,他交往了各式各样的人。后来,他又"在了理",听说是一个会道门。有一年,这一带遭了大水,水撤了以后,地变碱了,道旁墙根,都泛起一层白霜。他联合几个外地人,在他家院子里安锅烧小盐。那时烧小盐是犯私的,他在村里人缘好,村里人又都朴实,没人给他报告。就在这年冬季,河北一个村庄的地主家,在儿子新婚之夜,叫人砸了明火。报到县里,盗贼竟是住在楞起叔家烧盐的人们。他们逃走了,县里来人把楞起叔两口子捉进牢狱。

在牢狱一年,他受尽了苦刑,冬天,还差点没有把脚冻掉。其实,他什么也没有得到,事前事后也不知情。县里把他放了出来,养了很久,才能劳动。他的妻子,不久就去世了。

他还是好喝酒,好赶集。一喝喝到日平西,人们才散场。然后,他拿着他那条铁棍,踉踉跄跄地往家走。如果是热天,在路上遇到一棵树,或是大麻子棵,他就倒在下面睡到天黑。逢年过节,要账的盈门,他只好躲出去。

他脾气好,又乐观,村里有人叫他老软儿,也有人叫他孙不愁。他有一个儿子,抗日时期参了军。全国解放以后,楞起叔的生活是很好的。他死在邢台地震那一年,也享了长寿。

一九八二年五月三十一日下午

# 根雨叔

根雨叔和我们,算是近支。他家住在村西北角一条小胡同里,这条胡同的一头,可以通到村外。他的父亲弟兄两个,分别住在几间土甓北房里,院子用黄土墙围着,院里有几棵枣树,几棵榆树。根雨叔的伯父,秋麦常给人家帮工,是个老老实实的庄稼人,好像一辈子也没有结过婚。他浑身黝黑,又干瘦,好像古庙里的木雕神像,被烟火熏透了似的。根雨叔的父亲,村里人都说他脾气不好,我们也很少和他接近。听说他的心狠,因为穷,在根雨还很小的时候,就把他的妻子,弄到河北边,卖掉了。

民国六年,我们那一带,遭了大水灾,附近的天主教堂,开办了粥厂,还想出一种以工代赈的家庭副业,叫人们维持生活。清朝灭亡以后,男人们都把辫子剪掉了,把这种头发接结起来,织成网子,卖给外国妇女作发罩,很能赚钱。教会把持了这个买卖,一时附近的农村,几乎家家都织起网罩来。所用工具很简单,操作也很方便,用一块小竹片作"制板",再削一支竹梭,上好头发,街头巷尾,年轻妇女们,都在从事这一特殊的生产。

男人们管头发和交货。根雨叔有十几岁了，却和姑娘们坐在一起织网罩，给人一种男不男女不女的感觉。

人家都把辫子剪下来卖钱了，他却逆潮流而动，留起辫子来。他的头发又黑又密，很快就长长了。他每天精心梳理，顾影自怜，真的可以和那些大辫子姑娘们媲美了。

每天清早，他担着两只水筲，到村北很远的地方去挑水。一路上，他"咦——咦"地唱着，那是昆曲《藏舟》里的女角唱段。

不知为什么，织网罩很快又不时兴了。热热闹闹的场面，忽然收了场，人们又得寻找新的生活出路了。

村里开了一家面坊，根雨叔就又去给人家磨面了。磨坊里安着一座脚打罗，在那时，比起手打罗，这算是先进的工具。根雨叔从早到晚在磨坊里工作，非常勤奋和欢快。他是对劳动充满热情的人，他在这充满秽气，挂满蛛网，几乎经不起风吹雨打，摇摇欲坠的破棚子里，一会儿给拉磨的小毛驴扫屎填尿，一会儿拨磨扫磨，然后身靠南墙，站在罗床踏板上：

踢踢跶，踢踢跶，踢跶踢跶踢踢跶……筛起面来。

他的大辫子摇动着，他的整个身子摇动着，他的浑身上下都落满了面粉。他踏出的这种节奏，有时变化着，有时重复着，伴着飞扬撒落的面粉，伴着拉磨小毛驴的打嚏喷、撒尿声，伴着根雨叔自得其乐的歌唱，飘到街上来，飘到野外去。

面坊不久又停业了，他又给本村人家去打短工，当长工。三十岁的时候，他娶了一房媳妇，接连生了两个儿子。他的父亲嫌儿子不孝顺，忽然上吊死了。媳妇不久也因为吃不饱，得了疯病，整天蜷缩在炕角落里。根雨叔把大孩子送给了亲戚，媳妇也忽然不见了。人们传说，根雨叔把她领到远地方扔掉了。

从此，就再也看不见他笑，更听不到他唱了。土地改革时，他得到五亩田地，精神好了一阵子，二儿子也长大成人，娶了媳妇。但他不久就又沉默了。常和儿子吵架。冬天下雪的早晨，他也会和衣睡倒在村北禾场里。终于有一天夜里，也学了他父亲的样子，死去了，薄棺浅葬。一年发大水，他的棺木冲到下水八里外一个村庄，有人来报信，他的儿子好像也没有去收拾。

村民们说：一辈跟一辈，辈辈不错制儿。延续了两代人的悲剧，现在可以结束了吧？

一九八二年六月二日

# 乡里旧闻

## 吊　挂

每逢新年，从初一到十五，大街之上，悬吊挂。

吊挂是一种连环画。每幅一尺多宽，二尺多长，下面作牙旗状。每四幅一组，串以长绳，横挂于街。每隔十几步，再挂一组。一条街上，共有十几组。

吊挂的画法，是用白布涂一层粉，再用色彩绘制人物山水车马等等。故事多取材于《封神演义》《三国演义》《五代残唐》或《杨家将》。其画法与庙宇中的壁画相似，形式与年画中的连环画一样。在我的记忆中，新年时，吊挂只是一种装饰，站立在下面的观赏者不多。因为妇女儿童，看不懂这些故事，而大人长者，已经看了很多年，都已经看厌了。吊挂经过多年风雪吹打，颜色已经剥蚀，过了春节，就又由管事人收起来，放到家庙里去了。吊挂与灯笼并称。年节时街上也挂出不少有绘画的纸灯笼，供人欣赏。杂货铺掌柜叫变吉的，每年在门前挂一个走马灯，小孩们聚下围观。

## 锣　鼓

村里人，从地亩摊派，置买了一套锣鼓铙钹，平日也放在家庙里，春节才取出来，放在十字大街动用。每天晚上吃过饭，乡亲们集在街头，各执一器，敲打一通，说是娱乐，也是联络感情。

其鼓甚大，有架。鼓手执大棒二，或击其中心，或敲其边缘，缓急轻重，以成节奏。每村总有几个出名的鼓手。遇有求雨或出村赛会，鼓载于车，鼓手立于旁，鼓棒飞舞，有各种花点，是最动人的。

## 小　戏

小康之家，遇有丧事，则请小戏一台，也有亲友送的。所谓小戏，就是街上摆一张方桌，四条板凳，有八个吹鼓手，坐在那里吹唱。并不化装，一人可演几个脚色，并且手中不离乐器。桌上放着酒菜，边演边吃喝。有人来吊孝，则停戏奏哀乐。男女围观，灵前有戚戚之容，戏前有欢乐之意。中国的风俗，最通人情，达世故，有辩证法。

富人家办丧事，则有老道念经。念经是其次，主要是吹奏音乐。这些道士，并不都是职业性质，很多是临时装扮成的，是农民中的音乐爱好者。他们所奏为细乐，笙管云锣，笛子唢呐都有。

最热闹的场面，是跑五方。道士们排成长队，吹奏乐器，绕过或跳过很多板凳，成为一种集体舞蹈。出殡时，他们在灵前吹奏着，走不远农民们就放一条板凳，并设茶水，拦路请他们演奏一番，以致灵车不能前进，延误埋葬。经管事人多方劝说，才得作罢。在农村，一家遇丧事，众人得欢心，总是因为平日文化娱乐太贫乏的缘故。

## 大　戏

农村唱大戏，多为谢雨。农民务实，连得几场透雨，丰收有望，才定期演戏，时间多在秋前秋后。

我的村庄小，记忆中，只唱过一次大戏。虽然只唱了一次，却是高价请来的有名的戏班，得到远近称赞。并一直传说：我们村不唱是不唱，一唱就惊人。事前，先由头面人物去"写戏"，就是订合同。到时搭好照棚戏台，连夜派车去"接戏"。我们村庄小，没有大牲口（骡马），去的都是牛车，使演员们大为惊异，说这种车坐着稳当，好睡觉。

唱戏一般是三天三夜。天气正在炎热，戏台下万头攒动，尘土飞扬，挤进去就是一身透汗。而有些年轻力壮的小伙子，在此时刻，好表现一下力气，去"扒台板"看戏。所谓扒台板，就是把小褂一脱，缠在腰里，从台下侧身而入，硬拱进去。然后扒住台板，用背往后一靠。身后万人，为之披靡，一片人浪，向后拥去。戏台照棚，为之动摇。管台人员只好大声喊叫，要求他稳定下来。他却得意洋洋，旁若无人地看起戏来。出来时，还是从台下钻出，并夸口说，他看见坤角的小脚了。在农村，看戏扒台板，出殡扛棺材头，都是小伙子们表现力气的好机会。

唱大戏是村中的大典，家家要招待亲朋；也是孩子们最欢乐的节日。直到现在，我还记得一个歌谣，名叫"四大高兴"。其词曰：

新年到，搭戏台，先生（学校老师）走，媳妇来。

反之，为"四大不高兴"。其词为：

新年过，戏台拆，媳妇走，先生来。

可见，在农村，唱大戏和过新年，是同样受到重视的。

一九八二年七月

## 玉 华 婶

玉华婶的娘家,离我们村只有十几里地,那里是三县交界的地方,在旧社会叫作"三不管地带",惯出盗案。据说玉华婶的父亲,就是一个有名的大盗,犯案以后,已经正法。她的母亲,长得非常丑陋,在村里却绰号"大出头"。我们那里的方言,凡是货郎小贩,出售货物,总是把最出色的一件,悬挂在货车上,叫作出头。比如卖馒头的,就挑一个又白又大的,用秫秸秆插起来,立在车子的前面。

俗话说,破窑里可能烧出好瓷器,她生了一个非常出色的女儿,就是说烧出了一件"窑变",使全村惊异,远近闻名。

这位小姑娘,十三四岁的时候,在街头一站,已经使那些名门闺秀黯然失色。到十六七岁的时候,出脱得更是出众,说绝世佳人,有些夸张,人人见了喜欢,却是事实。

正在这个年华,她的父亲落了这样一个结果,对她来说,当然是非常的不幸。她的母亲,好吃懒做,只会斗牌,赌注就放在身边女儿身上了。

县里的衙役，镇上的巡警，村里的流氓，都在这个姑娘身上打主意。

我家南邻是春瑞叔家。他的父亲，是个潦倒人，跑了半辈子宝局，下了趟关东，什么也没挣下，只好在家里开个小牌局。春瑞叔从小时，被送到外村，给人家放羊。每天背上点水，带块干粮，光着两只脚，在漫天野地里，追着喊着。天大黑了，才能回来，睡在羊圈里。现在三十上下了，还没有成亲。

他有一个姐姐，嫁在那个村庄，和大出头是近邻。看见这个小姑娘，长得这样好，眼下命运又不济，就想给自己的弟弟说说。她的口才很好，亲自上门，找小姑娘直接谈。今天不行，明天再去，不上十天半月，这门亲事，居然说成了。

为了怕坏人捣乱，没敢宣扬出去。娶亲那天，也没有坐花轿，没有动鼓乐，只是说串亲，坐上一辆牛车，就到了我们村里。又在别人家借了一间屋子，作为洞房。好在春瑞叔的父亲，是地方上的一个赌棍，有些头面，没有发生什么事情。

不久，把她母亲也接了来，在我们村落了户。从此，一老一少，一美一丑，就成了我们新的街坊邻居了。

像玉华婶这样的人物，论人才、口才、心计，在历史上，如果遇到机会，她可以成为赵飞燕，也可以成为武则天。但落到这个穷乡僻壤，也不过是织织纺纺，下地劳动。春瑞叔又没有多少地，于是玉华婶就同公爹，支持着家里那个小牌局。有时也下地拾柴挑菜，赶集做一些小买卖。她人缘很好，不管男女老少，都说得来，人们有什么话，也愿意和她去说。她家里是个闲话场。

她很能交际，能陪男人喝酒、吸烟、打麻将。

我们年轻人都很爱她，敬她，也有些怕她，不敢惹她。有一年暑假，一天中午，我正在场院里树荫下看书，看见玉华婶从家里跑了出来。后面是她母亲哭叫着。再后面是春瑞叔，手里拿着一根顶门杠。玉华婶一声不响，跑进我家场院，就奔新打的洋井。井口直径足有五尺，她把腿一伸，出溜进去。我大喊救人，当人们捞她的时候，看到她用头和脚尖紧紧顶着井的两边，身子浮在水皮上，一口水也没喝。这种跳井，简直还比不上现在的跳水运动员，实在好笑。

但从此，春瑞叔也就不敢再发庄稼火，很怕她。因为跳井，即寻死觅活，究竟是人命关天的大事，非同小可。

去年，我回了一趟老家。玉华婶也老了。她有三房儿媳，都分着过。春瑞叔八十来岁了，但走起路来，还很快，这是年轻时放羊，给他带来的好处。

三房儿媳，都不听玉华婶的话，还和她对骂。春瑞叔也不替她说话。玉华婶一世英名，看来真要毁于一旦了。

她哭哭啼啼，向我诉苦。最后她对我说：

"大侄子，你走京串卫，识文断字，我问你一件事，什么叫打金枝？"

"《打金枝》是一出戏名，河北梆子就有的，你没有看过吗？"我说。

"没有。村里唱戏的时候，我忙着照应牌局，没时间去看。"玉华婶笑了，"这是我那三儿媳妇的爹对我说的。他说：你就没有看过打金枝吗？我不知道这是一句什么话，又不好去问外人，单等你回来。"

"那不是一句坏话。"我说，"那可能是劝你不要管儿子媳妇间的闲事。"

随后，我把《打金枝》这出戏的剧情，给她介绍了一下。这一介绍，玉华婶火了，她大声骂道：

"就凭他们家，才三天半不要饭吃了，能出一根金枝？我看是狗屎，擦屁股棍儿！他成了皇帝，他要成了皇帝，我就是玉皇！"

我怕叫她的儿媳听见，又惹是非，赶紧往外努努嘴，托辞着出来了。玉华婶也知趣，就不再喊叫了。

一九八三年九月二日晨改讫

# 疤增叔

因为他生过天花,我们叫他疤增叔。堂叔一辈,还有一个名叫增的,这样也好区别。

过去,我们村的贫苦农民,青年时,心气很高,不甘于穷乡僻壤这种饥一顿饱一顿的生活,想远走高飞。老一辈的是下关东,去上半辈子回来,还是受苦,壮心也没有了。后来,是跑上海,学织布。学徒三年,回来时,总是穿一件花丝格棉袍,村里人称他们为上海老客。

疤增叔是我们村去上海的第一个人。最初,他也真的挣了一点钱,汇到家里,盖了三间新北屋,娶了一房很标致的媳妇。人人羡慕,后来经他引进,去上海的人,就有好几个。

疤增叔其貌不扬,幼小时又非常淘气,据老一辈说,他每天拉屎,都要到树杈上去。为人甚为精明,口才也好,见识又广。有一年寒假完了,我要回保定上学,他和我结伴,先到保定,再到天津,然后坐船到上海,这样花路费少一些。第一天,我们宿在安国县我父亲的店铺里。商店习惯,来了客人,总有一个二掌柜陪着说话。我在地下听着，疤增叔谈上海商业行情，头头是道，真像一个买卖人，不禁为之吃惊。

到了保定，我陪他去买到天津的汽车票，不坐火车坐汽车，也是为的省钱。买了明天的汽车票，疤增叔一定叫汽车行给写个字据：如果不按时间开车，要加倍赔偿损失。那时的汽车行，最好坑人骗钱，这又是他出门多的经验，使我非常佩服。

究竟他在上海干什么，村里也传说不一。有的说他给一家纺织厂当跑外，有的说他自己有几张机子，是个小老板。后来，经他引进到上海去的一个本家侄子回来，才透露了一点实情，说他有时贩卖白面（毒品），装在牙粉袋里，过关口时，就叫这个侄子带上。

不久，他从上海带回一个小老婆，河南人，大概是跑到上海去觅生活的，没有办法跟了他。也有人说，疤增叔的二哥，还在打光棍，托他给找个人，他给找了，又自己霸占了，二哥并因此生闷气而死亡。

又有一年，他从河南赶回几头瘦牛来，有人说他把白面藏在牛的身上，牛是白搭。究竟怎样藏法，谁也不知道。

后来，他就没挣回过什么，一年比一年潦倒，就不常出门，在家里做些小买卖。有时还卖虾酱，掺上很多高粱糁子。

家里娶的老伴，已经亡故。在上海弄回的女人，给他生了一个儿子，中间一度离异，母子回了河南，后来又找回来，现在已长大成人，出去工作了。

原来的房子，被大水冲塌，用旧砖垒了一间屋子，老两口就住在里面，谁也不收拾，又脏又乱。

　　一年春节，人们夜里在他家赌钱。局散了以后，老两口吵了起来，老伴把他往门外一推，他倒在地下就死了。

一九八三年九月三日

## 秋喜叔

秋喜叔的父亲,是个棚匠。家里有一捆一捆的苇席,一团一团的麻绳,一根大弯针,每逢庙会唱戏,他就被约去搭棚。

这老人好喝酒,有了生意,他就大喝。而每喝必醉,醉了以后,他从工作的地方,摇摇晃晃地走回来,进村就大骂,一直骂进家里。有时不进家,就倒在街上骂,等到老伴把他扶到家里,躺在炕上,才算完事。人们说,他是装的,借酒骂人,但从来没有人去拾这个碴儿,和他打架。

他很晚的时候,才生下秋喜叔。秋喜叔并无兄弟姐妹,从小还算是娇生惯养的,也上了几年小学。

十几岁的时候,秋喜叔跟着一个本家哥哥去了上海,学织布。不愿意干了,又没钱回不了家,就当了兵,从南方转到北方。那时我在保定上中学,有一天,他送来一条棉被,叫我放假时给他带回家里。棉被里里外外都是虱子,这可能是他在上海学徒三年的惟一剩项。第二天,又来了两个军人找我,手里拿着皮带,气势汹汹,听他们的口气,好像是秋喜叔要逃跑,所以先把被子拿出来。他们要我到火车站他们的连部去对证。那时这种穿二尺半的丘八大爷们，是不好对付的，我没有跟他们走。好在这是学校，他们也无奈我何。

后来，秋喜叔终于跑回家去，结了婚，生了儿子。抗日战争时，家里困难，他参加了八路军，不久又跑回来。

秋喜叔的个性很强，在农村，他并不愿意一锄一镰去种地，也不愿推车担担去做小买卖。但他也不赌博，也不偷盗。在村里，他年纪不大，辈分很高，整天道貌岸然，和谁也说不来，对什么事也看不惯。躲在家里，练习国画。土改时，他从我家拿去一个大砚台，我回家时，他送了一幅他画的"四破"，叫我赏鉴。

他的父亲早已去世，他这样坐吃山空，日子一天不如一天。家里地里的活儿，全靠他的老伴。那是一位任劳任怨，讲究三从四德的农村劳动妇女，整天蓬头垢面，钻在地里砍草拾庄稼。

秋喜叔也好喝酒，但是从来不醉。也好骂街，但比起他的父亲来，就有节制多了。

秋天，村北有些积水，他自制一根钓竿，从早到晚，坐在那里垂钓。其实谁也知道，那里面并没有鱼。

他的儿子长大了，地里的活也干得不错，娶了个媳妇，也很能劳动，眼看日子会慢慢好起来。谁知这儿子也好喝酒，脾气很劣，为了一点小事，砍了媳妇一刀，被法院判了十五年徒刑，押到外地去了。

从此，秋喜叔就一病不起，整天躺在炕上，望着挂满蛛网的屋顶，一句话也不说。谁也说不上他得的是什么病，三年以后才死去了。

一九八三年九月二日下午

## 大 嘴 哥

幼小时,听母亲说,"过去,人们都愿意去店子头你老姑家拜年,那里吃得好。平常日子都不做饭,一家人买烧鸡吃。十年河东,十年河西,现在,谁也不去店子头拜年了,那里已经吃不上饭,就不用说招待亲戚了。"

我没有赶上老姑家的繁盛时期,也没有去拜过年。但因为店子头离我们村只有三里地,我有一个表姐,又嫁到那里,我还是去玩过几次的。印象中,老姑家还有几间高大旧砖房,人口却很少,只记得一个疤眼的表哥,在上海织了几年布,也没有挣下多少钱,结不了婚。其次就是大嘴哥。

大嘴哥比我大不了多少,也没有赶上他家的鼎盛时期。他发育不良,还有些喘病,因此农活上也不大行,只能干一些零碎活。

在我外出读书的时候,我们家已经渐渐上升为富农。自己没有主要劳力,除去雇一名长工外,还请一两个亲戚帮忙,大嘴哥就是这样来我们家的。

他为人老实厚道,干活尽心尽力,从不和人争争吵吵。平日也没有花言巧语，问他一句，他才说一句。所以，我们虽然年岁相当，却很少在一块玩玩谈谈。我年轻时，也是世俗观念，认为能说会道，才是有本事的人；老实人就是窝囊人。在大嘴哥那一面，他或者想，自己的家道中衰，寄人篱下，和我之间，也有些隔阂。

他在我们家，待的时间很长，一直到土改，我家的田地分了出去，他才回到店子头去了。按当时的情况，他是一个贫农，可以分到一些田地。不过他为人孱弱，斗争也不会积极，上辈的成分又不太好，我估计他也得不到多少实惠。

这以后，我携家外出，忙于衣食。父亲、母亲和我的老伴，又相继去世，没有人再和我念叨过去的老事。十年动乱，身心交瘁，自顾不暇，老家亲戚，不通音问，说实在的，我把大嘴哥差不多忘记了。

去年秋天，一个叔伯侄子从老家来，临走时，忽然谈到了大嘴哥。他现在是个孤老户。村里把我表姐的两个孩子找去，说："如果你们照顾他的晚年，他死了以后，他那间屋子，就归你们。"两个外甥答应了。

我听了，托侄子带了十元钱，作为对他的问候。那天，我手下就只有这十元钱。

今年春天，在石家庄工作的大女儿退休了，想写点她幼年时的回忆，在她寄来的材料中，有这样一段：

在抗战期间，我们村南有一座敌人的炮楼。日本鬼子经常来我们村扫荡，找事，查户口，每家门上都有户口册。有一天，日本鬼子和伪军，到我们家查问父亲的情况。当时我和母亲，还有给我家帮忙的大嘴大伯在家。母亲正给弟弟喂奶，忽听大门给踢开了，把我和弟弟抱在怀里，吓得浑身哆嗦。一个很凶的伪军问母亲，孙振海（我的小名——犁注）到哪里去了？随手就把弟弟的被褥，用刺刀挑了一地。母亲壮了壮胆说，到祁州做买卖去了。日本鬼子又到西屋搜查。当时大嘴大伯正在西屋给牲口喂草，他们以为是我家的人。伪军问：孙振海到哪里去了？大伯说不知道。他们把大伯吊在房梁上，用棍子打，打得昏过去了，又用水泼，大伯什么也没有说，日本鬼子走了以后，我们全家人把大伯解下来，母亲难过地说：叫你跟着受苦了。

大女儿幼年失学，稍大进厂做工，写封信都费劲。她写的回忆，我想是没有虚假的。那么，大嘴哥还是我们一家的救命恩人。抗战胜利，我回到家里，他从来没有提起过这件事。初进城那几年，我的生活还算不错，他从来没有找过我，也没有来过一次信。他见到和听到了，我和我的家庭，经过的急剧变化。他可能对自幼娇生惯养，不能从事生产的我，抱有同情和谅解之心。我自己是惭愧的。这些年，我的心，我的感情，变得麻痹，也有些冷漠了。

一九八五年六月二十七日下午

# 大　根

　　岳父只有两个女儿，和我结婚的，是他的次女。到了五十岁，他与妻子商议，从本县河北一贫家，购置一妾，用洋三百元。当领取时，由长工用粪筐背着银元，上覆柴草，岳父在后面跟着。到了女家，其父当场点数银元，并一一当当敲击，以视有无假洋。数毕，将女儿领出，毫无悲痛之意。岳父恨其无情，从此不许此妾归省。有人传言，当初相看时，所见者为其姐，身高漂亮，此女则瘦小干枯，貌亦不扬。村人都说：岳父失去眼窝，上了媒人的当。

　　婚后，人很能干，不久即得一子，取名大根，大做满月，全家欢庆。第二胎，为一女孩，产时值夜晚，仓促间，岳父被墙角一斧伤了手掌，染破伤风，遂致不起。不久妾亦猝死，祸起突然，家亦中落。只留岳母带领两个孩子，我妻回忆：每当寒冬夜晚，岳母一手持灯，两个小孩拉着她的衣襟，像扑灯蛾似的，在那空荡荡的大屋子出出进进，实在悲惨。

　　大根稍大以后，就常在我家。那时，正是抗日时期，他们家离据点近,每天黎明,这个七八岁的孩子,牵着他喂养的一只山羊,就从他们村里出来到我们村,黄昏时再回去。

那时我在外面抗日。每逢逃难,我的老父带着一家老小,再加上大根和他那只山羊,慌慌张张,往河北一带逃去。在路上遇到本村一个卖烧饼果子的,父亲总是说:"把你那柜子给我,我都要了!"这样既可保证一家人不致挨饿,又可以作为掩护。

平时,大根跟着我家长工,学些农活。十几岁上,他就努筋拔力,耕种他家剩下的那几亩土地了。岳母早早给他娶了一个比他大几岁,很漂亮又很能干的媳妇,来帮他过日子。不久,岳母也就去世了。小小年纪,十几年间,经历了三次大丧事。

大根很像他父亲,虽然没念什么书,却聪明有计算,能说,乐于给人帮忙和排解纠纷,在村里人缘很好。土改时,有人想算他家的旧账,但事实上已经很穷,也就过去了。

他在村里,先参加了村剧团,演《小女婿》中的田喜,他本人倒是个地地道道的小女婿。

二十岁时,他已经有两个儿子,加上他妹妹,五口之家,实在够他巴结的。他先和人家合伙,在集市上卖饺子,得利有限。那些年,赌风很盛,他自己倒不赌,因为他精明,手头利索,有人请他代替推牌九,叫作枪手。有一次在我们村里推,他弄鬼,被人家看出来,几乎下不来台,念他是这村的亲戚,放他走了。随之,在这一行,他也就吃不开了。

他好像还贩卖过私货,因为有一年,他到我家,问他二姐有没有过去留下的珍珠,他二姐说没有。

后来又当了牲口经纪。他自己也养骡驹子，他说从小就喜欢这玩意儿。

"文革"前，他二姐有病，他常到我家帮忙照顾，他二姐去世，这些年就很少来了。

去年秋后，他来了一趟，也是六十来岁的人了，精神不减当年，相见之下，感慨万端。

他有四个儿子，都已成家，每家五间新砖房，他和老伴，也是五间。有八个孙子孙女，都已经上学。大儿子是大乡的书记，其余三个，也都在乡里参加了工作。家里除养一头大骡子，还有一台拖拉机。责任田，是他带着儿媳孙子们去种，经他传艺，地比谁家种得都好。一出动就是一大帮，过往行人，还以为是个没有解散的生产队。

多年不来，我请他吃饭。

"你还赶集吗？还给人家说合牲口吗？"席间，我这样问。

"还去。"他说，"现在这一行要考试登记，我都合格。"

"说好一头牲口，能有多大好处？"

"有规定。"他笑了笑，终于语焉不详。

"你还赌钱吗？"

"早就不干了。"他严肃地说，"人老了，得给孩子们留个名誉，儿子当书记，万一出了事，不好看。"

我说："好好干吧！现在提倡发家致富，你是有本事的人，遇到这样的社会，可以大展宏图。"

他叫我给他写一幅字，裱好了给他捎去。他说："我也不贴灶王爷了，屋里挂一张字画吧。"

　　过去，他来我家，走时我没有送过他。这次，我把他送到大门外，郑重告别。因为我老了，以后见面的机会，不会再多了。

一九八六年八月十四日

# 刁　叔

刁叔,是写过的疤增叔的二哥。大哥叫瑞,多年跑山西,做小买卖,为人有些流氓气,也没有挣下什么,还把梅毒传染给妻子,妻女失明,儿子塌鼻破嗓,他自己不久也死了。

和我交往最多的,是刁叔。他比我大二十岁,但不把我当作孩子,好像我是他的一个知己朋友。其实,我那时对他,什么也不了解。

他家离我家很近,住在南北街路西。砖门洞里,挂着两块贞节匾,大概是他祖母的事迹吧。那时他家里,只有他和疤增婶子,他一个人住在西屋。

他没有正式上过学,但"习"过字。过去,村中无力上学,又有志读书的农民,冬闲时凑在一起,请一位能写会算的人,来教他们,就叫习字。

他为人沉静刚毅,身材高大强健。家里土地很少,没有多少活儿,闲着的时候多。但很少见到他,像别的贫苦农民一样,背着柴筐粪筐下地,也没有见过他,给别人家打短工。他也很少和别人闲坐说笑，就喜欢看一些书报。

那时乡下，没有多少书，只有我是个书呆子。他就和我交上了朋友。他向我借书，总是亲自登门，讷讷启口，好像是向我借取金钱。

我并不知道他喜欢看什么书，我正看什么，就常常借给他什么。有一次，我记得借给他的是《浮生六记》。他很快就看完了，送回时，还是亲自登门，双手捧着交给我。书，完好无损。把书借给这种人，比现在借书出去，放心多了。

我不知道他能看懂这种书不能，也没问过他读后有什么感想。我只是尽乡亲之谊，邻里之间，互通有无。

他是一个光棍。旧日农村，如果家境不太好，老大结婚还有可能，老二就很难了。他家老三，所以能娶上媳妇，是因为跑了上海，发了点小财。这在另一篇文章中，已经提过了。

我现在想：他看书，恐怕是为了解闷，也就是消遣吧。目前有人主张，文学的最大功能，最高价值，就是供人消遣。这种主张，很是时髦。其实，在几十年前，刁叔的读书，就证实了这一点，我也很早就明白这层道理了。看来并算不得什么新理论，新学说。

刁叔家的对门，是秃小叔。秃小叔一只眼，是个富农，又是一家之主，好赌。他的赌，不是逢年过节，农村里那种小赌，是到设在戏台下面，或是外村的大宝局去赌。他为人，有些胆小，那时地面也确实不大太平，路劫、绑票的很多。每当他去赴宝局之时，他总是约上刁叔，给他助威仗胆。

那种大宝局的场合、气氛，如果没有亲临过，是难以想象的。开局总是在夜间，做宝的人，隐居帐后；看宝的人，端坐帐前。一片白布，作为宝案，设于破炕席之上，幺、二、三、四四个方位，都押满了银元。赌徒们炕上炕下，或站或立，屋里屋外，都挤满了人。人人面红耳赤，心惊肉跳；烟雾迷蒙，汗臭难闻。胜败既分，有的甚至屁滚尿流，捶胸顿足。

"免三！"一局出来了，看宝的人把宝案放在白布上，大声喊叫。免三，就是看到人们押三的最多，宝盒里不要出三。一个赌徒，抓过宝盒，屏气定心，慢慢开动着。当看准那个刻有红月牙的宝心指向何方时，把宝盒一亮，此局已定，场上有哭有笑。

秃小叔虽然一只眼，但正好用来看宝盒，看宝盒，好人有时也要眯起一只眼。他身后，站着刁叔。刁叔是他的赌场参谋，常常因他的运筹得当，而得到胜利。天明了，两个人才懒洋洋地走回村来。

这对刁叔来说，也是一种消遣。他有一个"木猫"，冬天放在院子里，有时会逮住一只黄鼬。有一回，有一只猫钻进去了，他也没有放过。一天下午，他在街上看见我，低声说：

"晚上到我那里去，我们吃猫肉。"

晚上，我真的去了，共尝了猫肉。我一生只吃过这一次猫肉。也不知道是家猫，还是野猫。那天晚上，他和我谈了些什么，完全忘记了。

听叔辈们说，他的水式还很好，会摸鱼，可惜我都没有亲眼见过。

刁叔年纪不大，就逝世了。那时我不在家，不知道他得的是什么病。在前一篇文章里，谈到他的死因，也不过是传言，不一定可信。我现在推测，他一定死于感情郁结。他好胜心强，长期打光棍，又不甘于偷鸡摸狗，钻洞跳墙。性格孤独，从不向人诉说苦闷。当时的农民，要改善自己的处境，也实在没有出路。这样就积成不治之症。

一九八六年八月十五日

# 老焕叔

前几年，细读了沙汀同志所写，一九三八年秋季随一二○师到冀中的回忆录。内记：一天夜晚，师部驻进一个名叫辽城的小村庄（我的故乡）。何其芳同志去参加了和村干部的会见，回来告诉他，村里出面讲话的，是一个迷迷怔怔的人。我立刻想到，这个人一定是老焕叔。

但老焕叔并不是村干部。当时的支部书记、农会主任、村长，都是年轻农民，也没有一个人迷迷怔怔。我想是因为，当时敌人已经占据安平县城，国民党的部队，也在冀南一带活动，冀中局面复杂。当一二○师以正规部队的军容，进入村庄，服装、口音，和村民们日常见惯的土八路，又不一样。仓皇间，村干部不愿露面，又把老焕叔请了出来，支应一番。

老焕叔小名旦子，幼年随父亲（我们叫他胖胖爷），到山西做小买卖。后来在太原当了几年巡警和衙役。回到村里，游手好闲，和一个卖豆腐人家的女儿靠着，整天和村里的一些地主子弟浪当人喝酒赌博。他是第一个把麻将牌带进这个小村庄，并传播这种技艺的人。

读过了沙汀的回忆文章，我本来就想写写他，但总是想不起那个卖豆腐的人的名字。老家的年轻人来了，问他们，都说不知道。直到日前来了两位老年人，才弄清楚。

这个人叫新珠，号老体，是个邋邋遢遢的庄稼人。他的老婆，因为服装不整，人称"大裤腰"，说话很和气。他们只生一个女孩，名叫俊女儿。其实长得并不俊，很黑，身体很健壮。不知怎样，很早就和老焕叔靠上了，结婚以后，也不到婆家去，好像还生了一个男孩。老焕叔就长年住在她家，白天聚赌，抽些油头，补助她的家用。这种事，村民不以为怪，老焕婶是个顺从妇女，也不管他，靠着在上海学织布的孩子生活。

老焕叔的罗曼史，也就是这一些。

近读求恕斋丛书，唐晏所作庚子西行记事：乡野之民，不只怕贼，也怕官。听说官要来了，也会逃跑。我的村庄，地处偏僻，每逢兵荒马乱之时，总需要一个见过世面，能说会道的人，出来应付，老焕叔就是这种人选。

他长得高大魁梧，仪表堂堂。也并非真的迷迷怔怔，只是说话时，常常眯缝着眼睛，或是看着地下，有点大智若愚的样儿。

我长期在外，童年过后，就很少见到他了。进城以后，我回过一次老家，是在大病初愈之后，想去舒散一下身心。我坐在一辆旧吉普车上，途经保定，这是我上中学的地方；安国，是父亲经商，我上高级小学的地方。都算是旧地重游，但没有多走多看，也就没有引起什么感想。

下午到家。按照乡下规矩,我在村头下车,从村边小道,绕回叔父家去。吉普车从大街开进去。

村边有几个农民在打场,我和他们打招呼。其中一位年长的,问一同干活的年轻人:

"你们认识他吗?"

年轻人不答话。他就说:

"我认识他。"

当我走进村里,街上已经站满了人。大人孩子,熙熙攘攘,其盛况,虽说不上万人空巷,场面确是令人感动的。无怪古人对胜利后还乡,那么重视,虽贤者也不能免了。但我明白,自己并没有做官,穿的也不是锦绣。可能是村庄小,人们第一次看见吉普车,感到新鲜。过去回家时,并没有遇到过这样的场面。

走进叔父家,院里也满是人。老焕叔在叔父的陪同下,从屋里走了出来。他拄着一根棍子,满脸病容,大声喊叫我的小名,紧紧攥着我的手。人们都仰望着他,听他和我说话。

然后,我又把他扶进屋里,坐在那把惟一的木椅上。

我因为想到,自身有病,亲人亡逝,故园荒凉,心情并不好。他见我说话不多,坐了一会儿就走了。

他扶病来看我,一是长辈对幼辈的亲情,二是又遇到一次出头露面的机会。不久,他就故去了。他的一生,虽说有些不务正业,却也没做过什么对不起乡亲们的坏事。所以还是受到人们的尊重，是村里的一个人物。

一九八七年十月五日

  附记：如写村史，老焕叔自当有传。其主要事迹，为从城市引进麻将牌一事。然此不足构成大过失，即使农村无麻将，仍有宝盒及骨牌、纸牌也。本村南头，有名曹老万者，幼年不耐农村贫苦，去安国药店学徒。学徒不成，乃流为当地混混儿。安国每年春冬，有药市庙会，商贾云集。老万初在南关后街聚赌，以其悍鸷，被无赖辈奉为头目。后又窝娼，并霸一河南女子回家，得一子。相传妓女不孕，此女盖新从农村，被拐骗出来者。为人勤劳敏快，颇安于室。附近有钱人家，生子恐不育者，争相认为干娘。传说，小儿如认在此等人名下，神鬼即不来追索。此女亦有求必应，不以为忤。然老万中年以后，精神失常，四处狂走，不能言语，只呵呵作声，向人乞讨。余读医书，得知此病，乃因梅毒菌进入人脑所致。则曹氏从城市引进梅毒，其于农村之污染，后果更不堪言矣。

  古人云：不耕之民，易与为非，难与为善。这句话，还是可以思考的。

次日又记

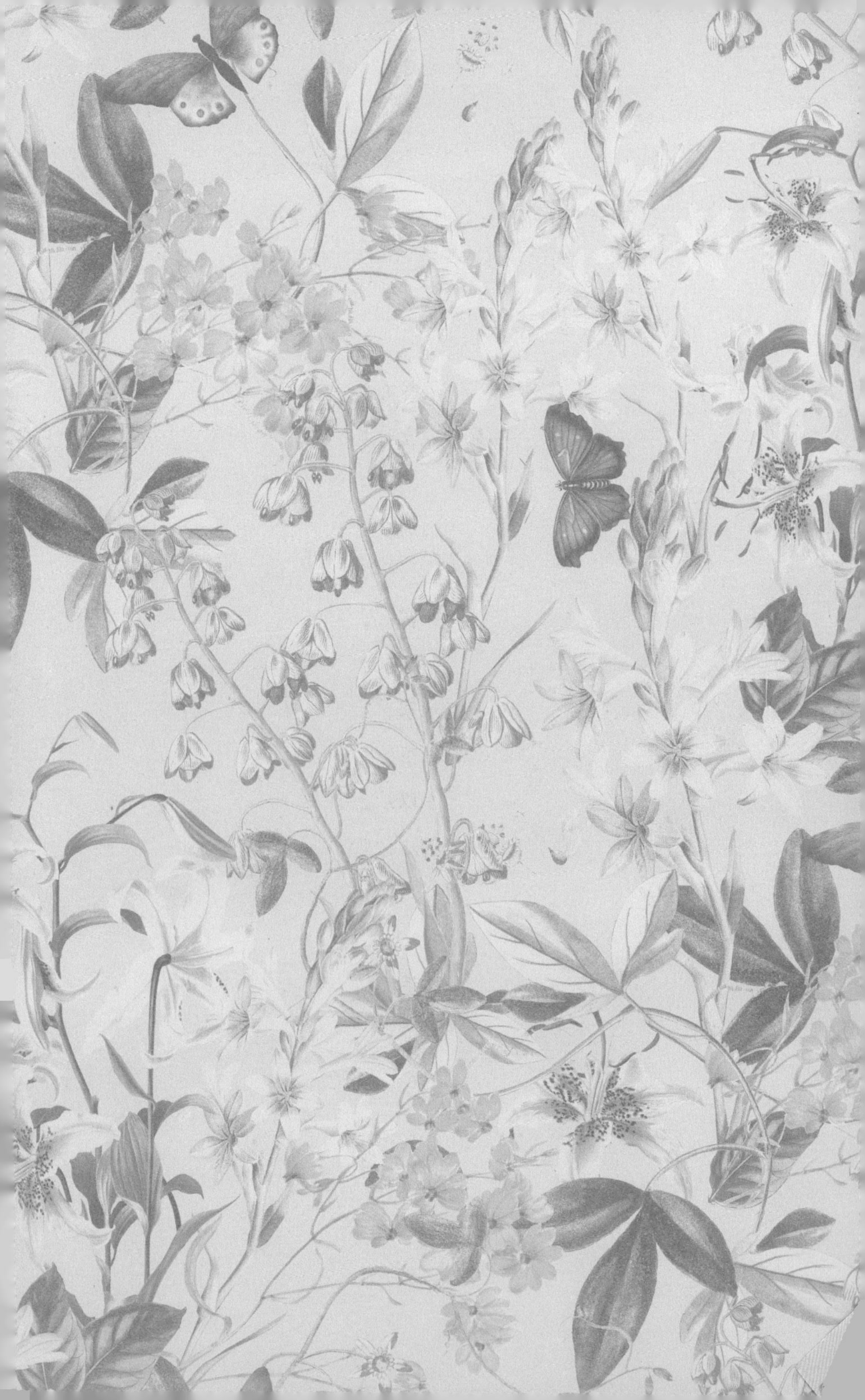